Se eu não te vir primeiro

ERIC LINDSTROM

Se eu não te vir primeiro

TRADUÇÃO
MARYANNE LINZ

ROCCO
JOVENS LEITORES

Título original
NOT IF I SEE YOU FIRST

Este livro é uma obra de ficção. Nomes, personagens, lugares e incidentes são produtos da imaginação do autor, foram usados de forma fictícia. Qualquer semelhança com eventos reais, pessoas, vivas ou não, é coincidência.

Direitos para a língua portuguesa reservados
com exclusividade para o Brasil à
EDITORA ROCCO LTDA.
Av. Presidente Wilson, 231 – 8º andar
20030-021 – Rio de Janeiro – RJ
Tel.: (21) 3525-2000 – Fax: (21) 3525-2001
rocco@rocco.com.br | www.rocco.com.br

Printed in Brazil/Impresso no Brasil

Preparação de originais
IRIS FIGUEIREDO

CIP-Brasil. Catalogação na fonte.
Sindicato Nacional dos Editores de Livros, RJ.

L725s Lindstrom, Eric
Se eu não te vir primeiro / Eric Lindstrom; tradução de Maryanne Linz. – 1. ed. – Rio de Janeiro: Rocco Jovens Leitores, 2019.

Tradução de: Not if I see you first

ISBN 978-85-7980-445-8

ISBN 978-85-7980-446-5 (e-book)

1. Deficientes visuais – Ficção. 2. Ficção americana. I. Linz, Maryanne. II. Título.

19-55575 CDD-813 CDU-82-3(73)

Meri Gleice Rodrigues de Souza – Bibliotecária CRB-7/6439

O texto deste livro obedece às normas do
Acordo Ortográfico da Língua Portuguesa

PARA TODOS QUE AMAM,

EM ESPECIAL

SHANNON,
VOCÊ FEZ COM QUE EU COMEÇASSE

RACHEL,
VOCÊ FEZ COM QUE EU TERMINASSE

SUSAN,
VOCÊ FEZ COM QUE EU CONTINUASSE,

SEJAM DESTEMIDOS

PRÓLOGO

Meu alarme toca, eu o desligo com um tapa e bato no botão da fala ao mesmo tempo. Stephen Hawking diz "Cinco-e-cinquenta-e-cinco da manhã". Só conferindo de novo, como sempre.

Escancaro a janela e estendo a mão para fora. Fresco, nebuloso, mas não muito úmido. Provavelmente escuro. Visto roupas – sutiã esportivo, camiseta regata, short, tênis de corrida – sem me preocupar em verificar nada, já que todas as minhas roupas de corrida são pretas.

Exceto meus lenços. Passo o dedo por eles, checando as etiquetas de plástico, calibrando o meu humor. Eu me sinto estranhamente insegura, então escolho um que pode ajudar: o de algodão amarelo com carinhas felizes bordadas. Prendo-o em volta da cabeça como uma venda, arrumando um sorriso em cada uma das minhas pálpebras fechadas.

O sol nascente esquenta minhas bochechas; o céu deve estar limpo, pelo menos no horizonte. Tranco a porta da frente e coloco a chave fria na meia. Viro à direita onde o caminho se transforma em calçada e começo a correr lentamente.

Os três quarteirões até o campo estão programados nos meus pés, nas minhas pernas, no meu equilíbrio. Depois de sete anos disso, eu conheço cada protuberância, cada fenda, cada raiz exposta na calçada. Não preciso ver onde estou correndo; consigo sentir.

– Parker, *PARE*!

Eu tropeço até parar, agitando os braços como se estivesse à beira de um precipício. E, se uma escavadeira tivesse passado por ali ontem, eu bem poderia estar.

– Sinto muito, Parker! – É a voz de dona de casa sofredora do subúrbio da sra. Reiche gritando da varanda dela. Agora ela vem trotando pela entrada da garagem com as chaves fazendo barulho. – O irmão do Len veio na noite passada...

Tento não me imaginar batendo na lateral da van. Ando mais para a frente, com as mãos estendidas, até tocar no metal frio e coberto de orvalho.

– Não precisa tirá-la daí. – Passo os dedos pelo corpo liso do carro enquanto o contorno.

– É claro que vou tirar. Já não estará aqui quando você voltar.

Encontro a calçada de novo e continuo enquanto a van ruge atrás de mim. Espero na esquina até a sra. Reiche desligar o carro para escutar o trânsito. Não ouço nada além dos pássaros conversando, então avanço para o cruzamento.

Quando toco a cerca de arame do Campo Gunther, viro à direita. Quatorze passos até a abertura e uma virada à esquerda por ela, uma das mãos levemente à frente para o caso de hoje ser a primeira vez em anos que calculo mal a distância. Entro passando direto, como sempre.

O campo fica a mais de noventa metros. Se novos obstáculos tiverem aparecido desde ontem, há poucas chances de eu encontrá-los com uma simples volta, mas, por mais louco que seja correr por aqui, é ainda mais louco fazer isso sem percorrer o caminho antes.

Chego à cerca mais distante com 142 passos. Bem previsível e tudo desobstruído. Depois de mais alguns minutos de alongamento, estou pronta para correr. Setenta e cinco passos largos num bom ritmo, duas dúzias de passos de caminhada para tocar a cerca mais distante e de volta.

Depois de cinco voltas é hora de dar tiros de corrida.

Sessenta passos largos me deixam a duas dúzias de passos do lado mais distante. Depois chego um pouco para o lado para me alinhar de novo por causa da inclinação. O ar parado está mais quente do que ontem, mas parece fresco enquanto voo por ele. Ainda faltam semanas para a pior onda de calor.

Dez tiros de corrida e acabo. Depois de atravessar a rua, faço jogging para me acalmar, mas diminuo o ritmo a uma caminhada perto da entrada de garagem dos Reiche. Eu escutei o carro se mover, mas quando acontece um problema leva-se um tempo para esquecê-lo. Do outro lado, onde a entrada de garagem se eleva para se tornar calçada de novo, eu acelero.

No momento em que abro a porta da frente, sei que algo está errado. Não sinto cheiro de café da manhã. Mesmo os dias de cereal incluem torradas. Na cozinha, só escuto os barulhos normais de uma casa que está dormindo: a geladeira zumbindo, o relógio batendo acima do fogão, minha respiração e, quando a prendo para escutar com mais cuidado, as batidas do meu coração.

Vou na direção da escada e tropeço em algo no hall. Eu me agacho e encontro meu pai caído no chão, usando uma calça de pijama de flanela e uma camiseta.

– Pai? Pai! Você está bem?

– Parker – responde ele, com a voz estranhamente monótona. Nem hostil, nem ofendida.

– Você caiu? O que aconteceu?

– Escute – diz ele, ainda sem soar como deveria se estivesse mesmo caído na base da escada. – Todo mundo tem segredos, Parker. Todo mundo *é* um segredo.

É nessa parte que eu acordo, como sempre, mas é exatamente o que de fato aconteceu no último dia três de junho, na semana depois das férias começarem e duas semanas depois do meu aniversário de 16 anos.

Bom, a não ser por duas coisas. A primeira, eu realmente quase bati na van dos Reiche enquanto corria, mas isso foi num outro dia, duas semanas depois. E a segunda, o meu pai não estava caído ao pé da escada. Eu o encontrei ainda na cama, e ele estava morto fazia horas.

UM

Marissa está soluçando. De novo.

– E aí ele... ele... ele não... – Sua voz grave soa quase como um grunhido.

Patética. E ela também é inteligente, exceto quando se trata do Owen.

– Vocês não podem falar com ele?

Eu não respondo, nem Sarah. Oferecemos bons conselhos, de graça, inclusive, mas nunca nos envolvemos. Dissemos isso a Marissa milhões de vezes; seria desperdício de oxigênio falar de novo. Só temos que esperá-la parar de chorar. De qualquer forma, não há nada a fazer até o sinal tocar.

No ano escolar anterior, essa cena se repetiu a cada poucas semanas. Marissa raramente fala comigo por outro motivo. Eu não me lembro com clareza de como ela soa sem gemer, fungar, ofegar, tossir em meio a lágrimas e coriza, e sem precisar muito assoar o nariz.

O senso comum diz que perder a visão intensifica os outros sentidos, e é verdade, mas não os amplificando. Só deixa a distração esmagadora de ver tudo o tempo todo. Por outro lado, a minha experiência de me sentar com a Marissa consistia quase que inteiramente em escutar tudo o que a boca e o nariz dela eram capazes de fazer em detalhes gosmentos. É assim que o amor não correspondido soa para mim. Nojento.

– Parker? Você não pode fazer alguma coisa?

– Estou fazendo. Estou te falando pra achar outra pessoa. – Faço uma pausa, como no roteiro de sempre, para que ela possa interromper.

– Nãaaaao!

Eu sou a rainha de não dar a mínima para o que as outras pessoas pensam, mas a indiferença da Marissa com um pátio cheio de gente – no primeiro dia de aula, nada menos que isso – vendo-a imitar uma fábrica escandalosa de muco... até eu me sinto humilhada.

– Marissa, escuta, almas gêmeas não existem. Mas se existissem, elas seriam duas pessoas que *querem uma à outra*. Você quer o Owen, mas o Owen quer a Jasmine, então isso significa que o Owen *não* é a sua alma gêmea. Você só o persegue.

– Espera... a Jasmine? – Eu aproveito um momento de paz, já que a surpresa dessa informação, que nós contamos a ela na primavera passada, a deixa quieta por um instante. – Ela não é...?

– Sim, a Jasmine gosta de meninas, mas ela ainda não encontrou uma em particular, aí o Owen acha, de um jeito idiota, que tem uma chance. Isso faz com que ele a siga por aí de um jeito levemente mais inútil e triste do que você o segue. Na verdade...

Sarah estala a língua e sei o que isso significa, mas, quando estou em um ritmo acelerado, fico eufórica demais para parar ou até para desacelerar.

– ... a única coisa que você e o Owen têm em comum é estarem apaixonados por alguém que não corresponde, alguém que vocês nem conhecem. Alguma vez você já olhou no dicionário palavras como *amor*, *alma gêmea* ou até mesmo *relacionamento*?

O silêncio que se segue é o exemplo perfeito do que eu mais odeio em ser cega: não ver como as pessoas reagem ao que digo.

– Mas... – Marissa funga abundantemente. – Se a gente passasse algum tempo junt...

Salvas pelo sinal. Ela e eu. Mas, basicamente, ela.

∴

– Ora, se não é a srta. Certinha e sua Cachorrinha-que-tudo-vê. – O grito familiar está à minha esquerda e é acompanhado da abertura ruidosa de uma porta de armário.

– Por favor, me diga que o armário dela não fica bem ali – peço à Sarah num sussurro encenado. – Descobri, no verão, que sou alérgica à PVP. Agora tenho que carregar uma caneta de epinefrina injetável na bolsa.

– Ah – exclama Faith com sua voz aguda. – Eu sou PVP? Que são... Pessoas... Pessoas...

– Polivinilpirrolidona. Usado em spray de cabelo, gel de cabelo, bastões de cola e madeira compensada.

– Bom, eu acho que PVP significa Pessoas... que são... *Vastamente Populares*.

Eu dou risada, estragando o personagem, e falo:

– Fay-Fay! Você acabou de inventar isso?

– É claro que sim! Não sou tão boba quanto você parece.

O cheiro de kiwi e morango me diz o que está prestes a acontecer e eu me preparo. Eu chamaria isso de um abraço de urso, só que a Faith é muito magrinha para fazer qualquer coisa de urso. Eu a abraço por um tempo meio longo e depois solto.

– Você tem mesmo uma caneta de epinefrina injetável? – pergunta ela.

– Meu Deus, Fay – retruca Sarah. – Você ao menos sabe o que é isso?

– O meu sobrinho é alérgico a amendoim. E você sabe que é uma vaca pretensiosa e condescendente?

– Sim, eu se*eeei*! – A agitação do ar e a resposta da Sarah me dizem que a Faith também deu um abraço nela.

– Dá pra acreditar em todos esses estranhos? – comenta Faith, sem tentar sussurrar. – Esse lugar está um zoológico.

– Pelo menos são eles invadindo a gente – observa Sarah –, e não o contrário.

Tudo verdade. A cidade de Coastview não consegue mais sustentar duas escolas secundárias, então a Jefferson fechou e todo mundo veio aqui para a Adams. Os corredores estão tão congestionados de gente que não conhece As Regras, e não apenas os calouros, que precisei me segurar no braço da Sarah para vencer o caos até o meu armário. Domesticar todos esses novatos vai ser uma loucura, mas pelo menos não tenho que aprender o espaço de uma escola totalmente diferente.

– Ei, lá vem mais um – avisa Faith, mais perto e com mais suavidade, dessa vez se lembrando da Regra Número Dois, e me abraça de novo. – Desculpe por ter ficado presa em Vermont o verão inteiro. Você sabe que eu teria vindo se pudesse, né?

– Estou bem – digo rapidamente, esperando que isso acabe com o assunto.

– Eu vi mesmo vocês falando com a Marissa hoje de manhã? Ela estava chorando?

– Ano novo, mesma baboseira – comenta Sarah.

– Por favor, me digam que é um outro cara. Sério? Não...

Imagino várias expressões faciais, cabeças assentindo e sobrancelhas se mexendo nas lacunas.

– Foi disso que vocês passaram a manhã falando? Que egoísta da parte dela... peraí. – Posso ouvir que a Faith se virou para mim. – Ela sabe, pelo menos? Você não contou pra ela?

– Certo – respondo. – Ah, Marissa, enquanto você passou o verão chorando por um completo desconhecido, o meu pai morreu e a família da minha tia se mudou pra cá porque a minha casa é melhor do que a deles.

– E... – diz Faith. – Você só pensou isso ou disse mesmo?

– Caramba, Fay. Eu sou sincera, mas não sou má.

– Com algumas exceções – comenta Sarah.

– Tenho que ir. – Abro a minha bengala. – Com todos esses novatos no caminho, vou levar um tempinho pra chegar na aula de trigonometria.

– Não arrumaram outra acompanhante pra ela? – pergunta Faith à Sarah enquanto vou dando batidinhas pelo corredor. – Quem é? A Petra não se mudou pro Colorado ou algum outro lugar?

Fico feliz que elas possam falar da minha acompanhante voluntária sem parecer esquisito. Não dá para ser uma delas, a Faith é muito ocupada socialmente (traduzindo: *popular*) e a Sarah não se qualifica porque não tem tantas distinções nem faz tantas matérias avançadas quanto eu. Mas tem uma menina da Jefferson que está em todas as minhas turmas, e ela estava disposta; então a escolha foi meio que natural.

∴

Assim que me acomodo no meu lugar de sempre para todas as aulas – no fundo direito e reservado para mim com um cartão com o meu nome –, aquilo começa.

– Então você é cega, hein?

Levanto a cabeça na direção da voz masculina desconhecida que vem da carteira diretamente à minha frente. Grave, levemente densa ao redor das vogais. A voz de um atleta, mas guardo isso como uma hipótese, esperando por mais provas.

– Você tem certeza de que está na aula certa? – digo. – Cálculo para Gênios é no final do corredor. Essa aqui é só trigonometria.

– Acho que você está na aula da Kensington? Não está meio cedo pra isso?

Não sei o que isso quer dizer, nem que é Kensington. Talvez uma professora da Jefferson.

– Ei, babaca – diz uma voz masculina à esquerda do Babaca. – Ela é cega mesmo.

Interessante. A segunda voz é mais suave, e calma de um jeito que normalmente não se ouve ao insultar vozeirões robustos de atletas. É familiar, mas não consigo identificar.

– Não, a sra. Kensington faz esse negócio onde é preciso fingir...

– Eu sei, e ela não distribui bengalas. Além disso, é o primeiro tempo do primeiro dia.

– Mas, se ela é mesmo cega, por que usaria uma vend...

– Vai por mim, cara, só cala a boca. – Palavras ríspidas, mas ditas numa voz amigável.

Para o meu lenço do dia, escolhi um de seda branca com um X preto grosso em cada olho. Era esse ou o meu hachimaki escrito *Vento Divino* em kanji, mas eu não queria confundir os novatos com uma mensagem difícil de ser entendida. De qualquer forma, sei que errei deixando o meu colete em casa.

Normalmente, uso uma jaqueta do exército com as mangas cortadas, coberta de broches que os amigos compraram ou fizeram ao longo dos anos. Frases tipo *Sim, eu sou cega, lide com isso!* e *Cega, não surda, nem idiota!* e a minha preferida, *Parker Grant não precisa de olhos para enxergar sua alma!* Hoje de manhã, a tia Celia me convenceu a não usá-lo, argumentando que ele ia oprimir todas as pessoas da Jefferson que não me conhecem. Acontece que ela está errada. Elas precisam ser oprimidas.

Ouço pés se arrastando e o estalar de madeira e aço quando alguém se senta de modo pesado à minha esquerda.

– Oi, Parker. – É a Molly. – Desculpe pelo atraso. Eu precisava passar na secretaria.

– Se o sinal ainda não tocou, você não está atrasada. – Tento soar casual, mas realmente deixar com que ela saiba que ser minha acompanhante só significa me ajudar com certas coisas nas aulas, não na vida em geral.

– Ei, então o seu nome é Parker... – comenta Babaca.

– Uau – interrompo-o com minha voz doce. – Você sacou porque acabou de ouvir alguém dizer. E eu sei o seu nome pela mesmíssima razão. Mas Babaca não é muito bonito, então vou te chamar de B.B.

– Eu me...

– Shhh... – Balanço a cabeça. – Não estrague.

O silêncio que se segue é o exemplo perfeito do que eu mais adoro em ser cega: não ver como as pessoas reagem ao que digo.

– Eu... – diz B.B., e o sinal toca.

∵

– Os degraus para descer ao estacionamento estão logo à frente – informa Molly.

Suspiro internamente. Na verdade, estou cansada; talvez eu tenha suspirado externamente, não tenho certeza.

As aulas terminaram faz um tempo, mas a Molly e eu planejamos um cronograma para fazer o nosso dever de casa na biblioteca depois da escola por umas duas horas e, depois disso, ligo para a tia Celia ir me buscar. A mãe da Molly é uma professora que também veio da Jefferson, ela ensina tanto francês quanto italiano, e elas vão embora juntas.

– Que bom – respondo. – Já faz pelo menos uns dois anos que esses degraus estão aí. Aposto que seria muito difícil se livrar deles com o estacionamento inteiro um metro e meio mais baixo que todas as salas de aula.

Silêncio.

Considero lembrá-la da Regra Número Quatro, já que não faz muito tempo desde que dei a lista a ela, mas foi um primeiro dia cansativo e não tenho energia.

Não preciso de uma dama de companhia em lugar nenhum nas dependências da escola. Sei exatamente onde fica a vaga de deficientes físicos, e dois anos do papai estacionando ali treinaram os não deficientes a não pararem no raio daquele lugar. A Molly insistiu que só estava andando comigo de bobeira, mas eu sabia muito bem. A combinação de deficientes visuais, escadas e carros aterroriza os que enxergam, mas na verdade é bem segura. Os carros só são perigosos quando estão em movimento, e eles só andam em certas vias e lugares, e fazem barulhos que podem ser escutados, mesmo os híbridos. Escadas são como caminhos de um certo tamanho que os seus pés podem sentir o tamanho e o formato o tempo todo.

– Sabe, Parker... – Molly solta com certa energia, talvez impaciência, mas não continua. Ela suspira.

– O quê?

– Deixa pra lá.

Eu também quero deixar pra lá. Ainda não passei tempo o suficiente com a Molly para saber se vou gostar dela ou apenas tolerá-la – a quantidade de energia que vou dedicar a isso depende muito de qual das duas vai ser – mas, qualquer que seja o caso, vamos ficar uma com a outra mais do que com qualquer outra pessoa, o dia inteiro, todos os dias, o ano inteiro.

– Você não pode voltar atrás – digo, só como um fato, não como acusação. – Agora sei que tem algo aí. Bota pra fora antes que tome conta de você.

– É só que... – começa ela, enfim. – Sei que a gente acabou de se conhecer...

Outro suspiro.

– Você quer que eu te ajude? – pergunto. – Ou deixe você se debatendo mais um pouco?

Molly solta uma descarga de ar pelo nariz. Não sei dizer se é o tipo de gargalhada ou de revirar os olhos.

– Sim, claro, me ajude. – Ouço um pouco dos dois. Um bom sinal.

Incrustada no caminho de concreto sob meus tênis, está a placa áspera de metal descrevendo a fundação da Escola Secundária John Quincy Adams, em 1979. Sei exatamente onde estou.

– Toma aqui. – Estendo a minha bengala. – Dobra isso pra mim?

Ela a pega.

– Por quê?

Eu me viro e ando vigorosamente na direção dos degraus, agitando os braços, contando na minha cabeça... *seis... cinco... quatro... três...*

– Parker! – Molly corre atrás de mim.

... *dois... um... degrau para baixo...*

Desço os degraus, contando-os, atingindo-os de forma dura e confiante, as pernas retas como um soldado, a cada vez escorregando o pé para trás para bater o calcanhar contra o degrau anterior.

Lá embaixo, continuo andando e contando silenciosamente até chegar ao meio-fio onde sei que o carro da tia Celia vai parar. Eu paro e giro.

– Bengala, por favor?

A bengala toca a minha mão. Ela não a fechou como eu pedi. Faço isso e coloco-a na bolsa.

– Talvez você esteja pensando que eu sou um estereótipo de garota cega que quer provar que não precisa da caridade de ninguém. Mas em vez de ser legal com as pessoas que estão tentando ajudá-la é uma idiota amarga e ressentida que sente falta de algo maravilhoso que ela acha que todos os outros não lhe dão o devido valor.

Agora estou começando a me perguntar se a Molly só respira de maneira audível, embora eu não tenha percebido isso na biblioteca e lá estivesse bem silencioso.

– Estou quente?

– Não muito. Mas nem todo mundo tem que ser.

Levo um instante para entender – o que não é nem um pouco do meu feitio – que ela quis dizer que não sou calorosa, e agora é tarde para rir.

– Touché. – Sorrio.

O carro da tia Celia estaciona.

– Imagino que você saiba identificar se é o carro da sua tia só pelo som?

– É, basicamente.

– Meu cachorro também consegue fazer isso.

Viro a cabeça para encará-la, algo que em geral não me incomodo em fazer.

– Estou começando a gostar de você, Molly Ray. Mas, acredite, isso tem suas vantagens e desvantagens.

– Ah, não se preocupe. Eu acredito.

A porta do carro se abre num estrondo. A tia Celia grita, muito alto:

– Parker, sou eu, entra aí!

Eu suspiro definitivamente para fora.

DOIS

Oi, pai.

Foi tudo bem na escola. Melhor do que podia ter sido. Mesmo que metade das pessoas não conhecesse a outra metade, todo mundo conhecia gente o suficiente para não ser muito constrangedor. Vai demorar para todos os novatos ficarem a par das Regras, mas tenho bastante ajuda.

Algumas pessoas que eu não conheço muito bem estavam me ajudando com os novatos. Talvez só para serem gentis ou talvez dizer aos outros o que fazer faça com que se sintam importantes. Ou talvez estivessem me protegendo, como se eu fosse a mascote da escola. Isso ia ser uma droga. Não sou representante da causa de ninguém.

A viagem de carro para casa foi silenciosa, bem como eu gosto hoje em dia. Não sei como os carros são quando não estou neles, mas tenho a impressão de que as pessoas falam mais comigo porque acham que fico entediada lá, sentada sem nada para ver. Minha paisagem nunca muda, mas, exceto por pessoas e carros diferentes na rua todos os dias, acho que a paisagem delas também não muda muito.

Há uns dois meses, eu falei para a tia Celia que ela não precisava me entreter enquanto dirigia; agora ela não fala absolutamente mais nada no carro. Ela é oito ou oitenta com tudo. Falei de forma delicada, eu não estava pedindo pra ela calar a boca ou algo assim, mas ela se fechou, de qualquer jeito. Talvez tenha ficado magoada, mas não é culpa minha se as pessoas não gostam da verdade.

– Oi, Grande P – grita meu primo Petey do alto da escada.

– E aí, Pequeno P. Como foi a escola?

Ele desce trotando e se senta no terceiro degrau de baixo para cima ao meu lado.

– Chata.

– Você é muito novo pra achar a escola chata. Não é pra achar a escola chata até o *quarto* ano.

– Eu também achava chato no segundo ano – responde ele com orgulho.

– Eu também – sussurro.

– Por que você está sentada aqui? – sussurra ele de volta, provavelmente só porque sussurrei antes.

Essa verdade eu não quero contar, ao menos não ao Petey. Como está, já é uma situação difícil o bastante – minha casa cheia de parentes, com os quais eu só cruzava a cada dois anos, agora dormindo no quarto e no escritório do meu pai. Não quero contar a ele como sinto falta de conversar com o papai no caminho de volta da escola ou como o papo não tinha acabado quando chegávamos em casa e por isso sentávamos à mesa da cozinha e conversávamos um pouco mais, bebendo chá gelado, até que finalmente ele tinha que voltar ao trabalho. Não quero contar ao Petey como eu não tinha pensado nisso até subir no carro da tia Celia hoje, quando o silêncio, que eu criei e agora não consigo quebrar, sugou todo o ar do carro até eu achar que fosse desmaiar. Como eu quero me sentar à mesa da cozinha agora e conversar com o papai, mas se fizer isso todo mundo vai achar estranho, eu sentada na cozinha sem fazer nada. Não me importo se as pessoas me acharem esquisita, mas elas iam me atormentar com perguntas.

Como o Petey está fazendo agora, porque sentar na escada sem fazer nada é mais esquisito do que sentar à mesa da cozinha. Mas não quero dizer a ele que, em vez de me sentar no meu quarto para conversar sozinha com o meu pai onde ninguém possa ver, quero fazer isso num lugar onde eu possa senti-lo: na cozinha, no escritório dele (uma zona proibida, já que agora é o quarto da minha prima Sheila) ou no pé da escada, onde em vida nunca me sentei com ele, mas às vezes faço isso nos meus sonhos.

– Estou só descansando. Foi um dia longo.

– Quer jogar cartas?

Não exatamente. Mas também não posso fazer o que eu realmente quero.

– Claro, Pequeno P. E a Sheila?

– A porta dela tá fechada.

Nós dois sabemos o que isso significa. Não Perturbe.

– Beleza, você pega as cartas, eu sirvo as bebidas. O último a chegar é a mulher do padre.

Ele sai correndo escada acima. Eu fico sentada por mais um instante. A tia Celia faz o Petey arrumar o quarto toda noite antes de deitar, mas ele só joga tudo nas estantes e nunca coloca nada no mesmo lugar por duas vezes. Ele tem alguns baralhos, mas só um em braille que ganhou de mim, então vai levar alguns minutos para encontrar.

Não sei se eles vão me deixar sentar quieta para falar com você todo dia, papai, mas pode ter certeza absoluta de que vou tentar. Posso ter que ir para o meu quarto e fechar a porta que nem a Sheila, porque você está certo, todo mundo tem segredos, inclusive eu.

∴

O jantar é costeletas de porco, muito secas como sempre, purê de batata, molho de maçã e ervilhas enlatadas. Todas as refeições da tia Celia são caricaturas, como algo que se recebesse se você fosse um prisioneiro num zoológico alienígena e te alimentassem com o que acham que as pessoas comem só de ver pela TV.

Não me ofereci para ajudar porque a tia Celia sempre diz não, obrigada. O que tudo bem, só que ela só diz isso para mim. Ela tenta ser gentil a esse respeito com diferentes motivos, às vezes dando a entender que está me dando uma folga porque estou "passando por tempos difíceis". Na verdade, é porque o melhor jeito de ajudar é picando alimentos e ela não suporta ver uma garota cega segurando uma faca. Enfim. Tudo que a gente está comendo hoje são coisas que consigo preparar dormindo. Fico satisfeita de ter menos trabalho, se é isso o que a deixa feliz.

– Parker, você e a Sheila se viram muito na escola hoje? – pergunta tio Sam.

– Pai! – exclama Petey, mortificado. – Isso não foi legal.

– Quê?

Eu sei o que o meu protetor júnior quer dizer e falo:

– Tudo bem, Pequeno P. A palavra *ver* pode significar muitas coisas, tipo esbarrar com alguém ou namorar com alguém. Então, não, eu não *vi* a Sheila hoje. Mas talvez ela tenha me *visto*, se é que você me entende.

O Petey dá risada. Ninguém mais ri.

– Não temos nenhuma aula em comum – diz Sheila em sua voz por-que-temos-que-falar-sobre-isso. – E nossos armários não ficam perto.

O tio Sam não chama atenção para o tamanho pequeno da escola ou para a possibilidade de sentarmos juntas no almoço, nem pergunta como ela sabe onde é o meu armário se ela não me viu. Fico feliz. Ele geralmente sabe quando parar.

– Como está indo com a Molly? – pergunta ele.

– Sempre leva um tempo para ensinar uma nova voluntária, mas ela parece promissora. Ela tem muitas Regras para aprender.

A Sheila bufa. Bom, uma rajada de ar expelido, definitivamente do tipo de quem revira os olhos. Deixo para lá.

– O Pequeno P tem uma boa história pra contar – comento.

– É... – começa ele, mas a tia Celia interrompe.

– Parker, por favor, não o chame assim. Já te pedi antes.

– Ele gosta, não gosta, Pequeno P?

– Foi ideia minha! Não foi, Grande P?

– Mais tarde ele não vai gostar, e aí já vai ter pegado.

– No dia em que ele me pedir pra parar de chamá-lo de Pequeno P, eu vou parar, prometo. Eu só o chamo assim em casa; então, se alguém mais escutar isso, não vai ser de mim.

– É só que... é só que não soa... não é apropriado.

– Sua preocupação foi registrada – digo gentilmente. – Continue, Pequeno P, conte a sua história.

Espero uma pausa para todos terem uma conversa usando as sobrancelhas a respeito da minha provocação, mas o Petey não se segura e começa de imediato a descrever como um aquário foi derrubado na sua turma. O fato de ele estar empolgado não necessariamente significa que o peixe sobreviveu, podia ter acontecido o oposto que ele teria contado a história basicamente no mesmo tom.

Enquanto Petey descreve o drama de salvar os Tetras em detalhes caóticos, eu mapeio minha costeleta de porco com golpes curtos do garfo e da faca sem corte e separo a carne do osso. Causei um pequeno alvoroço quando eles se mudaram, porque depois que eu corto minha comida não mudo o garfo para a mão direita a cada garfada. Esta é uma noção que (1) nunca tinha me ocorrido, (2) supostamente, é etiqueta normal, pelo menos entre pessoas que ainda ficam obcecadas com coisas assim, e (3) é algo que eu acho totalmente bizarro. Mais estranho ainda foi não apenas o quanto a tia Celia desaprovava algo assim, e o meu pai por me deixar fazer algo do tipo, mas também uma ideia irrealista de parar com isso. O tio Sam nos salvou da discussão mais ridícula imaginável dizendo que o jeito que eu como é igual ao dos ingleses. Embora a tia Celia não tenha ficado muito convencida, de certa forma legitimou aquilo o bastante para ela deixar para lá e evitar o constrangimento. Foi o meu primeiro vislumbre de como seria morar com a tia Celia sob o mesmo teto.

Estou na cama com o meu laptop, lendo com a ajuda da voz do Stephen Hawking. É raro eu ler livros em braille de verdade e só de vez em quando uso um terminal braille. Na maior parte do tempo, escuto audiolivros ou navego com softwares que convertem texto em voz, e que jeito melhor de se aprender coisas do que ouvindo tudo do cara mais inteligente do mundo?

Estou no meu passeio de toda noite pela Wikipédia, curtindo a ironia de ler sobre cucos. Eles botam seus ovos nos ninhos de outros pássaros e aí esses pássaros criam os filhotes de cucos como se fossem deles, como se nada de estranho estivesse acontecendo. Na minha casa, é justamente o contrário.

Meu telefone toca com o toque da Sarah: *quack, quack, quack...*

Tiro os fones do computador e os conecto no telefone.

– E aí.

– E aí – responde ela. – Algum tiro hoje?

– Não. Só umas faíscas quando a tia Celia me falou de novo para eu parar de chamar o Petey de *Pequeno P.*

– É um apelido horrível.

– Não é apropriado, segundo ela.

– Você sabe que esse é o jeito da Celia falar que ela acha que tem duplo sentido, e tem. Ele vai odiar isso mais tarde quando entender.

– Caramba, Sarah, ele tem 8 anos. E se você acha que *Pequeno P* quer dizer o pinto dele, então *Grande P...* espera, deixa pra lá. Eu devia ter pensado melhor nisso.

Ela dá uma risada e isso me anima. É muito raro a Sarah rir.

– A Sheila ainda está sem falar com você?

– Nenhuma mudança. Não que eu esperasse isso.

– A minha teoria está se mantendo; eu imaginei que ela ia ficar afastada.

– De qualquer forma, eu não sou a melhor pessoa pra apresentar tudo a ela. Não posso mostrar muita coisa e duvido que ela esteja interessada em quantos passos são do refeitório até o banheiro mais próximo.

– É verdade. Como está a Molly?

– Ainda não sei bem. Estou esperançosa. Provavelmente não vai ser um desastre. Me pergunte de novo mais pra frente.

– Com certeza, Mágica das Respostas.

– Beleza, me conte o que você sabe.

E começa nosso ritual noturno do que foi observado e inferido durante o dia. A minha lista sempre é mais curta do que a da Sarah, é claro, já que ela é a parte dos olhos dessa operação e eu sou a boca, mas ninguém pode negar que quando eu disparo algo é muito bem informado.

A gente era sistemática, comentando o dia aula por aula, corredor por corredor; agora pulamos pra lá e pra cá sem perder nada. Ela descreve a aparência das pessoas e das coisas e eu listo horas e lugares e descrevo vozes, e às vezes sons e odores, para que ela possa concentrar a atenção em quem eu estou falando para colher uma informação visual ou alguma outra mais tarde. Conto a ela sobre o B.B. da aula de trigonometria porque suspeito que ele vai ser uma mala e posso precisar de mais instrumentos para lidar com ele. Menciono a voz calma que calou a voz pesada de atleta do B.B. e como ela soava familiar, embora não fosse de ninguém que eu conhecesse, como quando se ouve alguém com um sotaque e soa como outra pessoa que você conhece com aquele sotaque, mesmo que tenham vozes diferentes.

Durante uma pausa que espero que a Sarah continue falando, ela não fala. Deixo o silêncio continuar para ver até onde vai durar. Depois de mais alguns segundos, sei que está acontecendo alguma coisa.

– Que foi?

– Eu estou esperando você me contar a respeito.

– De quê?

– Você não sabe mesmo?

– Sabe o quê?

– Aquela voz? Você não sabe quem era?

– Você sabe? Você nem estava lá.

– A Kay estava. Ela falou que estava pronta pra levantar o livro de matemática que nem um escudo, mas você estava fria como gelo.

– A Kay falou isso? *Fria como gelo?*

– É claro que não, é a *Kay*. Ela teve diarreia verbal por cinco minutos. Você quer escutar tudo em vez do meu resumo perfeito de três palavras?

– Caramba, Sarah...

– Era o Scott.

– O Scott? O *Scott*. Não parecia...

O chão desaparece. Meu estômago revira, estou caindo e jogo as duas mãos na cama e forço a coluna na cabeceira.

– A voz dele mudou – afirma ela. – A última vez que você o ouviu foi no oitavo ano. Ele só tinha 13 anos.

Nós tínhamos conversado sobre como conheceríamos alguns dos imigrantes da Jefferson, já que peculiaridades geográficas nos fizeram ir para as mesmas pré-escolas e escolas de ensino fundamental, mas para diferentes escolas secundárias. Alguns deles estiveram na minha lista negra antes, mas ela é tão longa que eu não estava preocupada de alguns velhos nomes serem reativados. De alguma forma, tudo isso não incluiu a percepção de que o Scott Kilpatrick seria um deles.

– Parker?

Agarro meu telefone.

– Preciso ir.

– Espere! Não desligue...

Eu desligo e arranco o fio para puxar os fones dos ouvidos, tão rápido e num ângulo ruim que dói.

Scott Kilpatrick. O maior idiota do planeta. No topo absoluto da minha lista negra. Pontos de exclamação. EM LETRAS MAIÚSCULAS.

Quack quack quack...

Desligo a campainha do telefone. Minha garganta está fechando, doendo como se eu estivesse resfriada, e meu rosto está esquentando.

Scott Kilpatrick. Transgressor da Regra Número Um. Sujeito para sempre à Regra Número Infinito.

Bzzz bzzz bzzz...

Enterro o telefone debaixo do travesseiro.

Scott Kilpatrick. Inimigo Número Um da Parker.

TRÊS

As Regras

Regra nº 1: Não me engane. Nunca. Especialmente usando a minha cegueira. Especialmente em público.

Regra nº 2: Não toque em mim sem pedir ou me avisar. Não consigo saber que isso vai acontecer, sempre vou ficar surpresa e provavelmente vou te machucar.

Regra nº 3: Não toque na minha bengala ou em nada meu. Preciso que tudo fique exatamente onde deixei. É óbvio.

Regra nº 4: Não me ajude, a não ser que eu peça. Caso contrário, você só vai estar me atrapalhando ou me incomodando.

Regra nº 5: Não fale superalto comigo. Não sou surda. Você se surpreenderia com a frequência que isso acontece. Se não está surpreso, deveria estar.

Regra nº 6: Não fale com as pessoas que estão comigo como se elas fossem minhas cuidadoras. E, sim, isso também acontece o tempo inteiro.

Regra nº 7: Também não fale por mim. Para ninguém, nem mesmo para os seus amigos ou filhos. Lembre-se, você não é meu cuidador.

Regra nº 8: Não me trate como se eu fosse idiota ou uma criança. *Cegueira* não significa paralisia cerebral, então não fale devagar ou use palavras pequenas. Tenho mesmo que explicar isso?

Regra nº 9: Não entre ou saia da minha esfera sem falar nada. Do contrário, não vou nem saber que você está ali. É apenas educação básica.

Regra nº 10: Não emita sons para me ajudar ou guiar. É só idiota e grosseiro e, acredite, é você que vai parecer bobo e acabar constrangido, não eu.

Regra nº 11: Não seja esquisito. Sério, fora estar com os olhos fechados o tempo todo, sou exatamente como você, só que mais inteligente.

Regra nº INFINITO: NÃO há segundas chances. Quebre a minha confiança e nunca mais vou confiar em você. A traição é imperdoável.

QUATRO

Após ficar acordada quase a noite toda depois da Sarah jogar aquela bomba do Scott em mim, pulei da cama logo que o meu alarme tocou, sem sonolência. Agora, enfim, na metade do meu 17º tiro de corrida, desabo na grama úmida do Campo Gunther, exausta. Eu deveria me acalmar fazendo jogging ou, ao menos, com uma caminhada rápida para casa, mas não consigo me forçar a levantar. A facada nas minhas costelas avisando que forcei muito a barra não é nada comparada à dor para lá e para cá entre o meu peito e o meu estômago, a dor que já estava lá antes de eu começar a correr, a dor que eu estava tentando afastar.

Uma cãibra corre pela minha panturrilha esquerda, claramente o meu corpo não será ignorado. Eu me sento e puxo os dedos com uma das mãos e massageio o músculo infeliz com a outra. Sem oxigênio o suficiente, sem água o suficiente, sem tempo o suficiente, sem espaço o suficiente.

Consigo evitar uma contração muscular maior e me levanto. Não sei o quanto estou longe da cerca; em geral não paro no meio de uma corrida curta. Depois de umas dúzias de passos, diminuo o ritmo e estico uma das mãos até tocar nela.

Droga, não sei de que lado da brecha estou. Escolho o esquerdo e ando, arrastando os dedos pelo arame encadeado, *bump bump bump bump bump*. Depois de uma dúzia de passos acho que provavelmente fui para o lado errado. Não gosto disso, não é normal eu ficar desorientada aqui. Eu me viro e ando de volta. Quinze passos depois, encontro a brecha na cerca. Eu tinha acabado de passar por ela.

Enxugo o rosto com a barra da camiseta, ambos estão encharcados, mas a camiseta um pouco menos, então ajuda. O ar está fresco, mas estou queimando. Tento respirações profundas para acalmar meu coração, meus pulmões, meu estômago. Começa a funcionar. Sinto o controle voltando.

Ele sabia quem eu era, mas não falou nada diretamente comigo. Será que percebeu que eu não tinha reconhecido a voz dele? Ou ele simplesmente sabia que eu não ia falar com ele, fria como gelo?

Eu deveria gostar disso, de ser fria como gelo, não deveria? Sem me afetar, sem me preocupar. É exatamente assim que quero ser. Por que de repente eu deveria odiar que algumas pessoas pensem isso de mim? Por que eu deveria ligar para o que qualquer um pensa sobre mim?

Eu não ligo. Só fui pega de surpresa, só isso. E só a Sarah sabe disso. Não que eu fosse me importar se mais alguém soubesse, porque não iria. Eu não ligo.

∴

Eu me sento no refeitório com a Molly, que também traz o próprio almoço, e começo a comer. Fatias finas de peito de peru, queijo suíço, maionese light e mostarda, como sempre. A Sarah vai aparecer daqui a pouco depois de passar pela fila do almoço com o Rick Gartner, seu Mais ou Menos Namorado. Falei para a Molly no último tempo de aula que ela seria bem-vinda se quisesse se juntar a nós, não sei o que ela fez ontem, já que passei o tempo de almoço resolvendo a logística com livros didáticos de áudio na secretaria. Eu a preveni de que muita gente nos chama de Mesa dos Brinquedos Desajustados, mas não como um elogio irônico. Ela disse que não estava preocupada com rótulos. Eu comentei que isso era tanto inteligente quanto tolo. Ela concordou.

– O que você quer dizer com o Rick ser mais ou menos namorado da Sarah? – pergunta Molly. – Ele é ou não é?

– Eles parecem namorado e namorada pra você?

– Encontrei os dois ontem só por cinco minutos.

– Se eu não tivesse te falado, você teria percebido?

– Sei lá. Talvez.

– Isso aí. Você pode chamá-lo de Talvez Namorado da Sarah. Eu sei que às vezes eles são mais que amigos; então eu o chamo de Mais ou Menos Namorado dela.

– Eles terminam e voltam muito?

– Não exatamente. Muito porque não se preocupam com rótulos.

– Não é a mesma coisa. Não estou preocupada, só me inteirando. Aí vêm eles.

– Parker. Molly. – Rick coloca a bandeja e os talheres na mesa com estrondo. A Sarah faz a mesma coisa, só que em silêncio.

– E aí, Rick – digo. – O verão foi legal?

– Não exatamente. Saí quase só com manés.

– Eu também.

Molly deve estar com uma cara confusa, porque Sarah diz:

– Todos nós passamos o verão juntos.

– Você só vai comer isso? – pergunta Rick.

– Só – responde Molly. – Não tem muito, senão eu ofereceria. Você gosta de salada de repolho?

– Ele gosta de ser um idiota – comenta Sarah e quase parece que ela quer dizer aquilo mesmo. – Coma a sua lasanha.

– Eu ia oferecer um pouco pra ela – diz Rick. – Não que eu estivesse te fazendo algum favor, a não ser que você goste de papelão encharcado de molho de tomate.

– Obrigada, de qualquer forma – agradece Molly.

– Ainda não vi a Sheila – comenta Rick, fazendo uma de suas mudanças clássicas de assunto.

– Eu também não vi – declaro.

– Engraçadão. Que tal umas piadas novas esse ano?

Sorrio.

– Não era uma piada. Você precisa de alguns exemplos? *Isso* é uma piada. – Pego um bóton no meu colete, acho que o que diz: *Eu já te vi por aqui antes? NÃO!*

– Você abriu mesmo os meus olhos, Parker. – Rick dá uma risadinha. – Agora que eu sei o que são piadas, será que os seriados de comédia vão me fazer gargalhar, porque, cara, eles só me dão sono.

– Não dá pra prometer nada. E não, eu não esbarrei com a Sheila por aqui. Só na minha casa. Mas não sei por que você se importa... ela tem namorado... você meio que tem namorada...

– É só estranho. Sei que vocês são... bom... enfim. É só que você é a única que ela conhece aqui.

– É complicado – afirma Sarah.

– Você quer dizer que é um lance de garotas?

– Rick – digo com a minha voz tolerante. – A gente deixa você sentar aqui porque você é meio que namorado da Sarah, não porque você é uma das garotas. Se você não entende, apenas aceite a confusão. Ou abrace-a.

– A confusão requer que se dê alguma bola. Ser legal com a sua prima marrenta não está no alto da minha lista de prioridades, não está nem na minha lista, pra falar a verdade. Entendo que ela esteja numa escola nova e isso seja uma droga pra ela, mas com toda a certeza não foi culpa sua. Ela precisa ter noção de proporção das coisas ou pelo menos um pouco de compaixão, porra.

Sorrio.

– Não ligo para o que você diz, Sarah; esse cara é muito legal. – Estendo o punho e sinto uma batidinha com os nós dos dedos. – Talvez ele também possa ser meu Mais ou Menos Namorado. Ou o de todas nós.

– Ainda estou avaliando as opções – diz Molly. – Sem querer ofender.

– Tudo bem – afirma Rick. – Eu soube disso quando você recusou o meu papelão coberto de ketchup. Que eu preciso empurrar com alguma bebida. Alguém quer algo pra beber?

– O de sempre, uma lata de 6-C? – peço.

Ninguém mais fala nada e ele sai. Eu digo:

– Tenho quase certeza de que não andei reclamando da Sheila. Pelo menos não perto do Rick.

Sem respostas.

– Sarah?

– Não contei muita coisa pra ele. Só o que se esperaria de se mudar para uma nova cidade no meio do ensino médio.

Dou de ombros.

– Não tem mais nada pra contar. A gente também não se dá bem no geral, mas eu não me dou bem com uma porção de gente.

– Por que elas não seguem As Regras? – indaga Molly.

– Porque elas são parasitos estúpidos excessivamente complicados que não dizem o que querem dizer e ficam zangadas quando eu digo. *E* elas não seguem As Regras. Que nem deveriam ser chamadas de Regras da Parker, no fim das contas. É só um monte de senso comum que pessoas comuns comumente não têm.

O Rick volta e se senta.

– Aqui. – Ele esfrega meus dedos com uma lata gelada.

– Obrigada. – Eu puxo o lacre com a palma por cima para bloquear o leve estouro de espuma e tomo um gole. Hummm... 6-C em sua melhor forma. Celestial Carbonada Cafeinada Caramelada Colorida Cana-de-açúcar. Completamente deliciosa.

– Acabei de ver a Sheila – comenta Rick. – Perto do caixa, falando com o Trio Dinâmico. Bom, a Faith e a Lila, pelo menos, não vi a Kennedy. Ela não foi se sentar com elas.

– Deve levar mais tempo – observa Sarah – com todo o caos.

Quando uma pessoa nova chega à escola, ela é testada, catalogada, processada e absorvida bem rápido, em geral no mesmo grupo que acabaram de deixar. Mas com escolas inteiras se combinando, é bem mais complicado. Cada soberano da Jefferson trouxe todo um séquito e não fazemos ideia do que vai acontecer com o cenário das panelinhas da escola. Sarah e eu achamos que Sheila vai fazer parte da Nata, coberta pelo Trio Dinâmico, a Faith, a Lila e a Kennedy, mas não sabemos se vai ser a Nata da Jefferson ou a Nata da Adams, se elas ficarem separadas, o que parece improvável, ou se se juntarem, o que parece ainda mais improvável.

– Veremos – digo. – Pelo menos resolvemos a confusão do Rick.

– Não, ainda estou confuso. Tentando abraçá-la.

– Qualquer uma do Trio Dinâmico tem mais em comum com a Sheila num encontro aleatório na fila do almoço do que eu depois de um verão inteiro com ela. Eu não conseguiria falar sobre jeans de grife se colocassem uma arma na minha cabeça. Mas não acho que isso importe.

– Ainda estou confuso.

– Eu não acho que a Sheila vai se tornar um membro de longa duração do Trio Dinâmico porque, debaixo de todo aquele brilho labial e estilo e punhaladas pelas costas, a Faith é um cavalo azarão. Ela tem profundidade escondida.

– Ainda estou confuso.

– Bom, então volte a abraçar sua confusão. Mas, se a Sheila se juntar ao grupo e elas se tornarem o Quarteto Dinâmico ou algo assim, em algum momento ela vai falar uma besteira sobre mim e, quando ela fizer isso, a Faith vai acabar com a raça dela.

∴

Quack quack quack. Atendo o telefone.

– E aí.

– E aí. Faz exatamente 24 horas. Está pronta pra falar agora?

– Uau. Que tal um beijinho antes? E como foi a sua tarde, Sarah?

– Ela meio que se arrastou, se você quer mesmo saber. Mas e aí?

– Você não me *deu* 24 horas. Só não tivemos nenhum tempo sozinhas.

– Não importa. Faz 24 horas. Agora estamos sozinhas. O que aconteceu?

– Nada.

– Nada. Absolutamente nada.

– Isso aí, não aconteceu nada. Eu não falei com ele e ele não falou comigo. Não tenho nem certeza de que ele estava lá. Não ouvi a voz dele hoje.

– Isso é...

– Impressionante, eu sei.

– Eu ia dizer uma música familiar.

– Eu tenho uma vantagem sobre vocês, modelos com as funções completas: se não há contato visual acidental, não é constrangedor.

– Que diabo você sabe sobre contato visual acidental?

– O que você já me contou várias vezes. E não se esqueça de que eu tive sete anos de visão normal antes do acidente. Eu tive muito contato visual constrangedor no segundo ano. Lembra do Patel?

– Não vamos falar dele. Nós estamos falando do...

– Não aconteceu nada. Não vai acontecer nada.

– Ele vai estar na sua aula de trigonometria todas as manhãs de agora até junho. Você vai só fingir que ele não está lá?

– Não é tão difícil quanto parece...

– Não é difícil, é uma maluquice. Em algum momento ele vai falar com você. E aí? Você vai fingir que ele não existe?

– Funcionou com a Marsh.

– Por dois meses até a gente se formar. Você acha que vai funcionar pelos próximos nove meses?

– Eu...

– Dois anos?

E de repente não estou mais me divertindo. Eu não estava me divertindo de verdade antes, mas também não estava falando sério.

– Não existem garantias na vida – comenta Sarah. – Mas eu te *garanto* que ele vai falar com você. Ele vai se desculpar...

– Ele já tentou...

– Ele vai tentar de novo. Ele vai dizer que se arrepende...

– Eu não quero que ele...

– Isso não vai impedi-lo. Ele vai te achar sozinha e falar com você e, se acha que isso não vai acontecer, você vai ser pega de surpresa e não vai saber o que fazer...

– Eu vou saber o que fazer.

– O quê? Ignorá-lo por dias, semanas, meses? Tudo bem com alguém de 13 anos, mas não somos mais crianças. Ele vai dizer que ele mesmo era só uma criança e que foi algo idiota e que ele se arrepende e quer que você o perdoe...

– Eu não consigo.

– Eu sei que você não consegue...

– Mas você acha que eu devia...

– Não falei isso...

– Caramba, Sarah, você está do lado dele! Você acha que eu estou fazendo drama...

– Não, Parker, me escute. Estou do seu lado...

– Então por que você está me enchendo o saco? – Minha voz fica trêmula. Isso me dá raiva e a endureço. – Você não estava lá. Foi imperdoável.

– Eu sei que foi. Im-per-do-á-vel. Eu só quero que você esteja pronta.

– Se ele tentar qualquer baboseira tipo Me-desculpe-pelo--que-o-meu-eu-de-13-anos-fez, eu sei *exatamente* o que vou dizer. Eu vou dizer dane-se Scott Kilpatrick e a sua historinha triste de ser uma criança idiota. Quando as pessoas fazem coisas estúpidas, todo mundo tem que viver com as consequências. Então volte a viver com as suas e eu vou viver com a minha, e nunca mais fale comigo de novo ou vou simplesmente te deixar sem graça porque não vou responder. É isso, que tal?

– Dá pro gasto, P. Dá pro gasto.

CINCO

– Eu juro por Deus, Rick, é melhor você não estar soprando na comida.

Toda sexta é Dia de Churrasco e eu odeio. Rick sabe que o cheiro de feijões cozidos e de milho queimado revira o meu estômago e gosta de soprar o aroma na minha direção.

– Está quente – justifica ele com sua voz sorridente.

– Já faz dois anos que a comida aqui nunca foi quente – diz Sarah.

– Nem o molho "quente" de ontem que era pra ser apimentado estava assim – acrescenta Molly. – O molho suave provavelmente era só ketchup grosso.

– Eca – comento. – Isso vai te ensinar a não esquecer o almoço.

– Com licença – diz uma voz que não conheço. Parece um professor de pé do nosso lado.

Ninguém fala nada. Nem sei dizer se ele está se dirigindo a nós. Dou um golinho na minha 6-C.

– Sou o treinador Underhill. Posso falar com você um instante, Parker?

Eu engasgo um pouco e tusso na dobra do meu braço.

– Comigo? Eu já preenchi todos os requerimentos de educação física. Pode falar com a treinadora Rivers, ela vai lhe dizer.

– Não é isso. Eu vi você correndo esta manhã.

Os pelinhos na minha nuca se arrepiam.

– Correndo? – comenta Molly.

– Esta manhã cedo. Eu...

– Ei, ei, espere um minuto! Podemos conversar lá fora? – Tropeço para levantar, pegando a bengala.

– Sim, é claro. Desculpem interromper.

Eu o guio para o corredor, andando devagar pela multidão.

– O senhor pode achar um lugar onde ninguém consiga nos escutar?

Uma porta range se abrindo à minha direita.

– Esta sala está vazia.

Quando entramos, a porta se fecha.

– Estamos sozinhos? Tem certeza?

– Sim. Você está com medo de alguma coisa? Ou de alguém?

Medo, não. Pavor, sim. A ideia desse professor de educação física me observando correr esta manhã parado na cerca já é ruim o bastante, e se isso se espalhar...

– Quem contou ao senhor?

– Ninguém. Eu moro perto, em Manzanita. Já faz tempo que você corre por lá?

– Anos. Por favor, não... espere, o senhor contou a alguém?

– Não, mas...

– Por favor, não conte!

O pavor se sobrepõe ao medo e quase vira pânico. Correr no Campo Gunther é um dos ingredientes principais da minha sopa de sanidade. Se as pessoas descobrirem e forem assistir de forma idiota ou, pior, começarem a aparecer e eu não conseguir nem ter certeza de que o campo está vazio... eu não teria como saber que elas estão lá. Como esta manhã. Eu teria que parar.

– Tem alguém incomodando você?

– É só que é... particular. E eu não sou cega para o fato de ser um show de horrores. Não quero uma plateia. Por favor, não conte a ninguém.

– Certo, não vou contar.

– Por que o senhor não falou nada esta manhã?

– Você não teria motivo para acreditar que eu sou um professor em vez de algum desconhecido aleatório falando com você sem mais ninguém em volta. Eu não queria que você se sentisse insegura.

– Eu consigo lidar com desconhecidos, faço isso o tempo inteiro. Mas não consigo vê-lo se não disser nada, não sei que está lá e é como se estivesse me espionando.

Também conhecido como Regra Número Nove.

– Não seria a mesma coisa com qualquer um que passasse?

– É diferente com gente que eu conheço ou que me conhece.

– Sei – diz ele, mas não acho que saiba.

– Tudo bem, o senhor não sabia. Apenas não conte a ninguém. Nem todos os meus amigos sabem.

– Não é um show de horrores. A única maneira de alguém saber que você não consegue enxergar é aquela venda enorme voando atrás de você como uma bandeira. É uma tremenda visão.

– Exatamente.

– Você é uma corredora muito segura. Já teve um cão-guia?

– Não. Nunca precisei de um, não para o que eu faço na maior parte do tempo. Talvez mais tarde quando eu me formar na escola e precisar circular sozinha em mais lugares desconhecidos e cheios.

– Você se importa se eu perguntar quem te ensinou a correr?

Estou me sentindo melhor de saber que o segredo ainda está guardado, mas isso me cansa.

– Por que alguém precisaria me ensinar como correr?

– Bem, há formas e formas de correr. Você parece que tem treinado.

– Ah. O meu pai corria. Ele me ensinou algumas coisas. Como respirar e coisas assim.

– Você já pensou em tentar correr em pista de corrida?

Eu rio.

– Não. O senhor entende por que eu corro às seis da manhã no Campo Gunther, né? É grande, é vazio, é *quadrado*. Sem pistas para se manter nelas? Sem gente em volta?

– Uma porção de corredores tem algum nível de diminuição da capacidade visual. Se não se importa de eu perguntar, o quanto você consegue enxergar?

– Hum... não enxergo nada.

– Entendo, mas quero dizer, você ainda vê alguma luz, certo, só não consegue focar?

Não gosto de falar sobre isso, mas decido dar um desconto para ele.

– Não. Tudo preto. Um acidente de carro dilacerou meus nervos ópticos. Meus olhos estão bem, só... que sem luz.

– Sinto muito. Eu não deveria ter presumido...

– Tudo bem. A maioria das pessoas cegas consegue enxergar um pouco. O senhor só estava apostando na possibilidade mais provável.

– Não, é que achei que você tinha problemas com sensibilidade à luz porque... qual outro motivo para usar vendas?

Eu gargalho.

– São só roupas. Que nem usar um chapéu. Uma declaração de moda que ninguém pode copiar porque, se fizer isso, não vai conseguir enxergar.

Ele não ri, o que é triste, mas então escuto um sorriso na voz dele quando fala:

– Eu só estava curioso. Na verdade, nas Paralimpíadas, todos os corredores com a visão debilitada usam óculos pretos de natação para os que conseguem ver um pouco não terem vantagem.

– Isso é... horrível. – Eu dou risada.

– Enfim, todos eles têm corredores que os guiam. Se você quisesse correr em pista, poderíamos arrumar um esquema.

– Não, obrigada – declaro e, para mostrar que acabou, estendo a mão para a porta, mas só encontro ar. Ando devagar na direção dela, balançando o braço.

– Não há nada a temer.

Eu bufo e minhas mãos encontram a maçaneta.

– Eu pareço estar com medo?

– Não quando estava correndo. Pareceu há um minuto, quando achou que as pessoas podiam ver você correndo.

Ah, bom, isso é totalmente diferente.

∴

Molly senta comigo na escada, esperando por tia Celia. Agora virou rotina ela andar comigo para o estacionamento para ficar batendo papo até minha carona chegar.

Não estamos conversando. Penso nisso, como sempre. Ou a gente ficou sem assunto depois de apenas uma semana, ou ela está num humor que não consegui detectar ou está pensando em como fazer uma pergunta constrangedora ou...

– Você conhece o Scott Kilpatrick?

Droga.

– Conhecia – digo casualmente. – Da Escola Fundamental Marsh. Por quê?

– Você sabe que ele senta na minha frente na aula de trigonometria?

– Sim, escutei a voz dele. Você gosta dele ou algo assim?

– Não o conheço o bastante.

– Muita gente não deixa isso atrapalhar um bom *crush* – declaro.

– Às vezes ele olha pra você.

Fico tensa. Não quero ter essa conversa, mas também não quero chamar atenção para isso.

– Tenho certeza de que as pessoas olham pra mim o tempo todo. O Obstáculo Permanente do Corredor. O Elefante na Loja de Porcelanas.

– E as suas vendas chamam mesmo atenção.

Hoje estou usando uma de tie-dye. Sinto uma oportunidade. Eu a agarro pelo rabo e não deixo escapar.

– Você gosta dessa? Eu mesma fiz. Como ela se parece?

– Você não sabe? Quero dizer, ninguém nunca te disse?

– Tie-dye é difícil de descrever. É tipo um teste de Rorschach. Como ela se parece pra você?

– Principalmente tons de azul e de verde e um pouco de água. Manchas de vermelho, faixas marrons, um pouco de roxo. Listras paralelas, verticais, mas provavelmente é só por causa de como você dobrou o tecido. Quase parece que você enrolou uma versão hippie da bandeira americana. O que isso diz sobre mim?

– Prática, objetiva, nem um pouco viajante. A Faith diz coisas tipo borgonha e fúcsia em vez de marrom. Algumas pessoas dizem que ela é torcida ou que projeta muitos sentimentos sonhadores.

– Como você sabe que é o que está usando?

– Está com uma etiqueta, tá vendo? – Mostro a ela a etiqueta no final. – Faço esses enfeites de plástico em braille e costuro nas roupas. Quase tudo que eu uso tem etiqueta.

– Legal. Mas não é por isso que o Scott olha pra você.

Droga.

Minha garganta se aperta. Estou ficando com calor de novo. Acho que a Molly e eu estamos ficando amigas, talvez boas amigas. Então vai chegar uma hora que ela vai descobrir. Se for verdade, não quero fazer dez vezes mais esforço agora evitando o que é inevitável.

– Nós éramos melhores amigos desde o quarto ano. Aí quase no final do oitavo ano... começamos a nos beijar. Só isso. Não durou muito. Nós terminamos e fomos pras escolas secundárias diferentes.

– Devem ter sido uns beijos bem horrorosos.

Eu fungo.

– Com certeza não foram. Mas eles... quero dizer, ele...

Respiro fundo.

– Só ficamos juntos umas duas semanas. Aí um dia, na hora do almoço, nós fomos pra uma sala de aula vazia em que íamos ter, sabe... aí eu ouvi uns risinhos.

Minha respiração se acelera. Não consigo contar isso sem sentir tudo de novo, como se estivesse acontecendo agora mesmo. O pânico sufocante de confiar em alguém tão completamente, sorver a pessoa e de repente aquilo virar um veneno queimando. Deixo minha respiração mais profunda para acalmá-la.

– Tinha mais alguém na sala – diz Molly.

– Sete alguéns. De primeira aquilo me apavorou, eu pulei e o Scott e eu batemos os dentes e todo mundo na sala começou a gargalhar. Aí todos estavam falando ao mesmo tempo. Não me lembro o que disseram, a maior parte estava dando parabéns ao Scott e zoando como eu tinha sido enganada. Empurrei Scott com força e ele bateu num monte de coisas, e eu já estava na metade do corredor antes de ele me alcançar, dizendo que sentia muito, que ele tinha contado a eles porque não acreditavam que a gente era um casal, e outras besteiras que não me lembro mais. Eu me enfiei num banheiro e fiquei lá esperando até a aula começar. Aí eu fui até a secretaria, liguei pra casa, e o meu pai foi me buscar.

Silêncio.

– O Scott continuou me ligando... eu não atendia e apagava todas as mensagens dele sem nem escutar. Ele continuou tentando se desculpar na escola, mas eu não falava com ele e os meus amigos ajudaram a mantê-lo longe, principalmente a Sarah e a Faith. Aí ele foi até a porta da minha casa e o papai o mandou embora, esculhambou com ele também, não ouvi o que eles falaram. Depois disso, parou de ligar ou de tentar falar comigo. Quando a gente estava na mesma sala na escola, eu simplesmente fingia que ele não estava lá. Aí a gente se formou e foi pras escolas diferentes e isso é tudo. História antiga.

Aí está. Todos os detalhes brutais, nada escondido, casualmente entregues. Pronto. Podemos seguir em frente.

– Nem sei o que dizer – comenta Molly de um jeito meigo. – Isso é horrível.

O carinho inesperado faz meu coração acelerar.

– Não foi nada demais, só coisa de criança – digo e imediatamente desejo que essas palavras não tivessem saído. Não quero que isso vire um drama, então estou tentando varrer para baixo do tapete de forma discreta, mas não desonesta. Dizer que não é nada demais não é sincero. *Foi* uma grande coisa. Ainda é.

– Tá brincando? É um pesadelo. É terrível. Você disse que o Scott era o seu melhor amigo antes disso?

– Por anos. *Na verdade*, quatro anos: um, dois, três, *quatro*.

Estou ficando tonta. Se ela deixasse essa história para lá como um drama trivial de criança, eu ficaria bem, mas ouvir a voz dela concordando que significa bem mais do que parece...

– Beijar você com outros sete caras em volta olhando? Eu teria matado. Quero matá-lo agora.

Meu peito se aperta um pouco mais. Não consigo falar sobre isso por muito mais tempo. Eu não queria matá-lo quando aconteceu. Eu queria me matar. Vi um lado do mundo que eu sabia que existia, mas que pensei ser possível me proteger e, naquele momento, vi que nunca conseguiria. Não há segurança absoluta em lugar nenhum. Pelo menos não do tipo que eu quero.

– Pois é – suspiro. – Eu conhecia o Scott Kilpatrick. Ou achava que conhecia. Aí descobri que, na verdade, não.

Porque ninguém pode conhecer ninguém de verdade. Não totalmente.

Molly se vira e esbarra de leve em mim. Sinto a mão dela no meu ombro. Eu entendo que ela trombou em mim primeiro para que sua mão não me surpreendesse, para me tocar sem me sobressaltar e também sem ter que pedir permissão de uma forma meio constrangedora. Fico tão agradecida por ela entender a Regra Número Dois tão bem depois de apenas uma semana, eu me pergunto se vou conseguir segurar a onda.

Não preciso pensar nisso por muito tempo. A tia Celia chega e me salva. A ironia quase me faz rir. Quase.

∵

E aí, papai.

Uma semana bem típica. Aconteceram coisas boas, aconteceram coisas ruins, como sempre. Me desculpe por não conversarmos mais depois da escola; é muito difícil conseguir me sentar sozinha. O Petey acha que eu estou entediada ou, no mínimo, não estou ocupada. De agora em diante, acho que só consigo falar com você logo antes de ir deitar.

Me desculpe também por falar com você como se você estivesse mesmo ouvindo. Eu sei que o universo não funciona exatamente dessa forma. Se funcionasse, se você estivesse mesmo observando, não precisaria que eu explicasse tudo isso. Ainda assim, é como o meu cérebro quer fazer.

Quem me dera saber o que você falou para o Scott naquele dia que o mandou embora. O que quer que tenha sido, funcionou. Acho que nunca te falei o quanto fiquei grata por aquilo. Se ele tivesse continuado atrás de mim como em uma comédia romântica patética, acho que eu podia ter me desmontado.

Só que eu me desmontei. Eu sei disso. Basicamente, por dentro. Talvez você também tenha se desmontado. Dava para ouvir na sua voz, como depois daquilo você soube que não era possível me proteger sempre. Tentei fazer você acreditar que não era sua obrigação. Acho que não tentei o suficiente.

Atravesso o quarto e pego o frasco de plástico de comprimidos da gaveta de lenços, como todas as noites. É o frasco de Frontal que estava vazio na mesinha de cabeceira do papai na manhã em que o encontrei. O frasco que eu não sabia que existia até aquele momento, mas que vinha se escondendo aos olhos de todos por um tempo. O frasco que a companhia de seguro usou para negar o pagamento do seguro de vida dele e que teria mantido a casa no meu nome em vez de no da tia Celia. O frasco que eu queria tanto de volta que soquei o policial trocentas vezes até ele prometer me devolver quando o caso estivesse encerrado, o que aconteceu apenas uma semana mais tarde. O frasco que tia Celia afirmou que provava o que ela sempre tinha acreditado, que o papai era o fraco, apesar de ter sido a própria irmã dela que bebeu muito vinho naquela noite e levou nós duas direto contra aquela coluna da ponte, matando-a e garantindo que o rosto dela gritando seria a última coisa que eu veria. E, mais importante, o frasco que me ensinou que todos têm segredos. *Todos.* Não importa o quanto você os ame e ache que os conhece e ache que eles também amam você.

Abro o frasco, tiro uma estrela dourada, lambo-a e aperto firme na cartolina pendurada atrás da porta. Um retângulo branquinho se enchendo de estrelas que, quando alguém me pergunta o que é, só digo que é arte tátil, meu Quadro de Estrelas. Toda noite eu acrescento uma estrela dourada se fizer por merecer. A de hoje completa 81 estrelas douradas. Oitenta e um dias consecutivos sem chorar.

Eu sei que foi um acidente. Oxicodona para as suas costas, depois um pouco mais quando não funcionou, junto com um pouco de ibuprofeno para o inchaço, mais um pouco de Frontal e depois umas duas cervejas que te fizeram esquecer que já tinha tomado aquilo tudo e você tomou mais, um Frontal extra porque estava tendo uma semana ruim, tudo se juntando para interromper sua respiração entre uma e três da manhã. Eu sei que você não teria me deixado aqui sozinha de propósito, não importa o que os policiais, as pessoas do seguro ou meus parentes mais próximos digam. Eu sei.

Mas eu também sei que você manteve os seus sentimentos guardados, e eles eram ruins o bastante para precisar de todos esses comprimidos. Eu não acho que isso teria mudado o que aconteceu, porque tenho certeza de que foi um acidente, mas talvez, se eu soubesse, poderia ter ajudado. Talvez você não tivesse precisado desses comprimidos, em primeiro lugar. Talvez.

Tiro o lenço, coloco-o junto com o frasco de comprimidos na gaveta e fecho-a. Toco de leve no interruptor para ter certeza de que está desligado, às vezes as pessoas não o desligam porque é muito estranho para elas desligar a luz com alguém no quarto, mas ele está, então sei que agora o quarto está igual para todos ao que é para mim. Ou talvez não. Me lembro vagamente do quanto a lua, as estrelas e as luzes da rua impedem que tudo fique completamente escuro da forma que é para mim agora.

Rastejo para a cama.

Boa noite, papai.

SEIS

Petey tem um fascínio sem fim por anime, que não é grandes coisas para mim. Me disseram que o apelo é basicamente visual e tudo que escuto são atores ruins lendo diálogos pessimamente traduzidos e roteiros japoneses muito mal escritos. Mas é a manhã de domingo; então estou usando meu hachimaki enquanto ele usa o quimono de caratê e a nova faixa roxa que mereceu ontem.

Alguém entra na sala e desaba com força na poltrona de couro. É Sheila; ela é a única que se jogaria por perto sem dizer nada. Agora ela está mandando mensagem de texto. Eu sento com a cabeça recostada no sofá, sem ouvir de verdade o programa. Nem tenho mais certeza do que está passando, mas não importa porque sei, pela súbita explosão maluca de guitarra e sintetizador, que está nos créditos finais.

Tia Celia chama da entrada:

– Meninas, estão prontas?

– Vocês vão sair? – pergunta Petey, parecendo esperançoso.

Até Sheila percebe que ele está tentando ir junto e responde, na sua voz entediada:

– Pro shopping. Comprar. Roupas. Você ia odiar. Aí todas nós íamos odiar.

– Você vai, de qualquer jeito – diz tia Celia. – O papai levou o carro pra trocar o óleo.

Petey resmunga.

– Vai ser divertido – comento. – Preciso de tênis de corrida novos. Você pode me ajudar a escolher.

– Mas eu não quero ficar horas de bobeira esperando a Sheila experimentar um milhão de calças.

– Ninguém quer, meu amor – declara tia Celia, entrando na sala. – É por isso que a gente vai largá-la. Nós vamos voltar pra casa depois de comprar o tênis da Parker.

– Banco da frente! – grita Petey quando saímos de casa.

– Ã-ã, no de trás – diz tia Celia. Não adiantou Petey falar primeiro, ditadores não seguem as regras que não gostam. – Eu vou na frente com a Sheila.

– Mas se... – começa Petey.

– É uma licença *provisória* – informa Sheila. – Não posso dirigir com ninguém no carro a não ser que a mamãe esteja sentada do meu lado. Vai se acostumando.

No banco de trás com Petey, estendo a mão e sussurro:

– Um, dois, três, quatro...

Ele segura a minha mão num aperto apropriado e sussurra de volta:

– Eu declaro uma guerra de dedões.

∵

No estacionamento do Ridgeway Mall, ficamos serpenteando. Não sei se é porque está lotado ou se ela só está tentando economizar cinco passos extras.

Tia Celia fala:

– Você não ia encontrar a sua amiga na praça de alimentação? Fica bem do outro lado.

– É – responde ela. Não faço ideia de quem seja essa nova amiga.

Sheila estaciona e, quase antes de o motor estar totalmente desligado, ela já foi embora.

– Posso ir na loja de videogame? – pergunta Petey.

– Não vamos comprar videogames hoje.

– Só pra olhar?

Petey gosta de me ajudar, mas, aparentemente, fazer compras é um pouco demais, até para ele.

– A gente precisa ajudar a Parker a comprar tênis, depois vamos direto pra casa.

– Na verdade, não preciso de ajuda – digo. Não para criar problema, só é a verdade. – A gente está entrando pela porta onde tem a pet shop, né? Depois que a gente estiver lá dentro, posso encontrar vocês aqui de volta em meia hora.

– Legal! – exclama Petey.

– Não, não. É claro que a gente vai te ajudar, Parker.

– Obrigada, mas vocês realmente não precisam fazer nada. Eu sei aonde estou indo e o que vou comprar, e estou com o meu cartão de crédito. Eu mando uma mensagem se alguma coisa mudar. Se eu voltar pra pet shop antes de vocês, fico brincando com os filhotes até vocês aparecerem.

– Não acho que seja uma boa ideia.

É aí que o bicho pega. Confesso que sugerir a pet shop foi uma provocação – a única coisa mais cansativa do que Petey tentando ganhar um videogame é ele tentando ganhar um filhote –, mas o resto foi uma tentativa sincera de dar uma chance a minha tia. Ela estragou.

– Eu não posso comprar tênis sozinha por meia hora, mas a Sheila pode ficar andando por aí o dia inteiro?

– Não é a mesma coisa, Parker – responde ela na sua voz cansada da vida.

– É exatamente a mesma coisa.

– Me desculpa, mas não é. Você não vai querer falar disso...

– Não, eu quero muito falar disso. Por que, exatamente, você precisa estar comigo?

– Bom, é só mais fácil quando a gente...

– Eu não preciso de mais fácil.

– Como você vai escolher o que quer?

– Eu já sei o que eu quero. Digo a eles, eles pegam, dou o meu cartão de crédito, pronto.

– E se te cobrarem a mais? Não é melhor pagar em dinheiro?

– Não. Eles escaneiam o código de barras e vai direto pro cartão de crédito. Se o pagamento for em dinheiro, a caixa pode dizer sessenta dólares e o cara te dizer cem; aí ele coloca os quarenta a mais no bolso e você está ferrada sem nenhuma prova. Com o cartão de crédito, eu verifico online quando chego em casa e vejo se custou o que o cara falou. Aí só pago se estiver certo.

Silêncio.

A tia Celia só está morando comigo há três meses e tem muitas situações com que a gente ainda não teve que lidar. Eu não previ que hoje seria o dia de colocar as coisas em pratos limpos a respeito de fazer compras sozinha, mas também não previ o Petey forçando a barra para ir na loja de videogame, o que ele tem todo direito de fazer.

– Eu só quero ajudar – diz ela.

Ela soa sincera. Como se eu a estivesse magoando. Mas, se alguém se magoa quando insiste em me dar algo que não quero, não vejo como isso possa ser culpa minha. Mas não nos leva a lugar algum.

– Vamos fazer o seguinte. Pode me seguir se quiser e você vai ver que estou bem. Não vai ser divertido pro Petey, mas não ia ser, de qualquer jeito.

– Você quer que a gente siga você? – pergunta ela. – Tipo dez passos atrás?

– Não, mas também não posso impedir. Faça o que quiser. Só não interfira, a não ser que eu esteja fazendo alguma coisa em que corra perigo de vida. De qualquer forma, encontro vocês aqui de volta em meia hora ou mando uma mensagem.

– Tá bom – suspira ela.

Vou tateando com a bengala até a parede. Com toda a discussão, quase perdi a noção de onde ela deveria estar, mas o som de filhotes à minha esquerda me orienta. Sei que não há bancos ou outros obstáculos ao longo dessa ala do shopping, então me guio facilmente com a bengala, batendo com força o bastante para que pessoas que não estejam olhando me escutem chegando.

Há sete lojas à frente. Minha bengala acerta a parede lateral e depois o vazio quando passo na entrada de uma loja, e depois parede de novo. Após sete vãos, sei que estou na área central.

Essa é a primeira vez que espero que tia Celia intervenha, pois estou indo direto para a fonte. De propósito, mas ela não sabe disso. A água só bate na canela e ela provavelmente acha que eu vou meter os pés lá dentro. Minha bengala atinge a borda e eu paro. Ninguém diz nada.

A não ser um menininho por perto que sussurra audivelmente:

– Mãe! Mãe! Olha!

Quem sabe do que se trata. Talvez seja sobre mim, talvez seja um cocô flutuando na fonte. Agora vem a parte desafiadora: me orientar para a sapataria a partir daqui.

– Ela está fingindo que é cega! – comenta o menino num sussurro alto o bastante para ecoar.

Ignorar ou não essas coisas é sempre uma questão. Posso sentir que ele não está longe, então me inclino um pouco na direção dele.

– Eu não estou fingindo – digo num sussurro alto. – Eu sou cega mesmo. E *não* sou surda.

Ele ofega e o escuto se arrastando. Talvez esteja se escondendo atrás da mãe.

– Então por que você está usando uma venda? – pergunta ele.

– Vamos, Donnie – pede uma mulher jovem. – Não a incomode.

– Eu uso porque é bonito. E porque pilotos japoneses na Segunda Guerra Mundial as usavam quando se espatifavam em algo de propósito. Às vezes eu também me espatifo em coisas, embora não de propósito.

Percebo que isso pode ser ofensivo, mesmo que eles não sejam japoneses. Tarde demais.

– Camicase! – grita ele, seguido de barulhos de avião, barulhos de balas e um barulho de explosão, todos eles provavelmente lançando muitos mililitros de cuspe no ar.

Com isso resolvido, é hora da parte desafiadora. A ala do shopping com a sapataria, Corrida Desenfreada, é oposta à fonte, que é redonda. Funciona melhor se eu contornar dando batidinhas com o bastão e pisando para o lado, sempre tentando ficar de frente para o mesmo lado sem girar, ou é difícil de acompanhar minha direção. Conforme faço isso, os barulhos de avião diminuem. Quando acho que estou lá, é hora de ver se acertei.

Ando para a frente o suficiente para saber que estou na ala principal, depois começo a me dirigir à direita, onde sei que está a loja. Consigo não esbarrar em ninguém, como pessoas que estão provavelmente olhando para o outro lado, encarando as vitrines ou sei lá o quê e não escutam as minhas batidas.

Quando chego à entrada, avanço e ando reto até que bato numa barreira que deve ser um mostruário de sapatos. Estendo a mão e toco em lona e cadarços. Sucesso. Agora é um jogo de espera, e em geral é curto.

– Posso ajudar?

É a voz de um cara. Talvez da minha idade. Não a reconheço.

– Depende. Você trabalha aqui?

Ele dá uma risadinha.

– Sim, eu sou um empregado. Quer tocar o crachá com o meu nome?

– Não até a gente se conhecer melhor. A não ser que esteja em braille.

– Não está. Ela diz Jason. Você está procurando alguém?

– Não. – Levanto um pouquinho a perna direita e viro o pé para o lado. – Pode me dar um novo par desse, número 37?

– Hummm... Acho que a gente não tem mais desse modelo.

– O mais parecido está bom. Não sou tão exigente.

– Em preto?

– Com certeza. Sou exigente com isso. Sem listras ou cores ou qualquer troço extravagante. Se eu correr de noite, quero ser atropelada porque não conseguem me ver.

– Você também pode correr de noite, já que não precisa de luz. Já volto.

Ele sai. Nenhuma reação por eu correr de noite ou simplesmente correr; ele fez até uma brincadeirinha. Eu podia gostar desse cara. A não ser por eu não saber se ele tem 17 ou 27 anos e isso é algo difícil de perguntar até para mim.

Digo "Não, obrigada, já estou sendo atendida" para três pessoas diferentes até o Jason voltar.

– Tem um banco vazio a uns três passos à sua direita – comenta ele.

Enquanto eu dou batidinhas e passo a mão, ele continua falando.

– Não sei se você liga pras marcas...

– Não ligo. – Encontro o banco e me sento.

– Tá. Eles pararam de fabricar os tênis que você está usando e os substituíram por estes daqui, que são parecidos, mas colocaram mais apoio no arco e uma tecnologia de espuma que simula molas no calcanhar, o que não ajuda, mas também não atrapalha. Você quer que eu amarre os cadarços pra você?

Ele me perguntou. Agora está ganhando pontos.

– Me dá um e você pode amarrar o outro. – Estendo uma das mãos e um tênis pousa nela.

– Claro. – Ele se senta ao meu lado. – Podemos apostar corrida.

Tenho muita experiência amarrando cadarços, mas ele trabalha aqui, então acho que ele vai ganhar.

– Você é um corredor? – pergunto. – Ou isso é só um emprego?

– Por que não os dois? Mas sim, eu corro.

– Você já correu na pista de corrida da escola? – pergunto. Muito sutilmente.

– Ainda corro. Bom, se eu fizer parte da equipe, o que parece provável. As provas são na próxima semana.

– Onde você estuda?

– Agora estou no último ano na Adams. E você?

– Ah, você é um dos imigrantes. Eu sou uma nativa.

– Sério?

Agora me pergunto se ele está me zoando. Não é ser convencida nem nada, mas quais as chances de ele nunca ter visto minha venda e eu zanzando pela escola?

É demais para deixar pra lá.

– Você nunca me viu por lá?

– Não, acho que a gente não tem nenhuma aula em comum.

– Ou anda pelos mesmos corredores ou come no mesmo refeitório.

Ele gargalha.

– Na hora do almoço, eu só vou pra pista de corrida com uma barrinha de cereal.

Termino de amarrar o cadarço.

– Pronto. Você já acabou?

– Uhhh – exclama ele. – Siiiiiiiiim... terminei...

– Eu ganhei, né?

– Você nunca saberá.

Uau, tirando vantagem da minha cegueira de um jeito seguro e brincalhão nos primeiros cinco minutos.

Coloco os dois tênis e me levanto.

– Você tem uns dois ou três passos livres à sua frente. Se quiser mais, posso liberar um corredor pra você.

– Não, tudo bem. – Dou uns pulinhos no mesmo lugar e experimento os tênis dando alguns passos. A sensação deles é estranha, mas do jeito normal de sapatos novos. Bom, no fim das contas.

– Quanto custam?

– Custam $79,99.

Tiro o cartão de crédito do bolso e o estendo.

– Vou levar. Chego no balcão em um minuto.

– Não precisa, acabamos de receber esses scanners portáteis.

Enquanto ele escaneia o código de barras (*bip*) e digita (*clique, clique*) coloco os tênis velhos de volta e guardo os novos.

– Você assina na tela. Vou colocar a ponta da caneta onde é para assinar.

Estendo a mão e aparece uma caneta. Eu a pego e ele está segurando a outra ponta no ar até que ela encosta numa superfície dura.

– Aqui.

Assino meu nome e ele pega a caneta de volta.

– Coloquei a nota na caixa.

– Obrigada.

– Se você for verificar depois, o que deveria fazer, na verdade eles só custaram 68 dólares ou $73,78 com a taxa.

– Eles estão em promoção?

– Não, eu tenho um desconto pra família e amigos. Acho que agora somos amigos. É só um código que a gente coloca, a gente não marca a sua conta nem nada; então sempre que você vier aqui, vai ter que pedir para ser atendida por mim, Jason Freeborn.

– Legal, obrigada, Jason.

– Mas se o meu chefe perguntar, é melhor eu ter um nome pra dizer a ele.

– Como?

– Qual é o seu nome?

Ah. Que idiota.

– Parker. Parker Grant. Como no cartão de crédito.

– Eu não quis presumir. Um monte de gente usa o cartão dos pais.

– Quem me dera.

– Aqui estão os seus tênis. Me prometa que você não vai correr de noite, mesmo que possa.

– Prometo.

– Ótimo. Talvez eu veja você nos corredores da Adams. E já que agora nós somos amigos quero ver você correndo com esses tênis algum dia.

Por mais que seja estranho, estou pensando que talvez eu deixe ele fazer isso.

SETE

A doutora está aqui.

A não ser pelo fato de que não há pacientes na sala – na verdade apenas a mesa em que a Sarah e eu estamos sentadas, do lado de fora da quadra. Fornecemos um acesso fácil aos nossos pacientes, mas não muita privacidade. Sarah diz que não dá para escutar se falarmos baixo, mas as pessoas ainda têm que lutar com o fato de quererem ou não ser vistas conosco, já que a maioria sabe por que estamos aqui todas as manhãs. Bom, quase todos os nativos da Adams sabem, não os imigrantes da Jefferson.

– A Lori está falando com alguém que eu não conheço e olhando pra cá – informa Sarah. – Ou fofocando sobre a gente ou tomando coragem para vir até aqui. Ah, aí vem a Molly.

– E aí? Vocês normalmente sentam aqui fora de manhã?

– Todo dia – respondo. – Fazendo boa ação.

– Pra mim só parece sentar de bobeira.

– As aparências enganam. Fornecemos um serviço raro e valioso...

– Lá vêm elas – diz Sarah, com a voz ansiosa porque a Molly está aqui.

Antes que eu possa dizer qualquer coisa, a Lori fala:

– Oi, Sarah. Parker.

Uma garota que não conheço diz:

– Oi, Moll.

– E aí, Reg – responde Molly. – Como foi o verão?

– Ok.

– Essa é a Regina – apresenta Lori. – Ela está com um problema. Eu disse a ela que ela devia falar com vocês.

– Sente-se – oferece Sarah. – Hum... Molly?

– Tudo bem – diz Regina. – Ela pode ficar. Ela já sabe quase tudo.

Há um pouco de tumulto enquanto as pessoas se sentam.

– Pode falar, Regina – estimula Lori. – Tá tudo bem.

– Então... eu estava saindo com o Gabe na primavera, mas a gente terminou logo antes das férias da escola.

Silêncio.

– Regina... – diz Lori.

– Ele me deu um pé na bunda. Aí foi pra Espanha o verão inteiro num programa de intercâmbio.

– Peraí – digo. – Como ele fez isso? Pessoalmente, pelo telefone, mensagem?

– Quando eu estava no trabalho, ele me mandou uma mensagem *A gente precisa conversar*, e respondi *Sobre o quê?*, e ele disse *A gente tem que conversar pessoalmente*, e eu falei *Você está me assustando, o que foi?*, e ele disse que eu podia ligar pra ele se não conseguisse esperar e falei que estava no trabalho, mas que ia ligar no meu intervalo. Aí liguei e ele terminou comigo.

– Ele explicou por quê? – pergunta Sarah.

– Ele falou que a gente estava se distanciando. Que nós dois sabíamos que as coisas estavam esfriando e que não queria prolongar aquilo quando só tínhamos mais um ano na escola.

– Ele estava certo? – pergunto. – As coisas estavam esfriando?

– Eu não achava, mas...

Silêncio. É para isso que preciso da Sarah depois, se essa garota está olhando para as mãos, olhando para o céu tentando encontrar palavras, olhando para todos os rostos sem querer compartilhar com uma multidão...

– Não dá pra manter conversas inteiras confidenciais porque, sinceramente, é muito difícil resolver tudo – declara Sarah. – Mas, se tiver algo específico que você queira que a gente guarde segredo, a gente guarda. É só dizer.

– Não é isso. É só que... bom... acho que, pra começar, as coisas nem eram tão empolgantes assim.

– Você não estava tão a fim dele ou ele de você? – comento.

– Ah, nós éramos ótimos juntos, mas... talvez ele queira ir mais rápido do que eu quero?

E eu digo:

– Ele falou que as coisas estavam esfriando, mas na verdade ele queria dizer que as coisas não estavam esquentando rápido o suficiente.

– Talvez.

– Vocês dois conversaram sobre isso? – pergunta Sarah.

– Não. Não falei muito. Eu estava no trabalho e realmente não esperava. Sei lá. Só senti como se, de algum jeito, eu tivesse estragado tudo. Não queria deixar as coisas piores tentando adivinhar o que tinha dado errado e prometendo consertar aquilo ou implorando ou algo assim. Eu só queria desligar. Aí fiz isso e fim. Bom, até a semana passada. Ele começou a me ligar de novo.

– Ele quer voltar?

– Ele não falou isso. E eu não pedi. Ele só disse que está com saudades e que quer botar o papo em dia.

– E você não sabe se quer? – pergunta Sarah.

– Eu não sei se devo.

– Não existe *devo* – observo.

– A Parker está certa – acrescenta Sarah rapidamente, o que me diz para deixá-la seguir em frente, e então me calo. – Eu perguntei se você quer. É isso que importa.

– Sei lá. Acho que sim. A gente se dá muito bem e tal. Sinto saudades de sair com ele... mas... depois que ele terminou comigo... sei lá... acho que ia ser esquisito.

– Esquisito como? – pergunta Sarah rapidamente. Para enfatizar a importância da pergunta e para se esquivar antes que eu caia em cima dela, o que a Sarah deve saber que está prestes a acontecer.

– Sei lá. Só esquisito. Não pressenti que ia acontecer da primeira vez, então isso poderia acontecer a qualquer momento de novo, sem eu esperar. Eu ia ficar pensando nisso o tempo todo. Mas acho que serve para qualquer pessoa. Eu só não pensava nisso antes.

– Então o que você quer fazer? – indaga Sarah.

– Acho... que eu quero ficar com ele. Só não quero ficar desconfiada o tempo inteiro, sabe?

– Sim, com certeza – comenta Sarah.

– Então... o que é que eu faço?

– Não dizemos pra ninguém o que fazer...

– A não ser quando é óbvio – digo, sem conseguir mais me segurar. – Você acabou de dizer. Encontre e fique com alguém com quem você não precise ficar desconfiada. Esse cara, como é o nome dele?

– Gabe.

– Gabe. O Gabe é um cara que você vai ter que desconfiar?

– Acho que sim.

– Problema resolvido.

– Mas sinto falta de sair com ele...

– Ele disse que as coisas não estavam apimentadas o suficiente pra ele. Ele ganha uns pontos por terminar antes de ir pra Espanha se divertir sem trair, mas perde os pontos de novo por tentar se insinuar pra você agora que está de volta, pra ver se um verão sozinha... você estava sozinha?

– Sim.

– Pra ver se perdê-lo por três meses pode ter feito você pensar melhor sobre transar com ele pra segurá-lo.

– Ele nunca falou isso. Não acho que esteja tentando ser malandro...

– A gente já sabe que ele é malandro. Ele era seu namorado; ele não sabia os seus horários de trabalho? E te manda mensagem enquanto você está no trabalho dizendo *A gente precisa conversar*. Ele sabe que é o tipo de coisa que você tem que responder. E, quando você faz isso, ele diz que vocês têm que conversar pessoalmente, sabendo que você não vai conseguir esperar. Aí termina com você pelo telefone, se safando do constrangimento de fazer isso cara a cara, mas fazendo com que seja culpa sua. Se ele não fosse malandro, só teria esperado pela próxima vez que vocês estivessem juntos.

Silêncio.

– O lance é: – digo – se ele não estava feliz antes, por que ficaria feliz agora? Ou ele mudou ou está esperando que você tenha mudado. Você mudou?

– Acho que não.

– Ele também não, lamento informar. As pessoas não mudam. Elas só aprendem com a experiência e se tornam atores melhores.

Mais silêncio.

É a vez de Sarah falar:

– Não sei se ajuda, mas estamos aqui todas as manhãs se você quiser conversar.

Ouço pés se arrastando e depois passos.

– Elas foram embora – informa Sarah.

– Como acabou?

– Ela parecia confusa. A dissonância cognitiva de sempre. Ela quer voltar para o que achava que tinha, sabe que não está de verdade lá, quer muito que esteja, e está lutando com o quanto racionalizar para recuperar aquilo.

– Peraí, o que acabou de acontecer aqui? – quer saber Molly. – A Regina veio e contou aquilo tudo pra vocês sem nunca terem se encontrado?

– É algo que a gente faz – responde Sarah. – Todo mundo na Adams sabe. A gente ouve qualquer coisa sem julgar...

Eu dou uma bufada, mas a Sarah me ignora.

– ... e oferece observações imparciais e conselhos. E somos *ótimas* em manter as coisas confidenciais...

– Ela está olhando pra mim? – pergunto. – Mantenho a parte mais sensível em segredo, mas parte do valor que fornecemos é saber coisas a respeito de outras pessoas. Por exemplo, estávamos ajudando...

– Parker! – repreende Sarah.

– Tá bom! – respondo. – Eu não ia citar nomes.

– Vocês... – diz Molly. – Bom, eu ia perguntar se isso é sério, mas a Regina... quero dizer...

– Ela contou que você sabia sobre o rompimento dela – afirmo. – Ela conversa com você?

– Um pouco.

– O que você dizia pra ela?

– Eu basicamente concordava com o que ela dizia. Parecia ser o que ela precisava.

– É claro. Quando ele é o cara dos sonhos, ele é dos sonhos; quando ele é um babaca, ele é um babaca. Um monte de gente precisa disso, mas também precisa da verdade que normalmente não consegue dos amigos. Falar do jeito que a gente fala é difícil pras pessoas fazerem e continuarem amigas.

– Ela quer dizer do jeito que *ela* fala – observa Sarah. – E, sim, é *superdifícil* continuar amiga dela com ela falando desse jeito.

– Nossa – manifesto. – Mas é o que as pessoas precisam. É por isso que elas vêm até nós. Elas não têm meses ou anos para fazer isso do velho jeito tradicional, profissional. Então a Sarah começa de mansinho e depois eu vou direto ao ponto.

– Como é que isso começou? – pergunta Molly. – Vocês sentadas aqui fora... Como as pessoas sabem?

Espero Sarah responder. Ela não responde.

Viro a cabeça para encará-la.

– Vai, Sarah. Conta pra ela.

– Ai, meu Deus – diz Sarah com sua voz que indica que está revirando os olhos. – Com o veneno eu nem tenho problemas, mas com a presunção... argh...

Dou um sorrisinho malicioso.

– Tá bom – concorda ela. – Um dos efeitos colaterais inesperados da Parker ficar cega foi como ela ficou... cada vez menos *sensível* com o que dizia às pessoas, porque ela não conseguia vê-las se retraindo. Aí, no primeiro ano, algumas pessoas vieram agradecer-lhe por ser tão direta, comentando que mais tarde se deram conta de que ela estava certa e aquilo as tinha ajudado muito. E aqui estamos, dois anos depois.

– Viu, não foi tão difícil, né? – Eu me viro de novo para encarar a Molly. – Ela até se desvalorizou. Somos uma equipe porque, as coisas que eu falo pras pessoas, a maioria delas eu nem saberia se a Sarah não me contasse. É como eu disse, ela é os olhos e o cérebro, eu sou apenas a falastrona.

– Uau, vocês são tipo As Psicólogas Boazinha e Malvada – comenta Molly. – Vocês deviam cobrar cinco centavos por sessão das pessoas.

– Sim! – respondo. – A gente tinha uma xícara com a Lucy desenhada dizendo *A dra. está aqui*, mas ela quebrou faz um tempo.

– Talvez seja a hora de uma confissão – diz Sarah sem soar nem um pouco arrependida. – Eu quebrei aquela xícara de propósito.

– Você quebrou? – Estou chocada de verdade. – Por quê?

– Ela está certa no que diz ao Charlie Brown, mas ela é totalmente insensível ao fazer isso. Nós não somos assim. A Lucy é uma vaca.

– Mas isso é perfeito pra vocês – declara Molly. – Cada uma é uma metade da Lucy. Você é a metade psicóloga compreensiva, e você, Parker...

Eu rio. Não posso negar. Nem quero.

∴

A combinação do meu armário é fácil: zero-zero-zero, e tem um relevo no disco onde tem o zero. Tenho um cadeado separado que precisa de chave, já que não consigo saber se tem alguém espiando por cima do meu ombro. Pedi para desativarem a combinação do armário, mas disseram que não era possível sem estragá-la, o que não acredito. Então pedi para, pelo menos, fazerem a combinação mais fácil. Agora tenho a alegria de destrancar dois cadeados toda vez que quero abrir o armário.

– Oi, Parker.

É a Faith. Ela normalmente não cumprimenta do nada. Então me pergunto o que mais ela quer. Mas não estou preocupada; as aulas acabaram e a Molly tem muito o que fazer na biblioteca até eu chegar lá.

– E aí, Fay-Fay, como vai você? – É uma velha brincadeira de quando a gente era criança. É provável que ela não goste mais desse apelido, mas estou de bom humor e ela nunca me pediu para parar de usá-lo.

– Quer ir ao shopping nesse fim de semana?

Achei que ela podia dizer 99 coisas, essa não era uma delas.

Faith e eu não andamos juntas, basicamente porque não temos mais quase nada em comum. A gente finge que não se dá bem, mas somos o oposto de amigas da onça; somos amigas que fingem ser inimigas. Acho que isso faz da gente *aminimigas*. Compartilhamos muita história séria sem buracos pela estrada e estávamos presentes uma pra outra durante os piores momentos, só não muito no dia a dia.

– Hoje é só segunda-feira – digo, ganhando tempo. – Você faz planos com antecedência mesmo.

– Eu vou no Ridgeway todo fim de semana. Só achei que de repente você gostaria de outra pessoa pra escolher as suas roupas além da Sarah "Moletom" Gunderson, pra variar.

– Acho que ela não está convidada.

– Ela pode ir.

– A gente não faz compras juntas – informo. Na verdade, nunca me ocorreu pensar no que a Sarah usa o tempo inteiro. – A Sarah usa muito moletom?

– Só todos os dias da semana. Você quer ir?

Eu não quero. E, bom... meio que quero. Não quero toda a chatice ou pilha para comprar roupas que são muito extravagantes ou não fazem o meu estilo, mas... desde que o papai morreu não fiz nenhuma compra além dos tênis de ontem. Tênis são as únicas coisas que não preciso de uma certa ajuda.

– Você não costuma ir com a Lila e a Kennedy?

– Nem sempre. Tudo bem se você não quiser ir.

Eu me pergunto se essa não é uma daquelas vezes em que deveria aceitar sem superanalisar tudo.

Não.

– Por que agora você está me chamando pra ir?

– O que você quer dizer?

– A gente nunca fez compras juntas antes e, de repente, numa manhã aleatória de segunda-feira, você quer ir, mas não até o próximo fim de semana. O que te fez pensar nisso?

– Como eu disse, se não quiser ir...

– Eu não falei que não queria.

Silêncio.

– Nada é fácil com você, Peegee. Nadinha.

Ela parece resignada, não com raiva. Sinto uma pontada porque sei que ela está certa. Então me ocorre um pensamento.

– É porque agora eu sou órfã?

Um suspiro. O tipo que me diz o quanto a minha amizade é penosa para ela.

– Sim, Parker, é porque você é um caso perdido de caridade. – Ela fecha o armário dela. – Você tem que dissecar tudo à sua volta como se fossem sapos mortos.

Eu rio.

– Hoje é a primeira vez desde que a gente se conheceu no jardim que você me chama pra andar no shopping e você fica surpresa de eu querer saber o porquê?

– Por acaso eu falei que estava surpresa? – diz ela. – Tá bom, eu vi você ontem no shopping comprando tênis.

– Ah, você... por que não falou comigo? Ah... o Trio Dinâmico.

Ela limpa a garganta, ela odeia esse nome.

– Eu tava sozinha. Você tava falando com um cara gato. Não quis estragar o clima.

– Ele era gato? – digo.

– Você liga?

– Ha! Viu, você me conhece *mesmo*. Peraí, você estava fazendo compras sozinha?

– Existe hora pra tudo. Mas aposto que você acha que todas as compras deveriam ser sozinhas porque você não quer a ajuda de ninguém. Estou certa?

Sem chance de eu jamais admitir isso.

– Você está me dizendo que confia mais nas opiniões da Lila e da Kennedy sobre roupas do que na sua própria?

– Não se trata apenas de ser ajudada. É legal. É divertido.

– Legal? Divertido?

– Quer saber? Mudei de ideia. Você *tem* que ir. A Sarah e a Molly também. Você não pode sair por aí alegando que sabe tudo se você nem nunca saiu pra ir ao shopping com as amigas. Nós vamos nesse sábado, tá decidido.

Ninguém, mas ninguém, me diz o que fazer. Ninguém.

– Tá bom então – respondo.

OITO

Quando escuto o carro da tia Celia, me despeço da Molly e ando até o meio-fio. Abro a porta, jogo a mochila no chão e entro.

– Sou eu – diz Sheila. – A minha mãe não pôde vir. O meu pai vai receber gente do trabalho em casa, então ela está preparando um grande jantar. Mas não pra gente, nós vamos comer pizza na sala.

Eu me incomodo com o jeito que ela fala *minha* mãe e *meu* pai. Tipo, sempre que eu falo dos meus pais para alguém, que descansem em paz, é sempre *minha* mãe ou *meu* pai porque eles não são pais *deles*; mas a Sheila e eu somos primas, e, mesmo que a mãe e o pai dela não sejam meus, eu os conheço e agora nós moramos juntos e isso só parece bizarro. Não sei, só me incomoda.

– Estou surpresa – declaro. – Me dar carona sem a *sua* mãe aqui significa que *você* está infringindo a lei, mas a *sua* mãe ainda é cúmplice se ela sabe disso. Sempre pensei nela como alguém que não infringe a lei por conveniência.

– A *sua* conveniência. Eu falei pra ela que você podia andar até em casa. Pena que ela disse não, você podia levar a sua amiga Molly contigo. Ela podia perder uns quilinhos.

– Quê?

Ela engrena o carro e aperta o acelerador.

– Enfim, não é contra a lei se estiver indo ou voltando da escola e eu tiver um bilhete assinado. O que eu tenho. Quer ver?

– Não consigo... eeei, peraí só um minutinho. Você tá de sacanagem? Deve estar, já que você sabe que eu sou cega e tal, então eu não consigo ver bilhetes ou o quanto uma pessoa é gorda ou magra. Ou você só está sendo má?

– Eu estava sendo sarcástica.

– Ah, jura? Você sabe o que essa palavra significa?

Silêncio.

– A escola fica a apenas três quilômetros – comenta ela. – Você pode mesmo ir andando se não quiser que ninguém te ajude.

– O que eu quero é ser tratada como todo mundo. Até você começar a andar de casa pra escola todo dia estou perfeitamente feliz em ser buscada também.

Silêncio.

– Obrigada pela carona.

– De nada.

Nossas mães e pais ficariam muito orgulhosos.

O rádio é ligado. Notícias de rádio. Comerciais. Sheila troca de estação até encontrar alguma música. Não é nada que eu reconheça, mas isso não é nenhuma surpresa; não escuto muita música.

– Quem é essa? – pergunto.

– Quê?

– A cantora, quem é?

– Ha, ha. A gente não tem que conversar, sabe. É por isso que o rádio está ligado.

– Beleza, você também não sabe, podia só ter dito.

– O que você está falando? É a *Kesha*. "We R Who We R". Todo mundo conhece.

Deixo as mãos caírem um pouco, o meu equivalente a revirar os olhos, mas duvido que a Sheila entenda.

– Era ela que tinha um erro de digitação no nome, né? Um cifrão em vez de um *s*?

– Meu Deus, Parker, você é... tão...

Meu estômago se aperta e eu sei por quê. É esse espaço para onde vou que fica em algum lugar entre querer irritar alguém por causa das suposições idiotas dela e me sentir mal de verdade por perder algo. Há muita coisa que eu perco por ser cega, mas há muito que não. Eu vi arco-íris quando era pequena, eu sei como são, não preciso enxergá-los o tempo todo. Mas existem muitas coisas novas com as quais não consigo me manter atualizada.

– Só estou dizendo que nem todo mundo conhece essa música.

– Você nunca ouviu falar da Kesha. – Ela diz isso de forma monótona, como se fosse tão inconcebível que ela não faça ideia de que emoção empregar.

– Você quer dizer a Keh Cifrão Ha... Sim, ouvi falar dela.

Não tenho mais nada a fazer, e agora está tocando alto, então escuto. Encostamos na entrada da garagem e paramos, mas Sheila deixa o motor ligado até a música acabar.

– Reconhece agora?

– Não. Nunca ouvi antes.

– Afe, você tá falando sério. Como isso é possível?

– Que foi, você acha que todo mundo no planeta escutou essa música?

– Não, mas em todas as escolas de ensino médio dos Estados Unidos, sim. Eu só achei... deixa pra lá.

– O quê? – Sinto na voz dela que é um daqueles momentos sentindo-se-estranha-perto-da-garota-cega. – Tudo bem, pode me falar.

– É só que... se eu fosse... sabe... Só pensei que você saberia mais de música que qualquer um.

Balanço a cabeça. Por onde começo?

– Com que frequência você escuta música e não faz mais nada?

– Não sei. Bastante.

– Eu quero dizer sem folhear uma revista, sem ficar na internet, sem fazer nada a não ser ouvir.

– Não sei, isso importa?

– Não pra você, mas quando você diz *o tempo todo*, você na verdade quer dizer que lê revistas, fica na internet, faz dever de casa, com música ao fundo.

– É claro. É o que todo mundo faz...

– *Nem* todo mundo. Pra mim, ler é escutar. Não posso ouvir um audiolivro *e* música ao mesmo tempo. E pra mim leva o dobro do tempo escutar alguma coisa do que leva pra você ler. Caramba, você sabe na hora se está na página da internet que você quer, enquanto pra mim leva cinco minutos só pra perceber que não estou e acertar os links pra página certa. Então eu posso passar quase o tempo todo lendo e trabalhando pra acompanhar a escola, ou posso ouvir bastante música e não fazer mais nada e garantir que quando eu me formar, *se* eu me formar, vou estar ferrada com nenhuma educação e aí o que eu vou fazer pra cuidar de mim mesma?

Depois de um instante, barulho de chaves.

– Tá boooom.

– Beleza, você não sabia. Não fico brava com as pessoas por elas não saberem. Fico brava com as pessoas por elas acharem que sabem.

– Bom... o que você achou da música?

– Não sei. É toda sobre se libertar e se divertir, e a batida é chiclete, mas também parece o que provavelmente está se passando pela cabeça de uma stripper quando vê todos aqueles caras empolgados por ela, mas no fundo ela sabe que eles só querem saber dos peitos e da bunda dela e ninguém nunca vai amá-la de verdade. Então acho que eu gosto do ritmo, mas não da letra. Você gosta?

Silêncio.

– Eu gostava. Acho que você acabou de estragá-la. – Ela sai e bate a porta.

– A culpa não é minha.

∵

– Faith e eu vamos ao Ridgeway no sábado fazer umas compras – conto à Sarah. – Quer ir?

– Calma aí, Parker, a ligação está ruim. Ou isso, ou você acabou de falar um troço totalmente aleatório. Se eu te pedir pra repetir, aposto que você vai dizer algo totalmente diferente dessa vez.

– A Faith e eu vamos ao Ridgeway no sábado fazer umas compras. Quer ir?

– Ha. Você quer que eu vá fazer compras. Com você e a Faith.

– E a Molly, mas ainda não falei com ela.

– Calma aí um segundo. O meu mundo virou de cabeça pra baixo. Tá, agora eu tô bem. Fala de novo.

– Ah, poxa, vai ser divertido.

– Quem é você?

– Você pode comprar uns moletons novos.

– Quê?! O que aquela vaca falou pra você?

Eu rio. E continuo rindo porque ela falou isso pra ser engraçado, de um jeito irônico autoconsciente, mas eu também sei que foi sincera.

– Ela tem que se vestir bem porque não tem namorado. E eu te digo que moletons são muito confortáveis.

Estou rindo demais para conseguir contribuir.

– É... isso... – digo, enfim, de modo ofegante. – Eu sabia que tinha um motivo muito bem guardado pra você ainda estar com o Rick. Ele é a sua desculpa pra usar roupas confortáveis!

– Qual é a sua desculpa?

– Ah, você sabe que eu não preciso de uma, Sarah. O verdadeiro mistério é por que o resto de vocês precisa.

– É triste, mas é verdade. Não tenho outra resposta a não ser o que os olhos não veem, o coração não sente.

– Muito engraçado. Ah, escuta, a Molly é gorda?

– Hum, é. Por quê?

– A Sheila comentou. E isso resolve um pequeno mistério que estava no fundo da minha cabeça, porque eu escuto a Molly respirar com dificuldade às vezes. E as cadeiras dela rangem. E o Rick fala do almoço dela de uns jeitos estranhos, mas sempre me esqueço de te perguntar sobre isso depois.

– É, ele é um babaca, mas não sabe disso. Ela com certeza é robusta, mas não enorme. Na verdade, acho que ela seria bem bonita se não fosse tão gordinha.

– É assim que você pensa? – digo. – Ser mais magra é mais bonito?

– *Não.* Você sabe o que eu quero dizer. Bom, ok, talvez você não saiba. O fato é que tem garotas que são loucamente bonitas e acabam indo pra Hollywood e nunca mais pagam por nada pelo resto da vida. Às vezes elas ficam muito gordas e não são mais tão bonitas assim, mas olhando pra elas ainda dá pra saber que seriam lindas se perdessem peso. Estrutura óssea, eu acho. Acho que a Molly pode ser assim.

– Certo, isso está ficando estranho.

– Hã? Desde quando você não gosta desse tipo de conversa?

– Quem falou algo sobre não gostar? Mas você sabe que eu não ligo pra *aparência* das pessoas a não ser que isso afete como elas *são.*

– Talvez isso valha pra Molly. Não a conheço bem o suficiente. Ela é difícil de decifrar.

– Você também, Sarah. Você também.

– Bom, alguns de nós têm que contrabalançar vocês que falam demais.

– Continuando...

– Beleza, quem é Jason?

– Quê?! O que é que aquela vaca te contou?

Sarah dá um risinho. Ela é sempre tão calada o tempo todo que considero isso uma vitória. Não consigo nem expressar como é bom fazê-la rir ou pelo menos as miniversões dela de rir.

– Ela falou que te viu no shopping conversando com um carinha gato...

– Ele estava me ajudando a comprar tênis! Ele era um funcionário!

– Não sei por que você está ficando toda na defensiva. É só uma simples pergunta.

– Peraí... Eu nunca disse o nome dele pra Faith.

– Talvez ele estivesse usando um crachá.

Malditas pessoas e seus malditos olhos.

– Então... me fale sobre ele.

– O que há pra falar? Eu fui na Corrida Desenfreada, comprei um par de tênis de corrida, e o cara que me ajudou é da Jefferson. Não sei te dizer qual era a aparência dele, e ele soava... normal, acho, o que já é lucro nesse mundo. O que você quer que eu diga?

– Quero que você me diga por que a Faith ficou dez minutos do lado de fora da loja te observando.

– Caramba, ela me espionou por dez minutos? Que bizarro.

– Ela comentou que, quando você fala com as pessoas, você normalmente fica que nem um tatuzinho, toda sombria e fechada, mas com esse cara você estava aberta e reluzente...

– Reluzente? Ela falou que eu estava *reluzente*?

– Citação direta. E que você estava gesticulando. Ela ficou preocupada de você bater nele ou derrubar algo.

– Eu não estava gesticulando! – Será que estava?

– Ela falou que você estava sacudindo os braços que nem boneco de posto.

– Não estava.

– Tá bom. Não vou deixar você mudar de assunto. Responda à pergunta.

– Esqueci. Qual era mesmo?

– Pare de ser tão recatada. O que fez desse cara tão especial?

– Eu nunca falei...

– Parker!

– Tá legal! – Eu inspiro. – Não sei o que foi.

– Você está admitindo estar sem palavras? Cuidado, não sei se eu aguento o meu mundo virando de cabeça pra baixo duas vezes numa só conversa.

Inspiro de novo.

– Tudo o que posso dizer é que ele sabia como falar com uma menina cega.

– Caramba, menina, isso era tudo que você precisava dizer.

NOVE

Hoje vai ser um dia de merda. Tem vezes que a gente simplesmente sabe.

Depois que o meu alarme me acordou, Stephen Hawking me lembrou de que daqui a uma semana é aniversário do papai. Tenho lembretes antecipados para coisas que preciso de tempo para me preparar. Eu o apaguei.

No Campo Gunther, tenho a sensação de estar sendo observada. Eu paro em algumas voltas e fico totalmente parada para escutar. Numa das vezes, chamo para ver se não tem ninguém ali; não escuto nada. Só estou paranoica por causa daquele treinador que me observou na semana passada.

Como se não bastasse, recebo uma mensagem da Molly dizendo que ela vai ficar em casa porque está doente, com sintomas muito desagradáveis para descrever, provavelmente foi só alguma coisa que ela comeu então estará de volta amanhã. As aulas vão ser um saco hoje.

Tudo me levando a me sentar na aula de trigonometria antes do sinal, me arrependendo da minha decisão de aparecer na escola, já que vou pegar tudo com a Molly amanhã quando ela voltar.

– Scott – chama a sra. McClain. – A Molly não veio hoje. Você pode ajudar a Parker nesse tempo?

A próxima batida do meu coração é feroz de um jeito doloroso e minha boca se abre para rejeitar este pedido, mas alguém é mais rápido do que eu.

– Pode deixar comigo! – exclama B.B., soando ansioso demais, mas estou desesperada, então aceito.

– Não sei... – diz a sra. McClain. Será que ela está tentando, mas fracassando, manter o tom incerto da voz ou está fazendo um comentário em voz alta de propósito?

– Já estou sentado aqui – comenta B.B.

– Tudo bem – manifesta-se Scott, a voz como um flash. – Não é como se ele tivesse que *ensinar* algo a Parker. Só tem que dizer a ela o que está no quadro. Ele é inteligente o bastante pra fazer isso.

B.B gargalha. Parece sincero. Ou isso é uma zoação tranquila ou o B.B. não entende um insulto quando escuta um.

– A minha opinião conta? – pergunto, invocando uma variação da Regra Número Seis.

– Deixo para você escolher, Parker – declara a sra. McClain e começa a falar com outra pessoa da frente da turma.

Aponto pro Scott, depois pro B.B., e de volta.

– Uni, duni, tê, salamê minguê, um babaca colorê, o escolhido foi você.

O meu dedo está apontando pro B.B., como planejado. Se fizer Uni, duni tê com apenas duas opções, sempre aponte primeiro *praquele* que você não *quer*.

– Maneiro – diz B.B. – Vou sentar na cadeira da Molly pra não ter que ficar virando. – Ele executa sua manobra com uma incrível quantidade de rangidos, como uma banda de um homem só trocando de lugar num ônibus. O sinal toca.

A sra. McClain fala por um tempo. Depois o guincho da caneta no quadro me diz que ela está escrevendo.

– Ela está desenhando um círculo – sussurra B.B., alto o suficiente para provavelmente ouvirem do outro lado do corredor. As pessoas dão risadinhas.

– Eu não enxergo – sussurro, num sussurro de verdade –, mas minha audição é excelente.

– Ahhh... ih, tô falando muito alto? – Mais risadinhas. A sra. McClain as ignora.

– Bom, mais alto do que eu preciso, de qualquer forma.

– Desculpa – sussurra ele, tão alto quanto. – Agora ela está desenhando linhas do meio para... a parte do círculo... Não sei te dizer aonde as linhas estão indo... Elas são como raios num pneu de bicicleta.

– Roda.

– Quê?

– Numa roda, não num pneu. Deixa pra lá. Só pense num relógio. Para onde as linhas estão indo?

– Hã?

– Tipo meio-dia, três horas?

– Ah, sim. Doze, um, dois, três... tipo todos os números, basicamente. Espera, mais do que doze... tipo... – Ele resmunga alguns então – Quinze ou dezesseis.

– Então... ela está desenhando um círculo unitário?

– O que é isso? Ela está colocando uns números em volta, do lado de fora, como fez na semana passada, tipo raiz quadrada de dois e coisas assim. Isso está certo?

Resisto ao impulso de lembrá-lo de que não consigo conferir nada do que ele está descrevendo.

– Parece certo pra mim – sussurro, ainda mais baixo do que a última vez para ver se consigo diminuir a voz dele.

– Por que ele tem esse nome? – pergunta um pouco mais alto, como se estivesse tentando aumentar a minha voz.

– Bom, é só um círculo com um raio de um. Não importa se é um centímetro ou um quilômetro, é só uma medida de um qualquer; então o chamam de círculo unitário.

– Tá, mas e daí?

– Bom, ela está escrevendo ângulos nele, certo? E qual o tamanho das linhas? É como na geometria com aqueles triângulos especiais, como um triângulo de 45-45-90 tem uma hipotenusa que é o comprimento de um dos lados vezes a raiz quadrada dos dois. A não ser que o raio do círculo fosse dois, todos esses números precisariam de um dois na frente deles, mas essa não é a questão. É como reduzir uma fração; você divide os fatores comuns e resta... bom, um círculo unitário.

– Táaaaa, mas e daí? Pra que serve?

Naquele momento, percebo que a sala está num silêncio mortal. Nenhuma conversa, nenhum rangido.

– Provavelmente, é isso que ela está prestes a nos dizer – sussurro.

– Todas as contas estão certas, Parker – observa a sra. McClain. – Você já teve aulas de trigonometria?

– Não. Quando a Molly e eu fazemos os deveres de casa, olhamos o que vem pela frente para saber o que vai ser dado. Deixa mais fácil para acompanhar o que está acontecendo na aula.

– Isso é algo que todos vocês deveriam estar fazendo – comenta ela. – Principalmente aqueles que *conseguem* enxergar o quadro, mas *não parecem* conseguir manter os olhos abertos assim tão cedo.

Pancada, pés se arrastando, rangido.

– Ei! – Gargalhadas.

Acho que ela chutou a carteira de algum cara para acordá-lo, não conheço a voz, ainda tem muitas que não sei distinguir.

Felizmente, o que se segue são vinte minutos de fala sem muita escrita no quadro. Depois, ela passa exercícios para fazermos e em seguida o B.B. lê para mim. Ele é melhor descrevendo triângulos do que círculos:

– Ele tem um quadradinho no canto, e o lado pequeno é um número um, e o lado inclinado é um dois, e o ângulo está entre o lado pequeno e o lado inclinado, e eles querem saber qual é o sino... – Eu sei as respostas de cara, mas ele não, então o acompanho passo a passo. Consigo que ele fale *seno* em vez de *sino*, mas não consigo que ele fale *hipotenusa* de jeito nenhum. Acho que ele tem medo de que isso fira a masculinidade dele, tipo dizer *penhoar* ou *penteadeira*.

Terminamos quase ao mesmo tempo que o sinal bate.

– Ei, Parker? – diz ele enquanto arrumamos as mochilas. Agora está sussurrando mesmo. – Obrigado por me ajudar, tá?

Ouvir isso me faz corar um pouco. Como se eu tivesse feito algo errado. Será que fiz?

– Obrigada por *me* ajudar – respondo. – Hum, o seu nome é Stockley, né?

– É. Acho que você ouviu alguém me chamar, hein?

Sinto remorso. Ele falou isso numa voz normal, então não sei se foi uma observação sarcástica da nossa primeira conversa ou uma coincidência.

– Sim, a sra. McClain.

– O meu nome é Kent Stockley, mas as pessoas me chamam de Stockley, acho que por causa do futebol, e eu uso muito a minha camisa do time. Mas você pode me chamar de B.B.

– Mas isso quer dizer... – Não sei bem como continuar.

– Ah, a gente se chama de babaca o tempo inteiro, eu, o Scott, o Oscar e... bom, todo mundo. Mas gosto mais de B.B.

– Tá bom. Então acho que é justo você me chamar de P.G.

– Alguém mais te chama assim?

– Só a Faith.

– Faith Beaumont?

– É.

– Uau, tá, irado. Ei, a gente devia sair junto qualquer hora dessas.

– Ah, eu não saio com a Faith.

– Ah, tá... Eu... beleza, vejo você amanhã.

Não sei se isso foi um tchau de verdade, tipo ele indo embora, ou não.

– Beleza, até mais.

Aí me ocorre que talvez ele estivesse pedindo para sair comigo, não comigo para chegar à Faith. Sinto que estou franzindo as sobrancelhas e relaxo o rosto. Estou acostumada às pessoas querendo a Faith, não eu, o que tudo bem, mas não gosto de entender algo errado.

– B.B.? – digo.

Sem resposta.

E aí o Scott fala:

– Ele já foi.

Eu me concentro em fechar a mochila. Receio que até dizer um "tá" possa iniciar uma conversa.

– Vejo você amanhã – diz Scott. – A não ser que você me veja primeiro.

Agora a sala está silenciosa o bastante e o escuto se afastar e sair.

Vejo você amanhã... a não ser que você me veja primeiro.

Era isso que o Scott me dizia em vez de dar tchau, por anos. *Quatro anos inteiros.* Uma parte de mim se lembra da ternura que eu sentia quando ele dizia isso, uma ternura como nenhuma outra.

Meu coração bate no peito e nas orelhas.

Droga, Scott Kilpatrick... Não diga mais essas coisas para mim.

∴

É mais difícil chegar até o meio-fio logo depois da escola, para onde todos estão indo, em vez de para a biblioteca, onde normalmente só Molly e eu vamos. As pessoas estão se acotovelando na direção do estacionamento, se chocando umas nas outras ou talvez seja só comigo. Enquanto navego dos cantos da secretaria escada abaixo, recebo sete pedidos de desculpa, alguns deles sinceros. No estacionamento, ninguém fala comigo, mas isso não necessariamente significa alguma coisa.

– Sheila? – chamo numa voz normal.

– Quê? – responde ela, não muito longe à minha esquerda.

– Você ia dizer alguma coisa?

– Acabei de dizer.

Deixa pra lá.

Não, nada de deixar pra lá.

– Você sabe que não é educado simplesmente ficar aí parada sem dizer nada?

– Você sabe que não é educado dizer às pessoas que você acha que elas não são educadas?

Eu rio. Isso foi muito engraçado. Não ouço a Sheila rindo.

– Você está sorrindo? – pergunto.

– Não. Por que eu deveria?

– Ah, não sei – digo, um pouco triste. – Se alguém faz uma piada, mas não sabe que é uma piada, ainda é uma piada?

– Do que você está falando?

– Filosofia, acho.

– Deixa pra lá.

É, deixa pra lá.

Ouço uma voz familiar atrás de mim dizer:

– Olá, Parker Grant.

Jason se aproxima de mim.

– Tudo bem?

– Ah, sabe como é... – Eu noto meus braços se mexendo e me lembro do que a Sarah e a Faith falaram e rapidamente descanso os braços ao lado do corpo. Dou de ombros. – Só mais uma Terça Trágica.

– Ah? Por que trágica?

Não faço a menor ideia de por que eu disse isso. Talvez porque rimasse? Ou fizesse uma aliteração? Bom, as duas palavras começam com T, de qualquer forma. Eu me sinto estranhamente fora do prumo, distraída por ouvir o que estou dizendo e querendo que isso realmente signifique alguma coisa.

– Não sei... – Meus braços sobem e eu os puxo para baixo de novo. – Todas as terças não são trágicas, na verdade?

– Hum...

– Ei – comento rapidamente para desviar essa crise trágica de conversa. – Essa é a minha prima, Sheila Miller. – Faço um pequeno gesto e forço minha mão para baixo de novo. – Sheila, esse é o Jason Freeborn.

– Oi.

– Oi.

– Nós moramos juntas. – Escuto o quanto isso soa engraçado, mas não quero entrar em detalhes agora. – E então... quando são as provas?

– Amanhã e quinta depois das aulas. Você vai?

– Hummm... – Por mais que eu queira dizer que sim, simplesmente não faz sentido. – Acho que não. Não adianta muito sentar nas arquibancadas.

– Não pra assistir. Pra fazer a prova.

Certo, tem alguma coisa errada. Tratar todo mundo igual é uma coisa, brincadeira divertida é outra, mas perguntar à uma garota cega se ela vai para uma pista de corrida...

– Prova pra quê?

– Pra corrida. Qual é a sua distância?

– O que faz você pensar que eu tenho uma distância? Porque eu comprei um par de tênis? Se você acha que todo mundo que compra tênis com você corre de verdade com eles, tenho más notícias.

– Ué. Você não corre? – Ele parece mesmo decepcionado. Talvez só confuso. – Eu achei...

Droga, como é que eu fui me encurralar assim?

– Bom, não, quero dizer, sim, eu corro. Eu só não... – *Sabia como você pode saber disso? Droga, isso não faz sentido.*

– Você está confusa como eu estou? – diz ele.

– Na verdade, não – responde Sheila. – Isso é bem comum pra ela. Já estou acostumada. Não escutar com atenção ajuda.

– Ja-SON! – uma voz grave grita do outro lado do estacionamento. – Vamos!

– É a minha carona. Vejo vocês por aí.

Ele sai andando depressa.

– Droga. – *Droga, droga, droga.*

– Parker – diz Sheila.

– Quê?

– Eu estou sorrindo.

DEZ

Não sei por que o meu cérebro faz isso comigo. Às vezes sonho com coisas que realmente aconteceram, quase do mesmo jeito que elas aconteceram e, em geral, são aquelas que tento especificamente não pensar quando estou acordada. Meu cérebro às vezes me sabota.

Sonhei com aquele dia perfeito dois anos e meio atrás. Por um instante, foi uma sensação maravilhosa quando acordei, quando eu ainda era a Parker que não sabia o que vinha a seguir, e então a realidade me deu um tapa na cara. Ainda hoje, minha mente fica tentando pensar naqueles bons tempos para resgatar aquele sentimento, mas eu sei a verdade e não vou permitir. Como antídoto, tento repetir a conversa que tive com o Jason no shopping.

Não funciona. A conversa idiota e que deu errado que tivemos ontem no estacionamento fica atrapalhando. Em vez disso, tento não pensar em nada, o que garante que os pensamentos que quero evitar vão correr para preencher o vazio.

Tento outra coisa. Projeto minha mente, flutuando pelo corredor como um fantasma, passando por parentes que mal conheço, uma vizinhança de pessoas que mal me conhecem, indo para fora para o mundo vasto e em branco... enquanto de volta à minha cama, enrolada nos cobertores, estou despedaçada e sozinha. Sou grata pelos bons amigos que tenho, mas eles não conseguem preencher o espaço de uma mãe e de um pai que sempre vão me amar, independentemente do que aconteça, e nem amigos ou família podem dar aquele conforto especial que já senti e sei, de alguma forma, lá no fundo, que nunca mais vou sentir.

Bato no relógio, 4:47 da manhã. Estou agitada e sei que o sono não virá tão cedo. Não consigo impedir meu cérebro idiota de voltar ao sonho que acabei de ter. Elas já foram lembranças muito felizes e só as afastei por causa do que aconteceu depois. Talvez se eu puder separá-las, viver esses momentos de novo da maneira que eles foram na época, quando ainda eram felizes, antes de tudo desandar...

∵

É primavera, o amanhecer num sábado. No caminho para correr no Campo Gunther, escuto música.

Às vezes isso acontece, quando há um evento na cidade ou uma festa ou um casamento, embora normalmente não tão cedo assim. Sempre inconveniente, felizmente raro, quase nunca com mais de um dia de duração. Dessa vez fico especialmente desapontada porque preciso muito correr hoje. É o aniversário do acidente, quando minha mãe partiu e levou minha visão com ela.

Gostaria que aniversários não significassem nada para mim, afinal de contas, são apenas dias como outros quaisquer. Qual é o significado de dizer *nesse dia no ano passado* em vez de *a essa hora ontem* ou *nesse dia da semana um mês atrás*... é tudo arbitrário. Mas lógica não ajuda. Nesse dia, há exatos seis anos, perdi mais do que achei que poderia suportar, e não consigo parar de pensar nisso.

Quase volto para casa, mas há algo estranho com a música. Não com a própria música, mas pelo fato de ser o único som. Sem vozes, sem passos, sem sussurros, absolutamente mais nada. Continuo seguindo até chegar ao campo.

É a trilha sonora de *Grease: Nos tempos da brilhantina*.

– Scott? – chamo.

Nenhuma resposta.

Não pode ser uma coincidência. A mãe dele toca tanto esse CD – faz com que se lembre do pai do Scott – que chegou uma hora que aprendemos todas as músicas e de vez em quando saíamos cantando quando estava lá.

Ando pelo campo na direção da música até ficar de pé em cima dela. Eu me agacho e encontro um aparelho de CD. Em cima dele tem um pedaço grande de papel pesado, tipo uma ficha enorme de arquivo. Eu o pego e sinto saliências. Braille.

Parker. Você está ocupada hoje? Quero te mostrar algo. Me mande uma mensagem se você quiser e eu estarei aí em dois minutos. Scott.

Eu sorrio. Braille nível 1, por extenso. Feito com o que parecem umas gotinhas de cola. Deve ter levado séculos. O que ele está inventando?

Mando uma mensagem para ele: *Cadê vc?*

"Na esquina da Orchard com a Hess." O leitor de tela para as mensagens dele está programado com um sotaque australiano. Ele fica louco quando escuta.

Tá de bobeira aí?

"Esperando pra ver se você escrevia."

O que vc quer me mostrar?

"Um monte de coisa."

Isso está levando muito tempo.

Vem cá.

Como o prometido, escuto uma bicicleta, bem mais rápido do que dois minutos.

– E aí – diz ele.

– E aí. O que você está fazendo na rua tão cedo?

– Eu quero te mostrar uma coisa, mas antes quero te levar pra tomar café da manhã.

– Sei lá. O meu pai...

– Já falei com ele. Ele quer que você mande uma mensagem pra ele se decidir ir.

– Ir aonde?

– Na Jody.

Eu gargalho.

– Fica a quilômetros daqui.

– Onze quilômetros e meio. A gente deve levar uma meia hora.

Eu gargalho de novo.

– Como assim, na sua bicicleta? Não tem a menor chance de eu andar na garupa da sua bicicleta! Não por onze quilômetros e meio; nem por onze metros e meio!

– Não é a minha bicicleta. É a sua.

– Hã...

– Bom, só por esse fim de semana. Eu aluguei pra você. É uma bicicleta com dois selins.

– Como assim? Ela se guia sozinha?

Ele canta a resposta:

– É uma bicicleta construída para duas pessoas. Eu guio e freio. Você pode pedalar para fazer seu exercício matinal, já que interrompi a sua corrida.

– Você alugou...? – E eu me sinto leve na hora, como se a gravidade de repente tivesse caído pela metade. Os meus amigos e eu sempre fazemos pequenas coisas uns pelos outros, bom, eles mais do que eu para ser sincera, porque para mim é mais difícil, mas isso é maior do que a maioria das coisas.

– Quer ir?

Eu concordo com a cabeça. Enquanto mando uma mensagem para o papai, o Scott esconde o aparelho de CD nos arbustos.

É a minha primeira vez numa bicicleta desde antes do acidente. Leva alguns blocos para aprender a se inclinar junto com as curvas... agora é como voar. Andar de bicicleta antes nunca foi assim. Sem ver o mundo passar em árduos dezesseis quilômetros por hora, só sentindo, parece bem mais rápido. Já tive amigos me contando que gostam de fechar os olhos em montanhas-russas para sentir a empolgação de se mover rápido no escuro. Eles estão certos, é estimulante.

– Está se divertindo?

– Sim! – grito ao vento e pedalo forte.

Gostaria de poder trocar de lugar com o Scott para que ele pudesse sentir o que estou sentindo, mas não posso guiar para ele e não quero que ninguém mais faça isso.

Esse pensamento inesperado, o egoísmo dele, me choca. Por que eu não quereria que o meu melhor amigo sentisse essa empolgação só porque outra pessoa teria que estar nessa bicicleta com ele? Eu sei a resposta assim que pergunto. Querer algo tanto assim de repente a ponto de me sentir possessiva faz meu estômago se revirar.

Logo que abrimos a porta da Lanchonete Jody, somos saudados por gritos: Sarah, Faith e Philippa. (Isso foi antes da

Philippa se mudar pra Grécia e antes da Faith ter trilhado seu caminho para se tornar parte do Trio Dinâmico.) O Scott confessa que mandou uma mensagem para todo mundo quando eu concordei em ir tomar café e o papai buscou todas elas e as deixou lá enquanto pedalávamos. Pela uma hora e meia seguinte nós comemos panquecas com morangos e ficamos lambuzados de melado e jogamos morangos e rimos alto e ninguém que trabalha lá chama nossa atenção.

Quando esgotamos as possibilidades, ligamos para o papai para pedir uma carona. Philippa insinua que quer uma carona na bicicleta. Eu não falo nada, esperando que o assunto morra, mas ela pede outra vez e o Scott diz que todo mundo pode se revezar nela mais tarde, já que está alugada pelo fim de semana inteiro. Ele fala de um jeito que fica bem para Philippa, mas também fica claro que vai voltar comigo de bicicleta para casa.

Eu pedalo mais devagar na volta, mas não porque esteja cansada.

– Você falou que queria me mostrar algo. Era a bicicleta? Ou era o café da manhã? – Eu não acho que seja nenhum dos dois, espero que tenha algo mais, mas não quero que soe como se eu estivesse esperando alguma coisa ou que não estou agradecida por ganhar tanto assim.

– Não – responde ele por cima do vento. – Está na sua casa.

– O que é?

– Você vai descobrir.

Quando nós chegamos em casa, todo mundo está esperando e nos zoa por demorarmos tanto. Depois de alguns minutos caóticos, incluindo um pedido estranho para ter certeza de que todos fomos ao banheiro, o Scott nos arruma no longo sofá da sala e liga a televisão.

– A gente vai assistir à TV? – pergunto. – Você sabe que eu não consigo enxergar, né?

– Ninguém vai assistir a nada hoje! – exclama ele.

Ele desaba no sofá do meu lado.

– Estenda a sua mão.

Eu estendo e ele a levanta até o rosto dele. Ele está usando uma venda.

Eu rio e ele diz:

– Todos nós estamos usando.

A gente sai se debatendo para que eu possa sentir as vendas de todo mundo. A Sarah está usando a minha Branca de bolinhas azuis, Philippa está com a minha Amarela de carinhas felizes, Faith veste a Toda escarlate e o Scott com a Noite estrelada. Eu tinha escolhido a Olhos arregalados esta manhã, o que agora parece apropriado.

Nós nos acomodamos de novo, mais ou menos, enquanto esperamos o filme começar. Eu penso no quanto o Scott e eu estamos nos tocando: nossos braços, nossos quadris, nossas coxas, esmagados juntos no sofá. Esse tanto de contato não é assim tão incomum; o que é novo é o quanto eu estou prestando atenção.

As onze horas seguintes são dedicadas à trilogia de *O senhor dos anéis*, com a audiodescrição ligada. É *hilário*. Escutar o narrador fazer descrições inexpressivas de forma rápida e desapaixonada das expressões chorosas do Frodo, flechas penetrando globos oculares, os olhares emocionantes de amor imortal da Arwen e a decapitação de incontáveis orcs nos deixam urrando de tanto gargalhar num momento e mandando o outro ficar quieto no outro.

O papai faz sanduíches para o almoço e pede pizza para o jantar e nós comemos os dois sem parar os DVDs ou tirar nossas vendas. Já está de noite quando o último filme acaba.

Scott e eu nos apertamos lado a lado no banco da frente do carro, enquanto as meninas sentam atrás e o papai leva cada uma para casa. O Scott volta com a gente.

Nós dois caminhamos até o Campo Gunther para pegar o aparelho de CD dele e, depois de passarmos tanto tempo esmagados juntos no sofá, estamos nos esbarrando livremente enquanto descemos a calçada que nem bêbados. Na metade do caminho para o campo, trombamos de novo e ele pega a minha mão.

Isso não me surpreende e percebo que era o que eu queria enquanto andávamos nos tocando "acidentalmente" toda hora, mas sem falar nada a respeito. Eu aperto a mão dele.

No meio do campo, eu paro. Quero dizer algo, mas tenho medo de não sair do jeito certo ou soar idiota ou, de alguma forma, estragar tudo. Estou sobrecarregada, e não é só porque estou de mãos dadas com o meu melhor amigo.

O que aconteceu hoje está óbvio. Depois de quatro anos me vendo ficar um trapo nesse aniversário, ele orquestrou uma forma de me manter ocupada e rindo o dia inteiro. E fez isso como se fosse apenas um dia qualquer, sem dizer uma palavra sobre o que de fato estava fazendo.

Estou tão agradecida e animada que não sei o que fazer, mas tenho que demonstrar para ele que entendo e o quanto isso significa para mim.

– Parker? – diz Scott. – Você está bem?

Ele está me encarando, segurando a minha mão esquerda. Eu levanto a mão direita um pouquinho e ele a pega também.

– Obrigada.

Quero dizer mais, mas só acrescento:

– Por hoje. Obrigada por hoje.

Scott ri suavemente.

– O que foi?

– O seu lenço tá torto.

Não quero soltar as mãos dele, então balanço a cabeça um pouquinho para ajeitá-lo e os dois olhões arregalados chacoalham. Devo parecer uma idiota.

– É como se você estivesse olhando... sei lá... toda vesga.

– Ajeita pra mim.

Eu o solto de um jeito relutante e ele arruma o meu lenço. Scott deixa as mãos acima das minhas orelhas e eu inclino a cabeça até nossas testas se tocarem. Ficamos ali por um tempo, inclinando as cabeças para lá e para cá um pouco, como se estivéssemos dançando sem música. Aí ele deixa as mãos caírem nos meus ombros e escorrega a cabeça para a frente até nossas bochechas estarem coladas. Ele escorrega a bochecha devagar pela minha. Eu paro de respirar quando os seus lábios deslizam pela minha pele até ele me beijar de leve nos lábios.

Eu irrompo em lágrimas.

– Ah, Parker, não, desculpa! Desculpa, Parker. Por favor...

– Não, não, não. – Coloco as mãos no rosto dele e tento beijá-lo algumas vezes, chegando perto, de forma desajeitada, do lugar certo nos lábios dele. – Tudo bem...

Mas o meu choro vira um soluçar e não consigo parar. Quero perguntar se ele assistiu a algum vídeo no YouTube sobre como beijar uma garota cega porque, se não assistiu, ele podia fazer um. Ou dizer a ele o quanto eu não sabia que era possível se sentir assim e como estou tonta com isso. Ou como ele me entende tão bem que conseguiu deixar esse dia perfeito para mim, e se importou de verdade em fazer isso, quando eu estava esperando pelo meu dia anual de sofrimento completo. E tudo isso está misturado à dor inevitável que me esmaga nesse dia a cada ano, o que deixa tudo ainda mais indescritível.

– Eu não quis...

– Psiiiiu! – digo, recuperando um pouco da minha voz. – Você sabia que, em algum momento, eu ia chorar. Graças a você eu quase aguentei o dia inteiro. – Passo os braços em volta dele e empurro o rosto no pescoço dele. Ele me abraça enquanto eu liberto as lágrimas que meus olhos inúteis produziram e precisam liberar.

∵

E assim começaram as duas melhores semanas da minha vida antes de tudo se espatifar e pegar fogo. E acontece que não sou uma daquelas garotas que conseguem se sentar confortavelmente em dissonância cognitiva, aproveitando os sentimentos como se fossem reais enquanto também sabe, lá no fundo, que não são, como se fosse um cenário de Hollywood: uma bela casa na fachada, mas sem cômodos de verdade por dentro. A beleza daquele dia, daquela época, não foi apenas o que aconteceu, ela teve significado. Só que mais tarde eu descobri que não significou o que pensei. Aquela percepção não destruiu apenas o futuro, ela arruinou o passado. E como muitas das minhas outras tragédias, os meus sonhos não me deixam esquecer dela.

Deitada na cama, me arrependo de ter deixado essas memórias voltarem. Estou tremendo, meu rosto está esquentando, minha garganta se apertando... mas o meu Quadro de Estrelas atrás da porta está com 85 estrelas e eu vou me xingar se quebrar a minha marca por causa de um menino idiota.

Ainda assim, como pode aquele menino que me abraçou naquele dia ser o mesmo que me enganou duas semanas depois? Não encaixa. Na época, eu me fechei e me recusei a pensar a respeito ou revirar naquelas lembranças maculadas, mas agora, analisando tudo de novo, não faz sentido. E, por baixo de tudo, escuto uma vozinha que sempre me recusei a ouvir querendo saber *por que* aquilo aconteceu, *como* foi sequer possível.

Não importa. Não vou ser uma daquelas garotas que se apaixona pela metade legal de um cara e desculpa ou fecha um olho, ou os dois olhos, para a metade canalha. Dane-se, Scott, eu não me importo como aquilo foi possível. Só foi e nada mais importa. Regra Número Um. Regra Número Infinito. Pronto.

Bato de leve no relógio de novo. 4:58. Ainda escuro lá fora.

Não importa. Afasto as cobertas e me levanto.

Não preciso de luz para correr. Não preciso de luz para nada.

ONZE

Deixo meu almoço no armário – sem tempo para ele agora; nem estômago também – e pego a mochila que arrumei apressadamente esta manhã. Eu disse à Molly que não precisava ir, mas ela ficou feliz de dispensar o almoço dela também. Eu preferia estar sozinha, para ser sincera, mas também não conheço esse lado da escola tão bem e a ajuda pode ser útil. O almoço só tem quinze minutos de duração e não sei onde vou encontrar o treinador Underhill.

– Olá, senhoritas – cumprimenta Jason, à nossa esquerda. – Eu perguntaria se vocês vêm sempre aqui, mas sei que não. Não esse ano, pelo menos.

Começo a responder, mas a Molly é mais rápida:

– Oi, Jason. O que aconteceu? Isso aí parece dolorido.

– Ah, pffff... um acidente de percurso. Só um tombo idiota. Eu queria botar uma gaze pra não deixar todo mundo com nojo, mas o treinador falou pra deixar respirar.

– Parece estar doendo – diz ela numa voz de quem está torcendo o nariz.

– Vocês vieram pra assistir ou pra correr? As provas são só depois das aulas.

– Foi o que a Parker disse. A corrida não é na primavera?

– É, mas temos provas agora pra concentrar os treinamentos do outono naqueles que estão na equipe, não apenas em qualquer um que aparecer. Querem fazer um circuito por aqui?

Quero lembrar-lhe que ele está aqui faz duas semanas contra os meus dois anos, apesar de provavelmente já conhecer esse lado da escola bem melhor do que eu. Ele também parece conhecer a Molly.

Em vez disso, eu pergunto:

– O treinador Underhill está por aí?

– Normalmente – responde Jason. – Venham.

Andamos na direção do campo, eu acho. Estou meio desorientada com nada além de grama sob os pés e o sol a pino.

– Como estão os novos tênis, Parker?

– Você tem razão, a espuma que simula molas é papo furado.

Ele ri.

– É. Desculpa.

Há um momento de grama estalando e aí ele fala:

– Eu, hum, acho que você provavelmente já sabe andar por aqui, né?

Dou de ombros.

– Não exatamente. Fiz treino de peso com a treinadora Rivers e quase nunca vou ao campo. Não sou exatamente uma espectadora.

– Mas você disse que corre.

– Eu corro. Todos os dias. Só não aqui.

– Não consigo me lembrar de ontem... a gente estava falando e eu te perguntei qual era o seu...

– Cem metros – digo.

– Sério?

– Por quê? O que tem de errado nisso?

– Nada. Quero dizer, só achei que você era corredora de distâncias maiores.

– Do jeito que eu corro, cem metros é bem longo.

– *Como* você corre?

– O que você quer dizer? – Estou desconfiada de novo. Será que estou lendo demais nas entrelinhas? Em geral, sim, mas dessa vez?

– Bom, você falou que cem metros é longo do jeito que você corre, então que jeito é esse?

– Ah. Como se o diabo estivesse me perseguindo.

Ele ri.

– Saquei. Sem diminuir. Maneiro.

– O que... – Eu me detenho. O que estou fazendo com todas essas perguntas? Mas não consigo evitar. – O que isso significa?

– Não seja paranoica – responde ele numa voz de estou-só-brincando. – Significa que você não diminui o ritmo. Para cem metros não é preciso. E você, Molly? Vai fazer uma tentativa?

– Isso aqui não é o que vocês chamam de físico de corredora – comenta ela. – A minha distância é a ida e volta entre o sofá e a geladeira. – As palavras dela mesma a insultam, mas o tom dela o chama de idiota.

– Justo – diz ele e aí chama: – treinador Underhill! Ei, treinador!

Meu estômago aperta. Já não quero ter essa conversa, ainda mais com alguém escutando, e me pergunto o que estou fazendo aqui. Algumas possíveis respostas voam ao meu redor, mas não sei dizer se são minhas ou do meu cérebro idiota. Eu as espanto.

∴

Não é tão ruim quanto eu temia, embora também não muito bom. Provavelmente porque sempre tenho grandes esperanças e baixas expectativas. De qualquer forma, fico feliz que o treinador Underhill tenha mandado Jason e Molly irem arrumar as coisas para que pudéssemos conversar sozinhos.

Aparentemente, guias de arame não são mais usadas porque te deixam muito mais lento. Parece uma ideia horrível, de qualquer maneira. Ter alguém parado na linha de chegada e que te avise quando você está saindo da sua raia é outra forma, mas só para os treinos, já que não é permitido na competição. Não entendo por quê, não me parece alguma coisa que incomodaria mais alguém, mas acho que não funcionaria se houvesse mais de um corredor cego numa corrida. Apenas corredores guia são permitidos, onde o par segura um no outro ou numa corda curta de conexão.

É uma droga. Primeiro, é preciso um parceiro ou não se pode correr, o que por si só já é uma droga. Depois o seu guia precisa conseguir acompanhar o ritmo, então você já está admitindo que não consegue ganhar porque não pode sequer entrar a não ser que leve alguém que é mais rápido que você. Esforço demais para incluir os deficientes.

Antes que eu possa dizer que mudei de ideia, ele fala que o primeiro passo é ver o quão rápido eu consigo correr para me parear com possíveis guias. Ele adivinha para que serve a minha mochila e diz que podemos fazer isso naquele momento se eu me apressar e me trocar, já que não há muitas pessoas na pista. De alguma forma, a agitação daquilo tudo me guia pelo vestiário – para o qual eu tinha dado adeus para sempre com felicidade na primavera passada – e acho o caminho de volta para a pista com a ajuda da Molly, pulando na ponta dos pés, me alongando e correndo no lugar para me aquecer. O treinador manda a Molly para a arquibancada e eu não sei onde o Jason está, mas assim que esse pensamento surge na minha cabeça, eu me sinto insegura... tonta... desconfortável com onde eu fui me meter.

– Só para pegar um tempo básico para cem metros – diz o treinador – é melhor você correr o campo em vez do oval. Eu te chamo da linha dos cinquenta metros e aí você corre de volta para ficar à frente. Nada complicado, só vou dizer *direita* ou *esquerda* se você estiver se desviando muito. Só faça o ajuste na direção que eu disser, tá bem?

– Certo.

– Você já usou blocos de partida alguma vez?

– Não.

– Tudo bem, não vamos nos preocupar com isso agora, só queremos um tempo aproximado. Aqui, segure no meu braço.

Estendo a mão e um antebraço peludo encosta na minha palma. Ele me guia por alguns passos e nós nos ajustamos até que eu esteja na "linha de fundo", o que quer que isso signifique.

Um minuto depois, eu o escuto chamar de longe, à frente:

– Aponte para mim.

Eu aponto. Ele fala:

– Vire para a sua esquerda... pare! Certo, agora você está apontando direto para mim, essa é a sua direção. Estou com a pistola. Me avise quando estiver pronta!

Como que é estar pronta? No Campo Gunther eu simplesmente *vou*, sem posturas de partida grandiosas ou oficiais. Estou desorientada e algo mais parece errado. Eu percebo por quê. Mesmo no meu gramado de sempre, percorro o comprimento do campo antes de correr. Isso parece mais importante do que nunca nesse momento.

– Espere! – grito. – Preciso dar essa andada primeiro.

A grama artificial é eriçada – não tão macia quanto grama de verdade, mas não tão dura quanto calçada –, mas estranhamente plana. É estranho a superfície em que estou prestes a correr ser tão desprovida de traços característicos sem ser firme.

– Certo, mais para a direita – guia o treinador.

Eu me movo um pouco.

– Não tanto. Você é muito boa em andar em linha reta. Muita prática?

– Muito tempo do meu pai.

– Chegamos – diz ele. – Fim da linha. Pronta para correr agora?

Não. Mas concordo com a cabeça mesmo assim. Caramba, o que eu estou fazendo? Por que estou fazendo isso? E por que *ainda* estou fazendo isso mesmo depois de fazer essas perguntas e não ter respostas?

– Vai, Parker – grita Molly do lado de fora. – Corra como o vento!

Além das minhas roupas pretas de corrida, estou usando meu hachimaki hoje. Espero que isso não vire uma corrida camicase...

– O diabo tá chegando! – berra Jason. – Ele parece super-rápido!

– Certo, vocês dois – vocifera o treinador. – E o resto de vocês nas arquibancadas, comportem-se!

O resto de vocês?!

– Aponte para mim! – exclama o treinador à frente. – Perfeito. Me avise quando estiver pronta!

Eu me agacho um pouco, ponho o pé direito para trás, o pé esquerdo para a frente.

– Pronta!

Caramba... o que... eu estou fazendo?

– Preparar... apontar... – *POU!*

Vento Divino.

Não sei para onde estou indo e deveria estar preocupada por correr às cegas num lugar desconhecido pela primeira vez, mas, depois de anos de prática, meu corpo sabe como fazer isso e não estou com medo. Estou contando os passos e já são mais de trinta, então provavelmente estou no meio do caminho e não há nada contra o que bater, além de haver pessoas para me avisarem se eu sair da pista...

– Direita! – diz o treinador e a voz dele está *bem* mais perto do que eu espero...

... e minhas rodas saem dos trilhos...

... e o desastre de trem começa...

Eu me lembro de algo assim de quando era uma menininha, correndo escada abaixo, os pés num ritmo compatível com a força da gravidade enquanto seu corpo cai, cai – *tump, tump, tump* – e de repente você pensa no que está fazendo e algo muda... Seu cérebro estava controlando os pés no modo automático, mas de repente lhe entrega os controles e agora você tem ciência de que precisa executar cada passo, um de cada vez, como pensar na sua respiração e aí seu corpo para de respirar e você tem que assumir e fazer isso você mesmo e pensa como você pode *parar* de fazer isso e devolver o controle para qualquer que seja a parte do seu cérebro que normalmente faz isso quando você não está prestando atenção, mas o seu cérebro simplesmente te passa o volante enquanto você está correndo escada abaixo e de repente você está dirigindo, mas incapaz de dar conta dessa velocidade e, nesse momento, ou você consegue diminuir, tropeça ou cai.

– Parker! – grita Molly, como se isso pudesse ajudar enquanto eu voo para a escuridão, mal conseguindo controlar os braços e virar o ombro direito para amenizar o impacto da queda e rolar.

Meu ombro dói e parece arranhado, mas estou bem. Quero pular como se nada tivesse acontecido para reduzir o tempo que as pessoas me veem estatelada na grama de plástico... então me lembro de que não estou nem aí. Prefiro ficar aqui e descansar um minuto. Rolo para ficar de costas no chão e relaxo os braços.

E aí está todo mundo ao meu redor, por cima de mim, murmurando, especialmente a Molly.

– Parker, você está bem? Você tropeçou em alguma coisa?

– Só em mim mesma – respondo, respirando pesado. – É difícil de explicar, mas, sério, tipo, como eu sou cega, vocês provavelmente deveriam ter ficado surpresos se eu *não* tropeçasse.

– Vamos, para trás, todo mundo – pede o treinador. – Você consegue se levantar?

– Ah, com certeza. Mas na verdade não quero.

– Vai, gente, para trás, deixem-na respirar.

– É – digo. – Deem ar pra ela. E sol quente no rosto. Alguém está tapando o sol. – Quem quer que seja sai, porque agora eu sinto o calor de novo.

– Sério, levante-se – fala o treinador. – Vamos ter certeza de que você está bem.

Eu suspiro, visivelmente, e gemo um pouco. Levanto lentamente e as pessoas aplaudem. Muita gente para contar, mas acho que não mais do que uma dúzia, então não é tão ruim assim.

– Eu só estava brincando sobre o diabo – comenta Jason.

Eu dou um sorriso e digo:

– Eu não estava.

– Você está bem – declara o treinador. – Seu ombro está sangrando. Precisamos limpar e botar um curativo antes de você se trocar senão sua blusa vai ficar ensanguentada.

– Então como eu me saí? Qual foi o meu tempo? Faço parte da equipe? – Uso minha voz rouca; não tenho certeza se quero fazer isso de novo.

– Bom, você vai ter que aprender a usar um bloco de partida – observa o treinador.

– Isso não deve ser tão difícil.

– E a correr cem metros sem cair de cara na terra.

– Terra teria sido mais macia. – Esfrego o ombro. Está molhado, quente e mais grudento do que suor. Agora acho que estou com uma mão ensanguentada e a estico de um jeito desajeitado para não sujar minhas roupas de sangue. Aí me lembro do que estou vestindo e limpo a mão no short.

– Isso não vai ser o mais difícil. Eu sabia que você teria uma largada lenta sem um bloco, então usei dois relógios para marcar o tempo a cada cinquenta metros, separadamente. Parei o primeiro relógio na metade antes de você sair. Seis segundos ponto oito.

Jason gargalha.

– Quê? Por que isso é engraçado? – Eu não sei o que deveria ser um bom tempo, eu nunca cronometrei meu tempo antes. – E demonstre um pouco de respeito. Você esquece que eu estou *sangrando*?

Jason gargalha de novo.

– Ah, você vai ter muito respeito, Parker. O que você não vai ter é um bom guia de corrida.

– Por que não? – Estou ficando com raiva, o que é estranho porque nem sequer quero um.

– O Freeborn tem razão – afirma o treinador. – A não ser que haja mais surpresas esta tarde, não temos ninguém que consiga acompanhar o seu tempo.

DOZE

Molly e eu terminamos nosso dever de casa. Ela tem que falar sobre alguma coisa com a mãe e disse que me encontraria no estacionamento num instante. Quando estou no meio da organização das minhas coisas, escuto um *quack* que significa uma mensagem de texto da Sarah.

– Como está o braço, chuchuzinho? – pergunta Sarah. Ela sabe que tenho a voz do leitor de tela dela ajustada para Matrona, que parece uma mulher de meia-idade sulista, e às vezes entra na pilha e dá uma atuada.

Eu respondo a mensagem: *E não é que o ego fica nos ombros... Quem diria?*

Não vou precisar de nada da escola à noite em casa, então enfio aquele monte de coisas no armário. Escuto passos e vozes arruaceiras se aproximando. As provas de corridas provavelmente estão acabando por agora. Eu não me apresso. Talvez o Jason me veja e venha falar comigo.

Quack.

– Arranhão, hein? Bem, melhoras. Que bom que não é nada permanente.

Já é notícia de ontem... pelo menos amanhã vai ser.

– Olha ela – diz um cara com uma voz familiar que não consigo saber bem quem é.

– Parker Grant – comenta outro, uma voz que definitivamente reconheço. Fico com a pele mais rígida na testa e descendo as costas. – Sempre achei que você devia usar óculos em vez daquelas vendas idiotas.

Isaac Walters e Gerald Gibbons. Dois dos sete que estavam na sala naquele dia. As vozes deles também mudaram, embora não tanto quanto a do Scott. Respiro fundo e expiro lentamente. Não deveria ser difícil ignorá-los, já que não consigo nem vê-los.

– E aíííí – diz Isaac, à minha esquerda. – Como é que tá?

O papai contou que, na reunião da escola dele, os valentões não eram mais valentões, mas também não se desculparam. Era como se achassem que todos tinham sido atores numa peça chamada *Escola Secundária* e naquele momento fossem eles mesmos, pessoas normais. Posso dizer que o Isaac e o Gerald estão muito longe desse ponto. Eles ainda estão nos papéis de Babaca nº 1 e Babaca nº 2, estrelando uma peça que ninguém mais quer estar.

– Não vai falar com a gente, hein? – diz Gerald. – Parece que você não mudou.

– Era de imaginar que uns dois anos de ensino médio fossem te deixar mais relaxada.

Meu telefone pula da minha mão.

– Me dá meu celular, Isaac.

– Olha só, ela se lembra de mim! Desculpa, Parker, *não* estou com o seu celular.

– Tá bom então, *Gerry*...

– Gerry? Não tem nenhum Gerry aqui.

– Beleza, Geraldine, ou seja lá qual é a porra do seu nome.

– Caramba, Parker, ninguém vai querer beijar essa boca.

– Missão cumprida – comento entre dentes cerrados. – Agora me dá meu celular.

Quack.

Eles riem.

– Não *vejo* o seu celular – afirma Isaac. – Mas *escuto* um pato!

– Não se preocupe, Isaac, ela também não vê o celular dela, né, Parker?

– Sério, gente? – digo. – Porra, dá pra crescer?

– Você recebeu uma mensagem de texto de Sarah Gunderson...

– Ei! – interrompe Gerald . – Como é que vai a velha baixinha atarracada?

– Ela diz: *T... te ligo de noite.* O que devo responder pra ela?

Escuto mais passos. Excelente. Quantos dos outros cinco ainda andam juntos?

Quack.

– A Sarah é uma pata! – fala Gerald e eles riem de novo.

Calculo de onde vieram a voz do Isaac e o *quack* e faço algo idiota; dou um bote com as duas mãos para pegar meu celular. Nada além de ar.

– Opa, olha só! – diz Isaac. – Você deve gostar muito de patos!

Estou de saco cheio desses idiotas, mas não tem muita coisa que eu possa fazer. Pelo menos, posso parar de jogar o joguinho deles. Bato a porta do meu armário e fecho o cadeado com um clique alto.

– Quando vocês terminarem com o meu celular, levem-no pra mim na secretaria da entrada.

Sob o som de dois imbecis rindo, os passos que se aproximam agora estão correndo.

– Ei, olha com quem a gente cruzou – comenta Isaac para quem quer que esteja vindo. – É a Parker Gr*aaaai*! – *Ploft!*

Minhas mãos voam instintivamente para proteger meu rosto quando algo bate forte contra os armários... duas vezes... três vezes.

– Mas que porra é... – *Ploft!* – Para com isso! – *Ploft!*

Eu me aperto contra os armários e mantenho os antebraços cruzados na minha frente, mãos abertas para bloquear o rosto, encolhida. Há uma briga e sapatos rangendo no concreto e mais ruído de metal.

– Qual é o seu problema? – protesta Gerald, a voz dele se movendo pelo corredor como se estivesse sendo arrastado.

– Vamos – diz Jason, grunhindo por causa do esforço. Escuto o som deles descendo pelo corredor e virando no final.

Quack. Está longe. Começo a andar na direção dele, com uma das mãos tateando pelos armários para me manter orientada. Um par de passos volta.

– Sou eu – informa Jason. Quando ele chega mais perto, fala – Tá aqui o seu celular.

Eu estendo a mão e o telefone a toca. Eu o coloco rápido na bolsa.

– Me desculpe por isso – pede ele. – Esses caras são... eles são simplesmente uns idiotas. Era o Isaac...

– Eu sei quem eles são. Nós frequentamos a Marsh juntos.

– Ah. Bom, agora acabou. Não acho que eles vão te incomodar de novo.

– Teve sangue envolvido? – pergunto com a minha voz esperançosa.

– Não – responde ele, rindo. – Isso levaria a perguntas que ninguém quer responder. A justiça das ruas é feita com arranhões, não sangue. A intimidação está mais ligada a ameaças do que à violência de verdade.

– Pra mim, parece violento.

– Na medida necessária.

– Obrigada pelo meu celular.

– Imagina. Aonde você estava indo? Eu te acompanho.

Eu desdobro a bengala e nos dirigimos para o estacionamento.

– Ouvi falar que você trabalha na biblioteca depois da aula – comenta ele. – Eu estava indo te ver.

– Pra falar de quê?

– Ah, não parece certo te perguntar agora, depois que eu acabei de te salvar. Pode influenciar a sua resposta.

Meu coração bate mais forte. E me dou conta de que, durante a briga, os meus batimentos cardíacos não se aceleraram nem um pouco, mas *agora*...

– Você quer me perguntar alguma coisa? – indago. – Sobre trabalho de casa ou...? A gente não faz nenhuma aula juntos.

Meu Deus, não acredito que eu falei isso.

– Tudo bem, a gente pode falar disso depois, talvez amanhã.

Não. Agora. Imediatamente.

– Se faz você se sentir melhor – digo na minha voz desculpa-ter-que-te-informar –, você só me salvou de mais inconveniência e irritação. Eu estava indo pra secretaria. O sr. Sullivan teria resolvido isso rapidinho. Aqueles babacas não conseguem me machucar com o vocabulário monossilábico deles, e eles não iam sacar paus e pedras de verdade pra me bater.

– Hum... tá bom... – responde ele, como se eu tivesse dado um problema de matemática para ele. – Só tava pensando se você gostaria de fazer alguma coisa no sábado. Tipo, de noite. Bom, de tarde e depois... eu trabalho até às cinco, mas depois disso...

– Claro – digo. Juro que a minha boca falou isso antes de eu pensar por conta própria. – O que você quer fazer?

– Bom, eu posso te buscar quando eu sair do trabalho...

– Ah, vou estar no shopping sábado. Eu posso te encontrar por lá. Às cinco, você falou?

– Perfeito – responde ele. A gente chega ao estacionamento. – Minha carona está aqui. Te vejo no sábado. Bom, provavelmente vou te ver amanhã, e sexta, e aí no sábado.

– Encontro marcado – digo. Eu me sinto um pouco cafona, mas não ligo.

Jason sai andando enquanto outros passos se aproximam por trás.

– Eu escutei a palavra *encontro*? – pergunta Molly.

– Escutou. Porque eu falei. E sim, eu só queria ouvir isso alto.

– Quando?

– Sábado à noite.

– Legal – comenta ela, mas sem realmente achar que é.

Isso poderia querer dizer um monte de coisas, e o meu cérebro idiota vai percorrer toda a lista de possibilidades, a não ser que eu o pare da única forma que posso.

– O que foi? – pergunto.

– O quê?

– Você falou *legal*, mas você *não* quis dizer legal.

Silêncio.

– Odeio quando não estou entendendo alguma coisa – declaro. – O quanto você o conhece?

– Só um pouquinho. Ele é gente boa.

Eu a escuto se sentar nas escadas. Junto-me a ela.

– *Você* gosta dele?

– Não, ele não faz o meu tipo.

– O que é então?

– Acho que ele também não faz o seu tipo.

Não gosto de ser classificada, principalmente por gente que mal me conhece.

– Qual é o meu tipo?

– Não sei – responde ela rapidamente. – Esquece. Ele é legal. Espero que você se divirta.

– Não dá pra esquecer. O que você quer dizer?

– É só que você é... rápida... e inteligente. Mas o Jason... ele é... muito literal.

– E?

Depois de um instante, ela continua:

– O Jason não opera em tantos níveis que nem você, então acho que ele não vai te entender, só isso. Talvez eu esteja errada. Tomara.

Isso poderia significar mais para mim, só que eu já tive um namorado que me "entendia" e isso não funcionou.

– Desculpa – pede ela. – Às vezes eu não sei o que devo dizer.

– Você não *deve* dizer nada.

– Eu sei, é só que... – Ela inspira algumas vezes. Eu espero. – Tem coisas que você pode não saber porque não consegue enxergá-las. Como é que eu vou saber o que te dizer e o que não é da minha conta?

– Ah, tá, o que você veria?

– Apenas... tudo. Um milhão de coisas silenciosas acontecem ao redor o tempo todo. Eu deveria ser os seus olhos, mas não posso te contar cada detalhezinho. Como é que eu devo decidir?

– O que há para escolher?

– Não sei, um monte de coisas. Tipo... você sabe que eu não sou branca?

– Branca?

– Caucasiana?

– Ah, hum... eu não tinha pensado nisso.

– Ninguém te contou?

– Não, ninguém falou, *Ei, Parker, a Molly é negra, só achei que você deveria saber.*

– *Viu* – diz Molly com certo alívio. – Se você conseguisse ver, você simplesmente *saberia*, sem isso ser, sei lá, uma questão. Mas, se alguém especificamente te contar, você pensaria que a pessoa está tentando te dizer alguma coisa e provavelmente ia falar: *O que você quer dizer com isso?*

– Tá, então ninguém se deu ao trabalho de me contar que você é negra, eles não acham que isso importa.

– Ah... é, bom, talvez... mas também porque eu não sou negra.

– Caramba, Molly!

– Mas também não sou branca.

– Asiática? Peruana? Eu não *curto* ser cega, sabe! Só o nome *Molly Ray* não dá muita informação.

– Você vem me imaginando como uma ruiva sardenta de cabelos enrolados?

– Eu não costumo mais imaginar as pessoas, a não ser quem eu vi antes do acidente. É engraçado porque eu sei que a Sarah não tem mais cara de 7 anos, mas não consigo evitar imaginá-la assim às vezes.

A Molly ri.

– Fico feliz de divertir você, mas podemos pular a parte de sacanear a garota cega pra parte onde você me conta qual é a sua *cor*, se é pra lá que esse papo está indo?

– Não é, mas a minha mãe é da Nigéria e o meu pai é uma mistureba loira de olhos azuis de todos os países europeus que existem. A maioria das pessoas não tem certeza se eu sou negra ou branca e dizem que sou como se os meus pais tivessem misturado as caras deles no Photoshop, só que os meus olhos são totalmente castanhos e o meu cabelo é só ondulado e não totalmente preto. Tecnicamente, eu sou birracial, mas nunca digo isso.

– Por que não? Tipo...

– Ah, é só porque quando os caras escutam a parte do "bi", eles ficam animadinhos. Não quero isso.

Eu dou risada. Ela não, mas talvez seja apenas modéstia, não rir das próprias piadas?

– Então o seu rosto é exatamente metade do da sua mãe e do seu pai e eles não se parecem nem um pouco... ou isso é muito bom ou...

– A minha irmã mais velha é modelo – conta ela numa voz maliciosa. – Ela ficou com as metades boas, eu fiquei com os restos. Não sei onde isso deixa a minha irmãzinha, ela tem só 12 anos.

– Uma modelo? Tipo passarelas, coisas assim?

– Algumas, mas a maior parte de ensaios fotográficos. Ela saiu na *Vogue* na primavera passada, em março, eu acho. No canto inferior direto de alguma página no meio, enrolada em volta de um cara sem camisa que nem uma cobra. Nem me lembro se era um anúncio ou parte de uma história... é difícil dizer com a *Vogue*.

– Uau. Parece superglamouroso.

Molly faz um som parecido com um ronco. Não sei identificar o que significa.

– Ela vem pra casa nesse fim de semana, talvez você a conheça. Ela não é uma daquelas irmãs mais velhas que são importantes demais pra reparar na gente. Ela quer ficar por dentro de tudo que aconteceu desde o momento em que ela desapareceu num avião pra Itália e não ligou de novo por semanas.

O carro da tia Celia aparece no estacionamento. É um momento esquisito para ir embora, mas... eu pego a minha bolsa.

– Quando você caiu hoje – conta Molly rapidamente –, se você conseguisse enxergar, saberia quem correu até você. Se eu te falar agora, é como se eu também estivesse tentando te contar algo mais, mas na verdade não estou.

– Quem foi?

– Mas tá entendendo o que eu quero dizer?

– Foi o Scott?

– Sim. Ele foi o primeiro. Quando você pediu pra alguém sair da frente do sol, era ele.

– E depois? – pergunto. – Ele ficou por perto?

– Não, ele se afastou. Acho que ele sabe que você não o quer por perto.

Cara esperto, aquele Scott. Essa era uma das coisas que eu gostava nele, na época em que eu gostava dele. Na época em que ele ligar para mim poderia ter sido algo além de culpa, obrigação ou algum tipo de arrependimento duradouro.

– Não estou dizendo que significa alguma coisa, tá? Só é o que é.

– Saquei. E eu nunca vou ficar brava com você por algo que me contou, mas posso ficar brava por algo que você deixou de contar. Só me conte qualquer coisa de que você não tenha certeza e deixe que eu me preocupe sobre o que significa.

TREZE

É quase uma da tarde de sábado e estou a bordo do Serviço Silencioso de Transporte da tia Celia para o shopping. Houve um momento constrangedor quando ela sugeriu que a Sheila fosse comigo, mas, antes que eu pudesse abrir a boca, Sheila disse "Não posso, dever de casa" e correu para cima. Minha descrença só foi silenciada pela minha concordância de não querê-la junto. A conversa sobre eu sair para um encontro e o Jason me levar para casa de carro levou mais tempo, mas no fim ficou combinado que eu prometia responder a quaisquer mensagens de texto e chegar em casa às dez. Reclamei sobre essa última parte, mais pra dar um show. Vou encontrar com o Jason às cinco, então ainda é bastante tempo.

Por alguma razão, não cruzei mais com o Jason nem quinta, nem sexta. Provavelmente, ele estava nas provas ou, pelo menos, na pista de corrida. Prometi a mim mesma que não ia ficar perambulando, torcendo para ele me ver, e não posso procurá-lo sem sair perguntando. Conversei com o treinador Underhill de novo e decidimos nos encontrar em uma semana, contando da segunda-feira, depois de ter acabado o caos das provas e dos resultados, para falar do que poderíamos fazer. Mas depois do meu tombo estou ainda mais em dúvida sobre a coisa toda.

Foi só na noite de quinta-feira que percebi que o Jason e eu não tínhamos os celulares um do outro, mas me convenci de que se alguma coisa tivesse mudado, ele teria me encontrado. Na noite de sexta eu já não estava tão certa. Logicamente, tudo estava bem, mas estaria mentindo se dissesse que eu mantinha a lógica o tempo todo. A Sarah tentou ajudar falando casualmente a respeito, mas a Sarah sair da personagem dela para falar casualmente de qualquer coisa me deixa ainda mais ansiosa.

Mas, apesar de toda incerteza, estou surpreendentemente otimista. Sarah e Faith estão me esperando no meio-fio e a tia Celia se afasta sem despejar mais regras, lembretes ou qualquer coisa assim.

Estou passada com a esquisitice do quanto esse passeio é tão trivial e, ainda assim, tão extraordinário. Eu vejo amigos todos os dias, e a gente conversa e manda muitas mensagens fora da escola – embora na maior parte seja entre a Sarah e eu –, mas a gente dificilmente sai para *fazer* alguma coisa. Muito disso sou eu não querendo me incomodar com cinema, restaurantes e tudo isso, mas costumávamos fazer mais coisas quando éramos crianças e os nossos pais nos levavam de carro e organizavam programas. Parou quando entramos no ensino médio.

Sarah diz que é minha culpa, não só porque sou cega, mas também porque eu mudei quando o Scott acabou com qualquer esperança que eu tinha de confiar num cara que não fosse o meu pai, palavras dela. Eu não nego, mas não falamos do divórcio dos pais dela, que aconteceu perto da mesma época, e de como o pai dela basicamente desapareceu. Isso diminuiu muito o brilho dela. Uma vez eu falei que aquilo quebrou o depositório de risadas dela e a conversa acabou tão rápido que prometi para mim mesma que nunca mais ia trazê-la à tona. Mas eu escutei uma nota de interesse verdadeiro na voz dela quando falamos de ir ao shopping com a Faith, então estou esperando o melhor, que depois a gente vai se arrepender por ter passado tanto tempo sem fazer isso.

– Você não vai direto daqui pra um encontro? – pergunta Faith.

– O que tem de errado com isso? – Estendo os braços, devagar para não bater em nada. Estou de calça jeans com uma camiseta de gola azul-escura de algodão, ambas justas, em vez de mais confortáveis e um número maior, como costumo usar. Estou usando meu lenço de Folhas de Outono, afinal de contas é outono, e vestindo o colete do exército com os broches, é claro.

– Por onde eu começo? Pela pilha de folhas na sua cabeça e vou descendo – diz ela –, ou dos pés à cabeça, começando com esses tênis pretos de basquete?

– Foi o Jason que me vendeu esses tênis! E eles não são de solado alto, são de corrida!

– Talvez a gente possa descolar alguma coisa pra você aqui. Algo menos...

– Eu não vou me trocar! – Embora eu olhe para o futuro e suspeite que deva.

– Aí vem a Molly – informa Sarah. – Ela parece bem chateada. E não está sozinha.

– E aí – cumprimenta Molly. Para mim, ela não parece chateada. Está mais para resignada. – Parker, Sarah, Faith... essa é a minha irmã, Danielle.

– Podem me chamar de Dani – diz uma voz mais aguda que não se parece nem um pouco com a da Molly. – Eu cheguei hoje de manhã cedinho e tenho que pegar algumas coisas. Vocês se incomodam se eu for junto?

– É claro que não – responde Faith, absolutamente sincera ou fingindo brilhantemente; a única de nós educada o suficiente para responder imediatamente e salvar a todas de um silêncio constrangedor esperando alguém mais responder. – Quanto mais, mais divertido. Você está fora na universidade ou...?

– O quê? Não! – gargalha Dani. – A inteligente é a Molly.

– E a Dani é a bonita – comenta Molly, como se já tivesse dito isso antes um milhão de vezes.

Dani gargalha de novo.

– Isso não é verdade! Eu só tenho um exército de especialistas me arrumando o tempo inteiro. É um trabalho difícil, acreditem!

E partimos. Dentro do shopping, com a Faith e a Dani na frente, já nos deixando para trás, ou pelo menos eu, com a Faith ficando por dentro do que eu e Sarah já sabemos, que Dani é um cabide de roupas barra cabideiro ambulante profissional que acabou de chegar de Milão e seguindo para Chicago e depois Nova York assim que... bem, eu perco o trilho a essa altura porque a Sarah me assusta sussurrando no meu ouvido:

– Ah. Meu. Deus.

– Tudo bem – digo. – Vai ser divertido. Não é como se a gente tivesse um roteiro que ela vai estragar...

– Não, eu... Não é isso... Eu... eu... gostaria que você pudesse *ver* isso... Ela é... ela é...

– Caramba, Sarah. – Eu paro de andar. Isso é bizarro. Sarah parece inquieta. Ela *nunca* fica inquieta. – Ela *o quê*?

Sarah agarra meu antebraço com as mãos e chega mais perto:

– Ela é *linda*.

– É – comenta Molly. – Uma verdadeira explosão de curvas. Sem a parte das curvas, enfim. Ela me pegou de surpresa. Quando se ofereceu para dirigir, eu sabia que ela...

– Eu achei que essas coisas só aconteciam em filmes – diz Sarah, como se a Molly não estivesse falando. – Tem cabeças se virando de verdade. Dois caras perto da fonte acabaram de esbarrar um no outro. Três outros caras deram meia-volta e estão seguindo a gente. Seguindo *ela*. Cacete, *olha pra isso tudo*!

– Opa – falo num risinho, tentando não gargalhar, mantendo a voz baixa. – O que há de errado com você? Não é como se você nunca tivesse visto uma menina bonita antes, mesmo que só em filmes...

– Bonita? *Bonita?* Ela não é *bonita*, Parker. *Você* é bonita. *Ela* é de *outro planeta*. Não é a mesma coisa. Eu não sabia até agora, mas não é absolutamente a mesma coisa. Eu estou tendo uma *reação física*. Estou vendo a Teoria da Evolução. Estou começando a entender a Guerra de Troia. Estou começando a questionar minha orientação sexual...

– Sarah, *psiiiu*! – É difícil sussurrar tentando não rir. – Controle-se!

– Eu sei que o Rick ia se amarrar num *ménage* com ela e tenho quase certeza que eu também...

– Sarah! – Eu não consigo mais me segurar e começo a rir. – Sarah! Cadê você? Tem alguém aqui fingindo ser você e fazendo um trabalho de merda!

– Cala a boca! Cala a boca! *Cala a boca!* – sussurra Sarah e tenta cobrir a minha boca e eu espanto as mãos dela. – Elas tão vindo!

– Tá tudo bem por aqui? – pergunta Faith numa voz que está tentando nos dizer algo, provavelmente relacionado à maturidade.

– Está tudo ótimo, sim – responde Sarah. – Estamos todas bem por aqui. E vocês duas?

– Achei que você tinha dito que a Moletom era a quietinha – comenta Dani.

– Normalmente, ela é – diz Faith, de forma suspeita. – Talvez ela esteja tendo um derrame.

– O meu *nome* – diz Sarah enfaticamente, embora por dentes cerrados – *não* é... *Moletom*... – e a escuto tentando não gargalhar.

Eu a aperto num abraço de urso e a levanto do chão, de tão feliz que estou em ouvir isso. Ela grita e tenta se desvencilhar e eu a coloco no chão.

– Vocês estão bem? – pergunta um cara. Provavelmente da nossa idade ou um pouquinho mais velho, não sei com certeza.

– É, as moças precisam de ajuda? – diz outro cara.

– Moças? – comenta Sarah. – Tem alguma *moça* por aqui?

– Tem uns caras aleatórios que a gente nunca viu antes falando com a gente? – pergunto alto a ela. – Que bizarro.

– Estamos bem, obrigada – afirma Faith. – Para algumas pessoas, nunca é cedo demais para beber.

∴

Nenhuma de nós almoçou antes de ir para o shopping, então vamos para a praça de alimentação. Apesar disso, ainda leva uma hora para chegarmos lá, porque alguém – bem, a Faith ou a Dani – nos para em cada loja pelo caminho para entrar e não comprar nada. Não consigo nem começar a descrever o quanto as pessoas cegas amam quando os outros só ficam olhando as vitrines sem comprar nada, mas, apesar da Sarah ter se acalmado um pouco, ela continua me divertindo.

Entre as opções da praça de alimentação, escolho um burrito por ser um encontro de melhor sabor e mais fácil de comer. Exijo relatórios e fico sabendo que a Molly pegou enchiladas e feijão na mesma bancada, a Sarah escolheu uma tigela de pão de fermentação natural cheia de creme de sopa de cogumelos, a Faith, uma salada pequena de espinafre e a Dani, um pouco de comida tailandesa. Meu nariz confirma a veracidade dos relatórios e atacamos.

– Com licença – diz um cara pra gente.

– Festa particular! – declaro. – Obrigada, de qualquer forma!

– Pode pegar, tudo bem – comenta Molly com ele. E depois, para mim: – Ele queria a nossa cadeira extra para sentar com a mulher e os filhos.

– Ah. – Talvez eu devesse ficar constrangida, mas não, não estou.

– Dani – diz Faith. – Mais cedo, a gente tava discutindo. Sobre a roupa da Parker. Ela vai num primeiro encontro hoje à noite.

– Aaah! – exclama Dani. – O que você vai usar?

Eu franzo as sobrancelhas.

– Ganhei – declara Faith sem se vangloriar. Não sei como ela faz isso.

– Isso aqui é bem parecido com o que eu estava usando quando ele me chamou pra sair, então ele deve gostar do meu estilo.

– É o que você usa todos os dias da sua vida – argumenta Faith. – Mas isso não é um dia, é um encontro. Tudo bem usar algo especial. Mais do que bem.

– Tipo o quê, um vestido? Um traje de gala? Sapatinhos de cristal?

– Talvez algo que tenha visto uma máquina de lavar recentemente.

– Isso magoa – respondo, erguendo o meu colete. – Você sabe que isso não é fácil de lavar. E com que frequência lava jaquetas, afinal? – Eu cheiro o tecido, ele está mesmo fedendo um pouquinho a mofo.

– Não estou falando que você precisa de uma transformação – alega Faith, com o tom dizendo o contrário. – Talvez você esteja certa; talvez ele tenha te chamado pra sair porque gosta do jeito que você não combina o azul e o verde. Eu sei que você não vai ligar ou ao menos saber se ele aparecer de macacão ou de smoking, mas tenho certeza de que ele ia gostar de te ver um pouco mais arrumadinha, mesmo dentro do seu próprio... estilo... único.

– Ei, assim eu fico ofendida! Só porque eu não enxergo, não significa que não ligo para o que ele está vestindo... o que... acho que não ligo mesmo... mas, enfim, ele está no trabalho, então vai estar usando roupas de trabalho! – Giro a cabeça, como se olhando de forma triunfante para todo mundo.

– Tenho certeza de que ele vai se trocar – observa Faith com sua voz sim-estou-sendo-paciente. – Ele não vai usar o uniforme pra sair com você. Acho que eles nem podem usá-lo fora de serviço.

– O uniforme dele?

Molly diz:

– Todos eles usam uma camiseta preta com *Corrida Desenfreada* impresso em branco. As duas letras R de "Corrida" usam uns tênis de corrida nas pernas ou algo assim.

– Isso tudo não vem ao caso – comenta Faith. – E não é uma discussão filosófica. São compras. Compras querem dizer adquirir roupas. Termine o seu almoço e vamos comprar umas roupas.

– Eu acho que é arrojado – declara Dani.

– Começou... – diz Molly na sua voz de revirar os olhos.

– O que é arrojado? – pergunto.

– O seu visual. Ele não segue as regras, mas... é como se você estivesse um passo à frente. É assim que as novas tendências acontecem. Eu gosto dele. Principalmente do lenço como uma venda. É incrível.

Eu me inclino na direção da Faith.

– A *profissional* gosta do meu estilo.

– Vem cá, levante-se e chegue um pouco pra trás – pede Dani. – E ajeite a postura.

Eu fico reta. Estou pronta para qualquer coisa.

– Você já pensou em deixar o seu lenço pendurado pra frente em vez de pra trás? – pergunta Dani. Ela toca os meus ombros e depois ajusta o lenço, dispondo as pontas, com mais ou menos trinta centímetros, para baixo do lado esquerdo do meu peito.

– Você tem algumas curvas e isso destaca a sua silhueta. Aí. Seu sex appeal acabou de aumentar consideravelmente.

Fico perfeitamente imóvel. Ninguém diz nada. Não quero ser a primeira a falar.

– Droga – diz Sarah. – Vamos fazer compras.

∴

Por dias, pensei mais em encontrar o Jason do que nessa excursão de compras, mas, ainda assim, são quase cinco da tarde e quero continuar com o grupo. Todo mundo, a não ser a Faith, ficou do meu lado achando a minha calça jeans e os tênis de corrida ok, mas agora estou com uma blusa azul diferente, com uma gola V que termina bem em cima do meu sutiã esportivo branco, e por cima estou usando uma blusa lisa azul clara desabotoada... sobre a qual ainda não estou totalmente segura, mas todo mundo, inclusive Faith, disse que estava perfeita e era exatamente do meu estilo, como uma garota que normalmente usa um colete de exército desabotoado todo dia. Também estou com um novo lenço, mais comprido que o normal: um azul-marinho forte que a Faith disse que era muito escuro, mas a Dani falou que era maravilhoso e isso resolveu a questão. A Molly está me ajudando, segurando as minhas roupas para mais tarde. Não consigo explicar direito, mas com a minha roupa nova, eu me sinto até um pouco mais alta.

Tento me manter atualizada no que todas elas compraram, mas é difícil lembrar quando só lhe dizem uma vez e sem lembrar o que rolou ou não em todo aquele caos. O que eu sei é que a Sarah comprou alguns pares de calças de ioga sob a desculpa de que são tão confortáveis quanto moletons, mas, como disse a Dani, mais agradáveis aos olhos.

– Com quem você normalmente faz compras? – pergunta Molly enquanto a gente espera pela Dani, que está fazendo sabe-se lá Deus o quê.

Levo um instante para responder.

– Com o meu pai.

O silêncio me dá uma pista de que provavelmente a conversa não vai continuar, mas aí ela pergunta:

– Como é que ele era no departamento de conselhos de moda?

Eu dou risada.

– Ele só descrevia as coisas. Cores, formatos, enfim. Ele me contava o que as outras pessoas estavam usando, embora eu saiba que ele só me falava do que gostava ou pelo menos não odiava. Também tenho ajuda dos vendedores, procurando o meu tamanho e aí falando sobre o que pegar.

O meu telefone apita, meu lembrete.

– Eu tenho que ir – informo. – Onde está todo mundo?

– A Dani está cercada de gente no balcão de maquiagem. Aposto que aquelas pessoas nunca viram tantos caras ficarem perto do balcão por tanto tempo antes.

– A Sarah e a Faith?

– Na aba dela – comenta Molly. Aí ela grita: – Ei! Vou levar a Parker. Daqui a pouco eu volto.

O coro de *tchaus* e *boa sorte* numa voz mais aguda do que eu jamais ouvi, principalmente da Sarah, me perturba enquanto me afasto.

– Eu sei que você não precisa da minha ajuda – justifica Molly. – Eu só precisava de um descanso.

– Na verdade – admito –, me levaram tanto pra lá e pra cá que não sei mais onde estou. Me leva até a fonte e me coloca na direção certa. De lá eu vou sozinha.

Não falamos enquanto saímos da loja de departamentos, acho que a Macy's, ou talvez a Nordstrom, um curso de obstáculos de araras de roupas feitos para impedir que você ande numa linha reta. Eu programei o meu lembrete para me dar bastante tempo, imaginando que estaria sozinha, então quando saímos para o corredor principal, relaxamos e demos uma volta. Tá, relaxar talvez não. Meu estômago está ficando apertado e estou um pouco trêmula, mas pelo menos estamos andando devagar.

Para me distrair, eu digo:

– Não consigo imaginar como é ser a Dani.

– Eu consigo – responde Molly numa voz que, bem, está meio soturna.

– Você não pode ficar com inveja – digo com leveza. – É tipo ter inveja de Einstein ou Mozart... – Eu me arrependo disso imediatamente. Na minha cabeça, soava como uma perspectiva de conforto.

– Com inveja? – diz Molly. – Eu tenho *pena* dela. Todos esses caras falando com a gente hoje...

– Foi só por causa dela.

– Mas eles também não estavam falando com *ela*. Às vezes eles estavam falando com nós quatro, *Garota Cega*, *Moletom*, *Gordinha* e... sei lá... *Inseto Fashion*, mas na verdade só estavam tentando chegar na *Bonitona*. Se eles pudessem ficar com ela sem ter que falar com ela, fariam isso.

– Alguns deles, é claro. Imagino que acabe enchendo o saco...

– Não. Imagina ganhar um bilhão de dólares da loteria e de repente tá todo mundo falando com você, sendo legal, te procurando, constantemente, o tempo todo, nunca dão um tempo. Num dia, ninguém, no dia seguinte, todo mundo, só por causa da sua conta bancária. Não enche o saco... é tipo sufocante.

– Bom, quando você coloca dessa for...

– Quando você tem a aparência dela, 99% das pessoas que falam com você, homens *e* mulheres, só estão querendo você ou algo de você. Eles estão mentindo ou falando o que acham que você quer ouvir, então não dá pra confiar em ninguém ou mesmo encontrar o 1% que não está mentindo. É horrível pensar nisso, mas é o dia a dia dela.

– Molly... – Não sei mais o que dizer.

– Desculpa, Parker. Eu... eu sei que isso não era sobre o que você queria falar agora. É só que ela me liga do mundo todo normalmente chorando... esse ano ela fez isso mais vezes do que eu já chorei na minha vida toda. Já é exaustivo só ser a irmã dela; eu nunca conseguiria sobreviver sendo efetivamente *ela*. Todo mundo acha que a Dani é *suuupersortuda*, mas ela é a pessoa mais infeliz que eu conheço. Fico *alegre* que ninguém consiga enxergar meus ossos por baixo de tudo... *isso*. Eu não trocaria de lugar com ela por nada.

CATORZE

Já se passaram doze minutos das cinco e estou sentada sozinha no banco do lado de fora da Corrida Desenfreada. O fato de não ter tido notícias do Jason está no fim da lista de coisas nas quais não consigo parar de pensar.

Eu me diverti muito hoje, mas o que a Molly contou sobre a Dani deixa eu me sentindo como se alguém tivesse tornado a gravidade um pouco mais pesada. Sinto que não fui diferente, usando-a como todas as outras pessoas. Sei que não é verdade, eu obviamente não estou impressionada pela aparência dela. Gostei de sair com ela pelas mesmas razões que eu gosto da Molly; ela é uma pessoa divertida com quem estar e conversar. Ainda assim, não dá para negar que muito disso foi a loucura que só existiu porque ela é extremamente bonita. E se os meus amigos só gostassem de mim porque achassem engraçado me ver tropeçar por aí e esbarrar nas coisas o tempo todo?

E, como se não fosse o suficiente, agora começo a pensar por que alguém fala com alguém. Não mais tarde, depois que se conhecem, mas por que na primeira vez? Quando alguém que você não conhece só começa a falar com você, sem de fato precisar de algo, como informações para chegar ao banheiro, por que ele está fazendo isso? Não sei, nunca fiz isso. Acho que é baseado apenas no que as pessoas veem. Porque elas acham alguém atraente.

Por que o Jason me chamou para sair? Primeiro ele me ajudou a comprar tênis, mas depois disso a gente conversou o quê, umas três ou quatro vezes, nunca mais de sessenta segundos. Por que ele quis falar comigo de novo ou me chamar para sair? Será que ele me acha bonitinha? Ele não pode gostar da minha personalidade, ainda não a mostrei para ele de verdade, se for algo nesse sentido, o jeito que eu me atrapalhei nas vezes em que a gente se falou, ele tinha muito motivo para *não* falar comigo. E, se eu sou bonitinha, um monte de caras já não teria me chamado para sair a essa altura? Talvez não tenham chamado porque eu sou cega ou por causa da minha personalidade, e Jason ainda não me conhece direito. Quando me conhecer, vai mudar de ideia. E se ele só tiver um fetiche por *bondage* e as minhas vendas o deixarem animadinho? Meu Deus, agora que pensei nisso, gostaria realmente de não ter pensado. Merda, isso é de arrepiar. Cérebro idiota em ação.

Ainda mais misterioso é por que eu gosto dele e disse sim para esse encontro tão rápido e por que fiquei animada com isso. Eu podia bancar a superior e dizer que não é nada tão superficial quanto pensar que ele é gato, mas, sem isso, o que me resta? Por que ele é charmoso e me tratou com respeito despreocupado? Isso é tudo que eu preciso para ficar com frio na barriga? Nossa, que patético. Uma palavra gentil no tom certo que saiba cruzar o campo minado da minha deficiência e eu fico toda nervosa? Meu Deus...

– E aí, Parker – cumprimenta Jason. – Desculpa pelo atraso. O supervisor do turno literalmente prendeu a gente pelos últimos vinte minutos falando sobre os procedimentos de estoque. Tava todo mundo parado junto, então eu não podia nem sair pra te falar.

Eu me levanto.

– Tudo bem. Você tem que se trocar ou algo assim?

– Hum, não, já fiz isso. É só a camisa. Você tá pronta pra ir?

– Sim.

– Você tá muito bonita.

– Obrigada – agradeço. – Tenho certeza de que você também. Mas tudo bem se não estivesse.

– Hum, tá bom. Você tá com fome?

Opa, esse planejamento foi ruim, comer um burrito três horas atrás.

– Eu posso comer a qualquer hora – respondo, surpreendendo a mim mesma com esse tipo de evasiva. Tipo, obviamente eu *posso* comer, só não tanto... – Você tá com fome?

– Morrendo – diz ele. – Eu não almocei. Fiz reserva para as seis.

– Reserva? Que chique. Onde?

– É uma surpresa.

Na verdade, não gosto muito de surpresas. Mas acho que isso não é justo. O dia que o Scott me beijou foi cheio de surpresas e eu gostei na época.

– Tá bom.

– Vem, vamos sair pela frente, à sua esquerda.

– Posso segurar no seu braço? – Estico a mão. – Vai ser mais rápido do que ir com a bengala.

– É claro – responde ele. A manga dele toca os meus dedos. Tecido fino, macio... talvez algum tipo de camisa social.

– Chique também – digo. – A sua camisa, quero dizer. Manga comprida e punho.

– É, já que é uma ocasião especial. Até tomei banho hoje.

– Obrigada! – expresso, começando a me sentir mais à vontade. – O que dizem sobre pessoas cegas desenvolverem mais os outros sentidos é verdade. O meu nariz me diria se você estivesse mentindo.

– Eu não mentiria pra você, Parker – diz ele, e ele realmente afirma, não apenas brincando. Aquilo me conforta. Quase posso acreditar que isso vai dar certo.

– Promete?

– Prometo.

Eu me lembro de que ele também me fez prometer algo quando nos conhecemos. Prometi a ele que nunca correria à noite, uma promessa que quebrei apenas três dias mais tarde, depois que sonhei com o Scott.

∴

Pelos cinco minutos seguintes, ele fala sobre o trabalho, motivado por uma pergunta que fiz, mas já me esqueci. Alguma coisa idiota tipo: "Então o que você faz além de carregar sapatos pra dentro e pra fora do depósito?" Só estou prestando atenção em partes na descrição da logística de arrumar prateleiras e mostruários, coisas assim, não sou sonhadora o bastante para achar isso interessante. Além disso, estou distraída pensando aonde estamos indo, já que não há estacionamento na frente do shopping para onde nos dirigimos.

Não consigo mais me segurar.

– Nós vamos andando pra lá? O estacionamento é pro outro lado.

– Ah, eles não deixam os empregados estacionarem lá. Temos que parar em outro estacionamento. Eu não costumo pegar o transfer que vai até lá, mas imaginei... bom, tipo, a gente pode andar até lá, se você quiser. Eu não quis...

– Tudo bem, podemos pegar essa carona. Não é como se eu não fizesse exercício o bastante.

Chegamos ao meio-fio bem quando o transfer do estacionamento chega e, depois da boa e velha diversão para conseguir subir os degraus, estamos sentados num banco na traseira de um micro-ônibus. Por algum motivo, o motorista está com o ar condicionado ligado no máximo e está congelante, mas eu não me abraço porque não quero que o Jason se sinta mal.

– Você tá com frio? – pergunta ele.

– Tô bem – digo, surpreendendo a mim mesma de novo.

– Não estou de casaco, senão daria pra você. Eu não sabia que esses ônibus eram tão frios.

– Tranquilo.

Alguma coisa toca o meu ombro, o que está longe do Jason, e eu pulo, apavorada, e pulo mesmo, porque meus músculos estão tensos do frio, os meus braços vão pra cima e o meu antebraço bate no nariz do Jason, mas felizmente eu não grito. O meu coração acelera quando percebo que o Jason estava colocando o braço ao meu redor.

– Desculpa! – solto. – Desculpa, eu...

– Não, não – diz ele. – *Eu* peço desculpas. Não pretendia te assustar.

– Não, tudo bem! Tá... tá tudo bem...

O ônibus nos chacoalha um pouco; posso sentir os braços dele baixos na lateral. Quero que ele tente de novo, mas não vou pedir.

– Sério, tá tudo bem – afirmo.

– Não esquenta, daqui a pouco a gente vai estar no meu carro em vez de nessa geladeira.

– Beleza.

Silêncio. Nada de braço em volta do meu ombro. Um lembrete desnecessário de que a Regra Número Dois serve tanto para mim quanto para qualquer outro.

Paramos depois de alguns minutos. Com Jason me dando um pouco mais de ajuda do que preciso, saio do ônibus e o carro dele não está longe. O caminho até o restaurante é curto e o passamos com ele me perguntando de que tipo de comida eu gosto, o que parece estranho agora que já escolheu um lugar para comer e não me conta qual é. Dou respostas vagas – não quero dizer que não gosto de sushi se estivermos indo para um sushi bar – e sei que isso o frustra, mas prefiro tomar uma posição segura.

– Surpresa! – diz ele, parando num estacionamento. – Estamos no Andino's.

– Certo, legal – respondo, tentando soar empolgada. O efeito surpresa de não saber o restaurante até chegarmos aqui é perdido pela mesmíssima razão que eu sabia que seria; o Jason me falar agora não faz diferença de me falar no shopping meia hora atrás. Não dá para vendar alguém, levar a pessoa até um lugar e aí ter um momento de surpresa se a venda nunca for tirada.

Agora entendo por que ele não estava adorando as minhas respostas ao questionário gastronômico dele. Eu não tinha mencionado comida italiana. Eu gosto bastante, mas faz muita lambança e raramente é minha primeira opção.

Somos encaminhados para a mesa imediatamente e, pelo que posso ouvir ao meu redor, as reservas não eram necessárias. Tudo bem.

Jason comenta:

– Liguei para alguns lugares, mas não consegui achar um restaurante com cardápios em braille.

Eu mordo a língua. Se ele tivesse me perguntado, eu podia ter falado para ele de uma meia dúzia de bons restaurantes com cardápios em braille. Esse é o preço que se paga por surpresas. Eu estou dividida entre me sentir especial porque ele está tentando fazer coisas românticas, mas eu não estou exatamente gostando muito delas. Mas como ele ia saber?

Exatamente. Como ele ia saber? Ele não sabe nada sobre mim.

– E então... como está a sua fome? – pergunta. A voz dele está forte, como se estivesse zoando um pouco. Será que sabe que eu comi agora há pouco?

– Média.

– Certo. Você gostaria de sopa, salada, antepastos ou pão de alho?

Saquei. Ele está bancando o garçom, fazendo do cardápio um jogo.

– Não estou com fome o suficiente para antepastos, sopa ou salada – declaro. Sem contar que sem chances de eu comer sopa ou uma alface toda cheia de molho.

– Muito bem – responde ele. – Massa ou pizza?

Pizza definitivamente seria mais fácil, mas parece errado pedir isso num bom restaurante.

– Massa.

– Excelente! Escolha da seguinte lista: linguini mare, espaguete à carbonara...

A leitura dele engata num certo ritmo, e aí um sotaque italiano ruim...

– ... cappellini pomodoro, fettuccine primavera...

Agora ele está quase cantando as escolhas. Eu me inclino para a frente e sussurro:

– Jason...

– TOR-tel-LI-ni MAR-i-NAR-a, ou uma SAL-tim-BO-cca de VI-te-la.

Eu dou risada com ele inserindo palavras para caber na métrica da melodia que criou para o cardápio. Escuto aqueles sons e cubro a boca para parar e não incomodar as outras pessoas. Isso além de eu me sentir um pouco idiota dando risadinhas, como a Sarah no shopping.

– ... e tem TAM-bém SCALL-o-PI-ne OU PARM-e-SAN... eee de FRAN-go.

Eu gargalho.

– Jason!

– Ainda não estou nem na metade da página – informa ele. – Também tem CABELO de AN-jo com A-i-O-li, RIG-a-TON-I A-bruz-ZI... zi

– Não faço nem ideia do que é metade dessas coisas!

Silêncio. Ou pelo menos logo que eu paro de gargalhar.

– Então será que posso recomendar uma lasanha de carne? – diz ele, inexpressivo.

– Faz muita lambança – digo, colocando um pouco de sinceridade. – Eles têm nhoque? Com molho Alfredo?

– Nunca ouvi falar... não vejo em lugar nenhum...

– Em italiano se escreve com o *g* mudo, g-n-o-c-c...

– Ah, aqui está. Gnochi Del Giorno. Um maravilhoso prato de batata...

– Fico com esse. Com pão de alho.

Ih, espera, bafo de alho...

– Estão prontos? – pergunta uma mulher. – Ah!

– Tudo bem – comenta Jason. – Num bom jantar o que conta é o sabor e o aroma. A aparência só distrai.

– Muito bem – concorda ela, entrando no jogo. – Sei que o chef discordaria. Ele definitivamente acredita na apresentação – a primeira garfada é com os olhos, ele diz. Mas ele não precisa saber.

– Nós dois vamos querer o Gnochi Del Giorno e pão de alho. Quer beber alguma coisa, Parker?

– Uma 6-C, por favor.

– Só temos soda, limonada, suco de cranberry, de grapefruit...

– Ah, eu quis dizer Coca ou Pepsi, ou o que tiver, com cafeína e açúcar. E um canudo. Por favor.

– Pra mim também – pede Jason.

Quando a garçonete sai, o Jason pergunta:

– O que é 6-C?

Eu me sinto estranha, mas não sei bem por quê. Será que estou com vergonha? Não, não pode ser.

– Celestial Carbonada Cafeinada Caramelada Colorida Cana-de-açúcar. Tenho certeza de que eles só vão ter 5-C aqui, só alguns refrigerantes têm cana de açúcar em vez de xarope de milho com alto teor de frutose, mas eu já estava com problemas para me fazer entender e não queria deixar tudo ainda pior.

A garçonete volta em tempo recorde com pão de alho.

– Coma um pouco – incentivo e para ser mais sincera – pra que eu não seja a única com bafo de alho.

– Tá bom. Nunca ouvi falar de nhoque. São batatas? Isso não parece italiano.

– Mas definitivamente é. Não é o meu prato preferido, mas é muito bom.

– Por que você não pediu o seu preferido? Você estava apressada pra que eu parasse de cantar?

– Não! Não, é só que... bom, como a garçonete falou, algumas pessoas se importam com a cara do prato, mas eu me importo com o quanto é fácil de comer. O nhoque é fácil, mas espaguete? Esqueeeece...

Jason gargalha.

– É justo.

Eu como um pedacinho de pão de alho e gosto que o silêncio pareça confortável, pelo menos para mim.

– Ei – chama Jason. – Desculpa pela volta no ônibus.

– Não, tudo bem. Eu me assusto quando as pessoas me tocam já que não sei o que vai acontecer. É... bom, tipo uma regra com as pessoas cegas. Da próxima vez, é só dizer alguma coisa tipo *Ei, deixa eu colocar o braço ao seu redor*, daí na próxima vez eu não vou te dar um soco no nariz ou algo assim.

Droga, eu acabei de dizer *próxima vez* duas vezes...

– Ah, beleza.

– Ou – e isso é uma dica de profissional – se você esbarrar em mim primeiro, também funciona.

Já chega!

– Tá bom. Eu quis dizer toda a volta no ônibus. Não quero que você ache que a gente o pegou porque eu não te acho capaz de andar duzentos metros.

– Ah, tudo... bem... eu não... – Não consigo pensar no que mais dizer. Talvez em parte porque o meu rosto esteja ardendo, já que ele não estava falando de colocar o braço ao meu redor.

– Você está ficando vermelha? – pergunta ele.

– Não! Por que eu ficaria vermelha?

Sem resposta.

– Mas se eu estivesse, um cavalheiro não repararia.

– Repararia no quê?

– Exatamente! – exclamo, e sorrio. Visivelmente.

QUINZE

– E aí, aonde a gente tá indo?

Não conferi a hora porque não posso fazer isso sem o Jason saber. Não imagino que a gente tenha ficado no Andino's por muito mais que uma hora, uma hora e meia, no máximo. Aí fomos até a Explosão de Sorvete para dividir uma sobremesa – eu o fiz escolher, e nunca tinha provado um sundae de manteiga e caramelo antes, mas gostei – e pude comer menos, já que estávamos dividindo. Meu Deus, entre um burrito, a maior parte do meu nhoque, e metade do pão de alho, mesmo uma porção pequena de sundae me deixou sentindo uma verdadeira bola.

Somando tudo isso, acho que talvez sejam umas nove horas, no máximo. Não preciso estar em casa até as dez e, sinceramente, se eu me atrasar, o que a tia Celia vai fazer? Me botar de castigo? Eu quase nunca saio de casa assim, a não ser para, bom, tipo agora... então acho que no fim das contas tenho algo a perder.

– Algum lugar que você queira ir? – pergunta Jason.

– Só preciso estar em casa às dez – comento. – Que horas são agora? – Sutil.

Ele ri de leve.

– Oito e meia.

– Qual é a graça?

– Você tem que estar em casa às dez?

Muitas respostas passam pela minha cabeça. Este é o meu primeiro encontro... Talvez as garotas tenham um toque de recolher mais cedo que os garotos... Não faz muito tempo que eu moro com a tia Celia, então ela ainda não confia em mim ou talvez nunca vá confiar, é muito cedo para dizer...

– Me dê um motivo pra ficar na rua até mais tarde – digo. Percebo como essa frase soa... mas em vez de tentar esclarecer deixo pra lá para ver o que acontece.

– Que tal a gente ir até o costão?

– O que é que tem lá?

– Nada, mas ou a gente senta por aqui ou senta em algum outro lugar. Se você ainda estiver com fome...

– Não! O costão está ótimo. Não que eu vá conseguir ver o pôr do sol ou algo assim...

O carro faz a volta.

– O sol já se pôs. O que importa de parar no costão é com quem você está, não a vista.

– Você para muito por lá?

– Eu não diria muito.

Não é longe. Logo estamos estacionados e o motor desliga.

– Esse aí é um novo... isso é um lenço?

– Eu comprei hoje. Como você sabe? Você não pode ter visto todos os meus lenços ainda.

– Normalmente eles têm uma bandeirinha em braille costurada numa ponta, só que esse não tem.

Eu sorrio para essa atenção fofa ao detalhe e para o que ela significa. Eu estava preocupada que ele não pensasse ou notasse muita coisa.

– Você tá com frio?

– Um pouquinho. Tudo bem.

– Eu colocaria o meu braço ao seu redor pra te esquentar, mas o câmbio está no meio.

Hummm...

– E aí... – diz ele. – Quer se sentar no banco de trás?

Ai, caramba.

– Não vai ficar estranho? A gente sentado no banco de trás?

– Talvez se alguém estivesse olhando. Só tem mais dois outros carros aqui. Um está vazio, provavelmente gente que veio fazer caminhada. O outro, bom, eles provavelmente estão mais preocupados se a gente consegue vê-los, se é que você me entende. Tem um banco onde a gente podia se sentar, mas está esfriando lá fora.

– Então vamos pro banco de trás.

Procuro a maçaneta, saio – ele está certo, está ficando mais frio –, entro na traseira e fecho a porta atrás de mim.

Não gosto de ficar pensando se ele vai me beijar. Se ele não for, eu vou me sentir idiota por achar que ia. Mas ele não ia me pedir para ir para o banco de trás só para colocar o braço no meu ombro, certo? Percebo que é engraçado eu estar pensando nisso e não se quero que ele faça isso, porque, me dou conta, é claro que eu quero. Tipo, por que eu não ia querer? O Jason é legal, e seguro, e...

– Por que você está sorrindo? – pergunta ele, divertidamente suspeito.

Eu estava sorrindo?

– Se preferir uma cara amarrada, não sei se eu consigo te ajudar, mas posso tentar.

– Não, o sorriso tá bom.

Ele esbarra em mim, aí escorrega o braço em volta do meu ombro.

– Muito esperto – observo. – Aposto que você esbarra em todas as garotas...

Droga, não era assim que eu achei que ia soar.

– Não, só preciso conhecer as regras – responde ele. – Imagino que você tenha muitas.

– A lista é infinita. – Eu me inclino um pouco para ele. No fim das contas está mesmo mais quente também, não é só uma desculpa para encostar.

– Tá certo então, vamos escutá-las. Quero dizer, as suas regras.

A voz dele está meiga e baixa, com hálito que só tem uma nota de alho. Eu gosto dela. Quem diria? Viro o rosto para ele.

– Na verdade, não estou pensando em regras nesse momento – afirmo.

– No que você está pensando?

– Bom...

Estou pensando que é estranho que eu não esteja pensando tanto. Normalmente, a minha cabeça está revirando todo tipo de besteira, mas agora ela está alegremente sossegada, impregnando-se disso, se divertindo para variar...

Química.

É essa a palavra que me escapou esta tarde. O que faz você querer falar com alguém, querer falar com ele um pouco mais ou sentir a mão dele no seu ombro, mesmo que você não o conheça de verdade. É mais do que uma palavra gentil ou charmosa para um estranho; é a palavra certa ou palavras que se encaixam nas suas palavras. Não sei se Jason e eu vamos ser compatíveis quando nos conhecermos, mas agora, na superfície, nós temos química.

– Dá pra ver que você tá pensando em alguma coisa – sugere ele de novo, não de forma impaciente.

Eu estou pensando em como, apesar de ter acabado de pular para o banco de trás de um carro estacionado com um estudante do segundo ano que mal conheço, num entorno que não é familiar, eu me sinto confortável. Talvez seja química e intuição. Tem que ser, porque tenho poucas evidências.

Eu estou pensando que devo ser louca porque, se conseguisse enxergar, seria eu a tomar a iniciativa, me inclinando para beijar, torcendo para não ser muito cedo. Mas não consigo enxergar, então tudo que posso fazer é... Eu levo a mão até a gola dele para ter uma noção de onde está cada coisa, inclino a cabeça e chego para a frente... Se ele não entender, vou ter que ir com a mão até o maxilar dele e guiar meu...

Alguma coisa toca a ponta do meu nariz. O nariz dele.

Perfeito.

Vou para a frente e beijo os lábios dele com delicadeza. De novo. Meu Deus, é como estar com frio e soprar uma caneca de chocolate quente e sentir o calor se espalhar pelo seu rosto, depois dar um golinho, e o calor se espalhar pelas bochechas e descer para o peito, cada vez mais para baixo, te preenchendo. Minha cabeça gira com nada além de pensamentos simples tipo *quente* e *suave* e *empolgante* e *maravilhoso* e *mmmmm...*

– Quê? – sussurra ele quando toma fôlego.

– Que o quê? – sussurro de volta e o beijo de novo.

– *Mmmmm...* o quê?

– Ah. – Acho que eu falei essa parte em voz alta. – *Mmmmm*, alho...

– Ah! – Ele se afasta. – Desculpa, eu...

Minha mão encontra a nuca dele e eu o puxo de volta para mim.

– Você não sabe o que *mmmmm* significa? – Eu o beijo de novo. E de novo. E de novo. Mais firme, mas não mais forte.

A ponta da língua dele toca rapidamente o meu lábio inferior, uma estrela explode na minha cabeça, uma sensação que nenhuma outra palavra consegue descrever. Como quando você está correndo num passo confortável e se estimula a ir mais rápido, mas, em vez de ficar mais cansado, você ganha uma onda de energia. Eu sinto só um toquinho de língua de novo e agora estou correndo junto...

Não tenho noção de há quanto tempo estamos no banco de trás, nos beijando e respirando e tocando... mão nas minhas costas, depois para baixo na minha cintura onde ela encaixa perfeitamente... e sei que poderia fazer isso a noite toda sem parar ou sem ficar cansada ou entediada... a mão dele escorregando um pouco... depois um pouco mais...

Sei aonde ela está indo e minha mente desperta. O cérebro idiota que pensa e repensa e pensa três vezes e pensa em excesso e age como se eu fosse um grupo em vez de uma pessoa. Ele me pergunta que diabos eu acho que estou fazendo, beijando de língua esse cara que conheci há menos de uma semana e considerando deixar a mão dele deslizar para cima – não, *considerando* não, mas *antecipando*, *querendo*, esperando *gostar*... Meu cérebro idiota quer perguntar por que estou deixando isso acontecer, mas não pode porque não estou *deixando* isso acontecer, estou *querendo* que isso aconteça. O que quer dizer eu querer ser tocada por esse cara agora?

E sou atingida, como se por um balde de água fria, pela percepção de que por três meses quase não tive nenhum contato físico com ninguém. A Faith me abraçou no primeiro dia da escola e, fora isso, recebi uma batidinha no ombro aqui e ali, mas só. O papai me abraçava toda manhã antes da escola, quando eu voltava para casa e antes de dormir, e muitas outras vezes sem motivo, e em muitas noites a gente escutava um audiolivro ou um podcast e sentava juntos no sofá com o braço dele ao redor dos meus ombros e eu me aconchegava nele como uma almofada quentinha. O papai era a exceção à Regra Número Dois, porque se ele *não* apertasse o meu ombro quando a gente andava teria sido uma surpresa maior. Aí ele se foi, e nos dias que se seguiram desorientados e atordoados, todo tipo de pessoa tentou me abraçar e me confortar, mas eu não deixava, não ia permitir que desconhecidos ou parentes que mal conhecia me tocassem, e no fim eles pararam de tentar. É claro que você quer esse cara te agarrando, diz meu cérebro idiota. Você era abraçada e tocada várias vezes por dia e agora está há três meses sem nada ao seu redor além de vozes no escuro. Você está necessitada...

– Parker?

Não estamos mais nos beijando. A mão do Jason está de volta no meu quadril, jamais tendo ido muito longe.

– Você tá bem?

Não quero contar nada disso para ele. Não que eu precise manter como um segredo profundo e obscuro; é só que algumas coisas você só tem vontade de compartilhar com pessoas que conhece. Jason escutaria e seria empático, mas não entenderia de verdade.

– Sim... sim, tô bem... – digo, soando grogue. – Que horas são?

– Só nove e meia. Bom, quase nove e quarenta. Mas estamos a só dez minutos da sua casa.

– Vamos... vamos voltar, de qualquer forma – respondo, acalmando a minha respiração. – Não quero dar motivo pra minha tia encher o saco.

– Tá bom – concorda ele. Posso sentir que está decepcionado. Não sei como eu me sinto.

A gente sai, cada um pela sua porta, de volta para o banco da frente. Ele liga o carro e damos marcha a ré.

Estou meio anestesiada. Andamos um pouco até que ele diga algo.

– Então... você mora com a sua tia? E os seus pais? Se você não se incomoda que eu pergunte.

– A minha mãe morreu quando eu tinha 7 anos. Ela bebeu uma garrafa de vinho e causou um acidente de carro e é por isso que eu estou cega.

– Ah, sinto muito.

Fico feliz que isso seja tudo o que ele diz, entendendo que já faz muito tempo e sem tentar falar sobre tudo agora que temos tão pouco tempo ainda juntos.

– Aí ficamos só eu e o papai até que ele morreu em junho.

– Que junho? Junho passado? Três meses atrás?

– É. Aí a minha tia, o meu tio e os primos vieram morar comigo.

– Ah, cara... Parker... Eu... eu sinto muito. Eu não sabia.

– Tudo bem. Tem muita coisa que você não sabe sobre mim. Eu também não sei muito sobre você.

– Isso vai mudar – comenta Jason.

– Espero que sim – digo, mas minha voz soa inexpressiva. É a única que pareço conseguir encontrar.

– Isso quer dizer que você quer sair comigo de novo?

– Só se você quiser.

– Então estamos combinados.

O carro para suavemente.

– Dez minutos mais cedo. Tem alguém espiando pelas cortinas. Parece uma criancinha.

Respiro fundo e solto.

– Meu primo Petey. Ele provavelmente ficou superentediado sem mim esta noite. Não sei o que ele fazia pra se divertir antes de se mudar pra morar comigo.

Agora me escuto soando quase normal, mas não me sinto normal. É como se eu estivesse no piloto automático, mantendo a mesma trajetória desde a última hora, mas não a sentindo mais. Tipo, eu gosto do Jason, e quero mesmo conhecê-lo, mas aquele momento no carro parece algo bizarro agora, algo que não era eu, como se eu estivesse sob algum feitiço que agora se quebrou. Uma voz na minha cabeça está dizendo que a última hora não teve muito a ver com o Jason, a não ser pelo fato dele ser cálido, disposto e estar à mão. Eu tento silenciá-la, mas tenho a impressão de que não é o monstrinho falando.

– Eu te aviso os meus horários de trabalho da semana que vem quando eu souber – comenta Jason, parecendo longe.

Eu só concordo com a cabeça. Não confio na minha voz. Minha garganta está se fechando.

– Você tá bem? – pergunta ele.

Concordo com a cabeça de novo. Forço uma tosse na mão para conseguir falar sem chiar.

– Sim, me diverti bastante.

– Eu também.

Mas ele sabe que tem algo acontecendo. Não é culpa dele e não quero que ele se sinta mal. Tento pensar em algo legal para dizer, alguma coisa que não seja genérica...

– Eu, hum... não sei se eu falei na hora, mas obrigada por tirar o Isaac e o Gerald de cima de mim. Só porque eu podia ter cuidado daquilo sozinha não quer dizer que eu não valorize a sua ajuda. Eu valorizo.

– Fiquei feliz em ajudar. Mas tenho que ser sincero... não posso levar todo o crédito.

– O que você quer dizer?

– Eu estava andando com um amigo depois dos testes de corrida e de repente ele saiu correndo. Ele já estava com o Isaac levantado contra os armários antes que eu o alcançasse e visse o que estava acontecendo e pegasse o Gerald. Aí eu tive que separar o Scott e o Isaac. Ele nunca foi com a cara daqueles dois, acho que a coisa ia ficar feia de verdade se eu não tivesse impedido. O que eles estavam fazendo era uma tremenda sacanagem, eu sei, mas não valia a pena... Ei, Parker, você tá bem?

A tontura está fazendo o meu estômago se revirar.

– Parker? Qual é o...

– Eu tenho que ir.

– Deixa eu levar você até...

– Não, tranquilo. Tá tudo bem. Eu sei o caminho. – Agarro a maçaneta. – Depois a gente se fala.

E estou fora do carro e depois da calçada e encontro o gramado e dou um passo à direita pro caminho e subo pra varanda, mas a porta está trancada, droga, ainda que eles saibam que eu estou aqui e agora está aberta e estou tropeçando escada acima e o Petey está falando alguma coisa, mas não consigo escutar e estou no banheiro com a porta fechada e agora está trancada e eu juro por Deus, se existisse um Deus, que se eu conseguisse vomitar e fizesse esse sentimento desaparecer, mas eu não consigo, eu não consigo, eu simplesmente não consigo...

DEZESSEIS

Esse ainda é o seu número, Scott?

É Domingo do Anime com o Petey mais uma vez. Na verdade, não quero ficar sentada no sofá na frente dessa explosão de barulho eletrônico, mas isso virou um momento com o Petey e também não estou a fim de tentar desfazê-lo. Acrescentei uma estrela dourada com sucesso ao meu quadro ontem, mas é bom que eu não esteja controlando a minha corrida. Só corri duas metades de corridas de tiro e voltei para casa fazendo jogging. Ninguém estava acordado para ver que eu tinha ficado fora menos tempo do que o normal. Tomei um banho longo e, àquela altura, o Petey estava de pé e nossa rotina começou como se a noite passada nunca tivesse existido.

Mas aconteceu e hoje está acontecendo. Então botei o fone na orelha oposta ao Petey e fiz algo que não fazia há anos.

A resposta vem mais rápido do que eu espero.

– Bom dia, colega.

Ele tem razão, eu nunca mudei a voz dele de Homem australiano.

– Você está perdendo! – exclama Petey. Ele não está bravo, só não quer que eu perca nada.

– É só pra mandar mensagem de texto – justifico. – Mas, na verdade, estou perdendo a maior parte, a não ser que você me conte o que está acontecendo.

Ele tenta por um minuto ou dois, mas está tão vidrado na ação que não faz muito sentido, ou talvez o programa não faça sentido. Isso mais um monte de nomes e palavras japoneses e todas aquelas coisas inventadas, tipo superditados, que só significam alguma coisa para fãs de verdade. As explicações do Petey diminuem e param sem ele perceber.

Espero para ver se o Scott diz mais nessa ocasião importante, mas ele não diz, então pressiono. O que quer que ele estivesse tentando me dizer no oitavo ano, eu preciso ouvir agora.

Por que você fez aquilo?

Essa sensação que tenho é rara. É como me senti quando o treinador Underhill quase revelou minhas corridas matinais para o refeitório e depois me falou que tinha me visto correr. É um tipo de... pavor, acho. Sim, o que estou sentindo agora, mandando mensagens para o Scott, é pavor.

Tempo o suficiente para outra batalha completa de anime se passa, ao menos eu acho que é uma batalha, antes que o Scott me responda. Eu não o apaguei do meu telefone quando tudo aconteceu, mas o silenciei para acabar com os toques incessantes. Agora o meu celular só vibra um pouco.

– Desculpe por ter estragado o seu encontro.

Hã?

Do que você está falando?

– Jason me contou que você saiu correndo do carro dele depois que te contou o que aconteceu com o Gerald e o Isaac. Ele está confuso, mas não contei nada pra ele. Eu imaginei que você não queria que eu fizesse isso.

Ele está certo, é claro... droga. *Não* quero que ele fale com ninguém sobre nada disso, só que...

O Jason precisa saber, mas não quero ser eu a contar pra ele. Você faz isso. Hoje.

– Não vai ser fácil admitir isso, mas vou. Vou fazer isso amanhã pra contar pra ele pessoalmente. Ele é um cara legal. Fico feliz que vocês estejam juntos.

Quero responder a isso, mas tenho que me manter no foco.

Quero saber por que você fez o que fez na Marsh.

Minutos se passam sem uma resposta.

Perdi a noção do tempo e agora quero que o anime do Petey dure mais. É a fachada perfeita para essa conversa. Eu podia ir me esconder no meu quarto como a Sheila, mas isso não seria do meu feitio e não quero chamar mais atenção do que chamei na noite passada, em que eu botei a culpa em algo que comi.

– Por que perguntar agora?

Não é a resposta que eu espero, principalmente depois de minutos em que pensei que ele estava digitando. É estranho, já que ele queria tanto explicar na época em que aconteceu e eu não deixava.

Eu finalmente estou pronta para escutar.

Isso é sincero, embora toda a verdade seja mais complicada. Por mais que eu queira ignorar isso, agora vejo que vai continuar me perseguindo, pulando na minha frente, jogando na minha cara como foi ontem. Por algum motivo, tudo está diferente daquela época e preciso entender por que... ou isso, ou vou ter que esquecer de vez.

– Não acho que seja uma boa ideia desenterrar tudo de novo.

O meu pavor muda para raiva. Estou tremendo um pouco por causa da adrenalina liberada no meu sangue e tenho que redigitar meu texto seguinte algumas vezes para me livrar dos erros de digitação antes de enviar.

Talvez você tenha enterrado, mas eu não.

A resposta dele vem rapidamente.

– Posso te ligar?

Minha resposta vai ainda mais rápido. *Não.*

Agora estou esperando de novo, pensando se ele está levando muito tempo porque está digitando ou só pensando. O que recebo é um pouco dos dois.

– Explicar vai parecer que eu estou criando desculpas, mas não tem desculpa e não estou tentando justificar aquilo, tá?

Certo. Só me conte.

Agora imagino que eu vá ter que esperar e parece que sim. Tento entender o programa do Petey, até fazendo algumas perguntas, mas não adianta; não consigo me concentrar, e não tenho certeza se importaria se eu conseguisse. Quando enfim chega a mensagem do Scott, ela é tão longa que está quebrada em pedaços.

– A gente ficando juntos era tipo um menino conseguindo ser um astronauta. Não quando ele cresce, mas neste exato momento, hoje, faça a sua mala, você está entrando num avião pra NASA. Quando eu contei pros meus amigos, eles queriam que eu provasse que a gente era mais do que amigos. Eu falei que era idiotice, mas a gente não tava tentando esconder que tava junto e outras pessoas se beijavam em público e não era nada demais. Então eu contei pra eles da gente indo pra sala da sra. Kincaid na hora do almoço e, se eles olhassem pela janela, podiam ter sorte. Achei que não tinha problema, já que sempre tinha a chance de alguém olhar lá pra dentro e a gente nunca se preocupava com isso. Eu não sabia que eles estavam se escondendo naqueles armários até que o Isaac começou a rir. Mas quando você me empurrou, eu vi a expressão no seu rosto e entendi que nada daquilo importava. Parecia um sonho maluco onde coisas idiotas fazem sentido e logo que você acorda olha pra trás e vê o quanto era imbecil e se pergunta por que um dia acreditou naquilo. Fiquei meio na dúvida em contar pros garotos onde a gente estaria, mas não vi muito problema, mas, seguindo você pra fora daquela sala, eu percebi o quanto era obviamente idiota e como aquilo deve ter parecido pra você. Eu soube que os meus dias de astronauta tinham acabado. E eu também soube que faria qualquer coisa, por quanto tempo fosse preciso, para tentar melhorar a situação, porque eu nunca superaria como a Parker Grant poderia ter ficado com qualquer pessoa, mas me escolheu e eu estraguei tudo.

– Grande P? – diz Petey e eu pulo. – Você tá respirando de um jeito esquisito.

– É, Pequeno P... Tipo... o programa acabou? – Eu luto só para expirar e envolvo minha cabeça no que o Homem australiano acabou de falar numa entonação dura e esquisita.

– Só aquele episódio. Vai começar outro em um minuto. Quer assistir, quero dizer, ouvir?

– Tá bom.

– Legal!

Os comerciais são altos, eu aumento o volume do meu fone de ouvido e escuto de novo a mensagem do Scott. E de novo. E de novo.

Ele achava que estar comigo era tipo conseguir ser um astronauta. Que eu o escolhi quando poderia ter tido qualquer pessoa. A raiva que eu senti chegando mais cedo se dissipou e... eu sinto falta dela. Me sinto perdida numa escuridão infinita.

Nunca teria imaginado, nem em um milhão de anos, que a minha raiva desaparecer faria com que eu me sentisse tão intensamente sozinha assim. Sozinha e desgraçadamente triste. Mais do que triste.

Ele também disse que nunca pararia de tentar melhorar a situação.

Eu mando uma mensagem de texto, *Você parou de tentar.*

Recebo uma mensagem no instante logo após enviar a minha, ele deve ter mandado ao mesmo tempo.

– Só porque eu não sabia que eles estavam lá, não fica tudo bem. Eu contei onde poderiam nos encontrar sem te avisar e é isso que importa. Espero que você nunca me perdoe.

Eu toco de novo: "Espero que você nunca me perdoe."

Será que é erro de digitação? Não, nem o corretor ia mudar um *possa me perdoar* por *nunca me perdoe.*

Será que eu devo sentir pena dele? Não... ia deixar as coisas mais fáceis de acreditar, mas não posso. Apesar do que aconteceu, ele nunca mentiu ou tentou me manipular. Ele não está jogando verde. Acho que ele realmente *não* quer que eu o perdoe...

Bzzz.

– Não parei.

Levo um instante para perceber que ele quer dizer que não parou de tentar melhorar a situação.

Você parou depois que veio na minha casa naquela última vez.

– Eu só parei de tentar dar desculpas.

O que o meu pai falou?

– Ele me disse que eu tinha estragado tudo. E ele tinha razão. Falou que eu não era mais bem-vindo na sua casa e pra te deixar em paz ou eu só ia piorar as coisas. Aí fiz isso. Tenho tentado te dar o máximo de espaço que posso, mas não me mudaram pra uma outra aula de trigonometria. Estou tentando deixar as coisas normais pra você, não esquisitas.

Você não quer que eu te perdoe? Ou aquilo foi um erro de digitação?

– Não perdoe ninguém que quebre a sua confiança. Regra Número Infinito. Algumas coisas são imperdoáveis.

Imperdoáveis.

Eu...

– Você tá respirando de um jeito esquisito de novo – comenta Petey.

Quack.

Eu me atrapalho com o telefone para tocar a mensagem da Sarah e a Matrona sulista fala por ela.

– O Rick e eu terminamos ontem à noite.

∴

Deixo Petey com os desenhos, subo correndo para o quarto e ligo para a Sarah. Ela atende no primeiro toque.

– O que aconteceu? Você tá bem?

– Tô bem – responde, e ela parece mesmo bem.

– Como é que aconteceu?

– Eu liguei pra ele e falei que a gente devia terminar, apesar de não ter muito *o que* terminar.

– Você terminou pelo telefone?

– É, eu sei. A gente ficou falando que isso é covardia, mas, quando chegou a minha vez de fazer, eu percebi que, se alguém termina com você, você quer mesmo estar preso com a pessoa num café ou na casa de alguém? É melhor dar a opção de desligar e cair fora daquilo o mais rápido possível. E foi o que aconteceu. Ele queria desligar bem rápido.

– Qual foi o motivo que você deu? Qual *foi* o motivo?

– A gente só tava junto por hábito. Ele tentou argumentar, mas… vai ficar aliviado mais tarde, se já não estiver. No fundo eu acho que ele sabe que eu estou certa.

– Caramba. Eu não fazia ideia.

– Você fazia uma *certa* ideia. Você vem chamando ele de meu Mais ou Menos Namorado.

– Só pelos padrões de Hollywood. Comparados aos filmes, vocês eram bem indiferentes, mas filmes não são reais. Achei que vocês eram só… mais reais, acho. Nada mudou nos últimos tempos, pelo menos até onde eu sei.

Silêncio.

– Tem certeza de que você tá bem? – Parece haver algo que ela não está me contando.

– Sim. Como foi o seu encontro com o Jason?

– Quê? Foi… foi legal. Podemos falar sobre isso depois. Você estava com o Rick fazia quase dois anos, a gente não vai falar sobre isso por mais do que trinta segundos? Tipo, por que ontem à noite?

– Só fazia tempo que estava pra acontecer e enfim aconteceu.

– Mas você nunca falou nada.

– Não é como se a gente tivesse brigado ou feito algo que valia a pena comentar. As coisas só estavam meio "blé". Aí passear no shopping o dia inteiro me lembrou de que tem um monte de caras por aí, sabe, então pensei que está na hora de tentar alguma coisa diferente.

– Aqueles caras não estavam atrás da gente.

– Eu sei, mas você saiu com um cara que acabou de conhecer, e outras coisas.

– Que outras coisas?

– Ah, sabe, só... coisas.

– Eu *não* sei. Por que você não me contou?

– A gente não fala muito sobre o Rick.

– Porque você não fala. Como você está se sentindo a respeito do Rick não é algo que eu ia puxar assunto sem nada acontecendo. Eu te conto tudo... só achei que você... também me contasse tudo.

Silêncio.

– Não tem nada pra contar. Na verdade, não é nada demais.

– Mas... – Não consigo saber se o término dela é grande coisa e está tentando se fazer de tranquila ou se não é mesmo nada demais para ela, mas é para mim. Não porque ela tenha feito isso, mas porque tenha acontecido sem me dar nem uma pista.

A gente se fala muito todos os dias, mas não sobre tudo. Ela não gosta de falar sobre o pai malandro dela, então eu não pergunto e tento não falar muito sobre o meu pai legal. Eu achava que a gente não falava muito sobre o Rick pelo mesmo motivo, só que ao contrário, porque ela não queria esfregar na minha cara que tinha um namorado.

Mas Sarah não é apenas a minha melhor amiga, ela é a minha única amiga realmente próxima no dia a dia. Faith e eu temos uma história antiga e posso contar com ela, mas a gente não sabe mais dos detalhes da vida uma da outra. Agora estou percebendo que a Sarah e eu quase não falamos sobre a vida dela fora da escola. Nem sobre o pai dela, que basicamente só manda cartões no aniversário dela e no Natal, isso quando ele esquece. Nem sobre a mãe dela, que rala como contadora para elas conseguirem manter a casa e não terem que se mudar para um apartamento. E, aparentemente, nem sobre o namorado, apesar de ela vir repensando bastante o relacionamento deles ultimamente e ter ligado para ele na noite passada para terminar. O fato de ela ter passado por tudo isso sem compartilhar nem uma pista disso comigo... está fazendo meu estômago se apertar num nó forte e frio.

– Mas o quê? – pergunta Sarah.

Algo solto está se balançando dentro de mim. Talvez eu me sinta com raiva, mas definitivamente triste que a Sarah e eu não sejamos tão próximas quanto pensei... Será que estou sendo egoísta, pensando em mim quando minha melhor amiga acabou de terminar um relacionamento de dois anos? E o meu impulso natural de perguntar isso diretamente, de soltar verdades frias e duras, não vem e não sei por quê. É como se as outras verdades que eu cuspo com facilidade não significassem nada, mas essa significa algo, e isso a está deixando diferente.

– Parker, tem alguma coisa errada?

Definitivamente, tem algo rolando. Ela não está usando a voz questionadora normal. Ela soa desconfiada, ou culpada, não sei, como se soubesse que eu estou chateada, mas não quisesse admitir.

– Não – respondo, impressionada que eu pareça normal. – Só estou pensando em você e no Rick.

– Tá tudo bem, sério. – Ela parece aliviada. – Me conte do seu encontro com o Jason.

– Na verdade, eu tava no meio de um negócio com o Petey. Só queria ter certeza de que você tava bem. Depois te conto.

– Ah, tá bom. Mas foi bem? Você vai encontrar com ele de novo?

– Acho que sim.

– Tá bom, então... a gente se fala depois?

– Isso.

Silêncio.

– Tem certeza de que não tem nada errado? – pergunta ela.

– Sim, tudo ótimo, a gente se fala depois – digo na minha voz relaxada, apesar da dor gélida no meu peito. Eu desligo.

E a menos que eu esteja me esquecendo de algo trivial de quando éramos criancinhas, é a primeira vez que eu já menti para a Sarah.

DEZESSETE

Eu sinto como se estivesse caindo.

Dizem que não sou uma flutuadora, o balanço que muitas pessoas fazem quando não conseguem enxergar. As pessoas não percebem o quanto da habilidade delas de ficarem paradas e eretas não depende apenas da audição, mas também de enxergar o aposento ou o horizonte. Talvez seja porque eu enxerguei pelos primeiros sete anos da minha vida ou talvez seja a maneira que perdi a visão, mas eu não costumo me sentir oscilar.

Até agora. Estou desconectada da Terra. Sei que fiquei em choque quando o papai morreu, e quando saí dele já tinham se passado dias o bastante para eu poder mais ou menos voltar a ser normal ou pelo menos parecer normal. Acho que devo estar num tipo diferente de choque agora. Quando o papai morreu, perdi o meu principal apoio, mas eu tinha a Sarah e me segurei nela pela vida. O quanto da minha estabilidade é baseada nas pessoas em que me agarro? Muito mais do que eu pensava, porque agora que perdi meu último apoio estou fisicamente tonta... oscilante... com uma sensação desagradável de precipitação. Como se estivesse caindo.

Não posso ligar para Faith. Quero dizer, eu poderia, e ela escutaria, e não tenho segredos com ela, mas atualmente há muita coisa que não sabemos uma sobre a outra e levaria tempo demais para contar para ela.

O resto do domingo foi... bom, foi estranho... Em certo momento, pareceu que o tempo estava se arrastando, tipo como se a noite nunca chegasse e, quando chegou, pareceu que o dia tinha voado. Eu passei quase o tempo todo com Petey, jogando e sentada em frente à televisão como um zumbi. Quando o meu celular tocou perto das nove, eu não respondi e depois mandei uma mensagem de texto para a Sarah, dizendo que estava ocupada com o Petey e que a gente podia se falar no dia seguinte, e ela falou que tudo bem, o que foi uma resposta curta incomum para ela, já que nunca perdemos os nossos telefonemas noturnos, mesmo que eu com frequência esteja brincando com o Petey e normalmente deixe o jogo esperando um pouco.

Minhas corridas da segunda-feira foram uma bagunça. Senti a grama ao lado da calçada duas vezes e precisei ir mais devagar para ajustar minha direção. Aí na primeira corrida de tiro, perdi a conta dos passos. Eu corro muito rápido para de fato contar todos os números; eu só conto de um a nove e repito, aí digo dez, vinte, trinta... a não ser que tenha perdido a conta se acabei de dizer quarenta ou cinquenta...?

Eu chutei cinquenta para não entrar correndo na cerca, mas, quando terminei o trecho e andei até a cerca, ela estava mais longe do que o normal, então eu provavelmente estava contando certo o tempo todo e só duvidei de mim mesma. Como dizem quando se está fazendo provas, fique com a sua primeira resposta.

O segundo treino de tiro foi bem, mas perdi a conta de novo no terceiro. Depois disso eu corri em vez de fazer tiros, contando números de verdade, mas mesmo assim me senti desligada e então desisti e fui para casa.

Na escola agora eu só estou parada aqui no corredor na frente do meu armário, enrolando, empacada.

Ouvi dizer que, com o tempo, mentir fica mais fácil. Não para mim. A mentira que contei à Sarah ontem está crescendo e não consigo saber como contorná-la. Se eu for encontrá-la na quadra como sempre, ou eu finjo que nada está errado e tento conversar normalmente, o que parece mentir numa escala além da minha capacidade, ou digo a ela o que está errado, o que parece igualmente impossível. Mas, se eu simplesmente não aparecer, ela definitivamente vai saber que está acontecendo alguma coisa.

Estou sendo infantil. Egoísta. Idiota. Alguma coisa, não sei. Seja lá o nome disso, estou fazendo uma tempestade em copo d'água. Só tenho que parar.

Mas não consigo. *Não* é nada. Achei que a Sarah fosse minha melhor amiga, não minha psicóloga. Não que eu fosse o projeto dela. Não que fosse alguém que ela pode guardar no bolso porque é difícil para mim me aproximar das pessoas e nós nos conhecemos há tanto tempo que ela tem um monopólio sobre mim e não precisa compartilhar nada muito íntimo para nos manter juntas. Que ela pode só espiar a minha vida, mas me manter fora da dela.

Nada disso me ajuda a pensar no que fazer agora. Ficar aqui ou ir... virar para a esquerda ou para a direita...

– Oi, Parker – chama Jason, de certa distância no corredor. – O que você está fazendo?

– Hã? Ah... nada.

Agora ele está do meu lado.

– É o que parece. Você está chegando ou indo embora?

– Hum... já fiz o que tinha que fazer aqui no armário, se é o que você quer dizer.

– Tá. Você precisa ir pra algum lugar ou quer dar uma volta?

– Volta? Claro. Onde? Na pista? É isso que você faz normalmente?

– Não de manhã, só na hora do almoço. Achei que a gente podia dar uma volta no Jardim da Biologia.

Salva.

– Tá bom. Deixa eu mandar uma mensagem pra Sarah pra ela não ficar sem saber onde eu estou.

– Claro.

O Jason me encontrou e a gente vai dar uma volta. Cuide do pessoal com dor de cotovelo sem mim.

Guardo a bengala na bolsa e pego o braço do Jason.

Quack.

– Beleza, divirta-se – responde a matrona Sarah.

Não tenho certeza se há diversão no meu futuro, mas milagres acontecem mesmo.

∵

– Sabe que eu ainda não tenho o seu número.

– E isso é loucura – digo.

Recito o número para que ele grave no celular.

– Me liga depois – acrescento.

– Essa é a ideia...

Ele não entende. Acho que agora não quero mais que ele ligue.

– Quero dizer, pro seu número ficar gravado no meu celular sem eu ter que digitar.

– Certo.

O meu celular toca, mas acho que para ele já está de bom tamanho, eu sei que para mim está, então não finjo que vou atender. Ele desliga.

– A Sarah é um pato? Eu vou ganhar um som especial também? Ou é só para certas pessoas?

– Todo mundo ganha. Dessa forma eu sei quem é, para ver se devo atender na hora ou se pode esperar.

Só depois que digo isso, percebo que ele provavelmente queria ser chamado de especial. Acrescento:

– Acho que você vai ser das pessoas atendidas na hora.

– Parece coisa demais para se lembrar. Qual é o som de todo mundo.

– Talvez a sua lista de contatos seja maior que a minha. Mas é mesmo tão difícil pra você se lembrar das vozes de todos os seus amigos? Não é muito diferente.

Consigo perceber que estou soando meio escrota, mas isso não é óbvio? Ele não responde.

Seguimos em direção ao Jardim da Biologia. Sei vagamente onde fica de quando fiz biologia no ano passado, mas é um canto remoto que não costumo ir, então deixo o Jason guiar. Tento não pensar no quanto a maior parte da minha vontade de ficar com o Jason agora é para evitar a Sarah.

– Você tá bem? – pergunta ele.

– Por quê?

– Você tá parecendo... cansada, acho. Como se você normalmente tomasse café, mas hoje não tivesse tomado.

– Tô bem.

Essa mentira está se espalhando. E eu não sinto nenhum ímpeto surgindo para detê-la. O Jason está certo, estou estranhamente cansada.

– O Scott me contou tudo hoje de manhã.

Eu não respondo. Tinha me esquecido completamente de que disse ao Scott para contar tudo ao Jason. Parece que faz dias.

– Então acho que eu sei por que você saiu correndo do meu carro no sábado. Sinto muito por tudo aquilo.

– Não tinha como você saber. Quando você encontrou com ele?

– Essa manhã. Nós somos parceiros de jogging.

– Ele corre?

– Sim, ele tá na equipe comigo. A gente corre cinco quilômetros da casa dele todo dia antes da escola, a gente mora a apenas alguns quarteirões um do outro.

– Ah.

– Eu tô meio bravo com ele. A gente conversou um pouco depois que ele me contou, aí eu dei meia-volta e fui pra casa, mas ele continuou. Ele sabe que fez besteira, ele saiu correndo bem rápido.

Não falo nada.

– Ele devia ter me contado quando soube que a gente ia sair.

– Foi há vários anos... Ele provavelmente não sabia que eu ainda estava... Não sei...

– Ele ainda gosta de você.

– Ele disse isso?

– Não precisava. Não sei por que eu não percebi antes. Agora eu sei por que ele não suporta ficar perto de alguns caras, principalmente do Isaac, que é meio mala mesmo. Ele me contou que você mandou uma mensagem de texto pra ele ontem pela primeira vez em anos. É verdade?

– Só pra esclarecer. A gente não tinha se falado desde que tudo aconteceu, e... bom... eu não tinha que pensar nisso com ele na Jefferson... então tava na hora. Eu deixei ele dizer o que tinha pra dizer e agora acabou.

– Eu não sei o que fazer.

– Sobre o quê?

– O Scott.

– Por minha causa? Não faz nada. Se vocês são amigos...

– Nós somos, mas... Sei lá... Ele disse que sentia muito, mas...

– Não deixem de ser amigos por isso. Não tem nada a ver com você e acabou. Certo?

Ele não responde. Decido não forçar a barra.

– É melhor a gente voltar – comenta ele. – O sinal vai tocar.

∵

Não mando mensagem para a Sarah avisando que não vou ao refeitório, só digo na aula para a Molly que vou encontrar o Jason na pista para o almoço e deixo que ela dê as notícias. Molly não me pergunta nada a manhã inteira, mas percebo que ela sabe que tem algo estranho no ar. Sarah me encontra à tarde no meu armário, mas com apenas alguns minutos entre as aulas temos o que soa como uma conversa normal. Ela me fala que ninguém apareceu no Expediente e que quer saber como foi meu encontro com Jason, e eu digo que vou contar para ela mais tarde e aí temos que ir para a aula. Quando nos afastamos, ela me chama e fala para eu ligar para ela à noite, porque não quer passar mais um dia sem saber e para "ligar para ela, tá?"

Isso não é comum; a gente só se liga naturalmente sem falar antes quem tem que ligar para quem.

Não respondo. É uma sensação horrível porque eu quero, mas não quero mais mentir para ela. Quero contar para ela tudo o que aconteceu com o Jason, e com o Scott, e com o Jason e o Scott... mas... também não quero ser o projeto ou a diversão de ninguém. Mais do que tudo, quero que ela venha me contar tudo que está me escondendo, apesar de meu cérebro doer com os sentimentos conflitantes de querer isso, enquanto pensar em algo assim faz com que eu me sinta egoísta e patética.

Patética. Como isso aconteceu? De todas as coisas que significam ser Parker Grant, como isso chegou a *patética*?

Meu Deus, eu quero ficar com raiva. Quero me sentir traída. Sei como lidar com essas coisas. Mas perdida, desorientada, sozinha e triste?

Já sei que não vou ligar para a Sarah. Sei que isso vai fazer com que eu me sinta idiota, mesquinha e, sim, patética. E sei que saber disso não vai mudar nada – ainda assim não vou ligar para ela. O que não sei é o que vou fazer quando ela desistir de esperar e me ligar. Eu estava disposta a apenas ignorar o Scott tentando falar comigo, mas nunca, nem em um milhão de anos, conseguiria fazer isso com a Sarah.

DEZOITO

A Sarah não ligou. E também não mandou mensagem. Meu celular não grasna há mais de 24 horas.

Estou com o Jason antes da aula de novo, no Jardim da Biologia. Ele me mandou umas mensagens na noite passada só para dizer oi e perguntar que sons especiais eu coloquei para ele no telefone. Eu nem pensei sobre isso, então falei que ele teria que esperar até de manhã. Talvez seja disso que as pessoas estão falando quando dizem que mentir fica mais fácil. Estou fazendo isso mais, porém odiando do mesmo jeito. Acho que está decepcionado que eu tenha dado a ele o Homem com Voz Grave, mas na verdade não há tantas escolhas assim. Ele tem só que ficar feliz por não ser o Esquilinho, o Duende ou o Marciano. Mas acho que ele gosta de que o toque dele seja de passos correndo, eu me esforcei um pouco.

Ele diz que não correu com Scott esta manhã, que precisava pensar nas coisas. Ele conta que o Scott disse que entendia, mas Jason não tem certeza do que isso significa. Vejo isso como mais prova de que tudo à minha volta está desmoronando. Minha corrida matinal hoje cedo foi tão atrapalhada e cheia de interrupções quanto a de ontem.

Também não apareço no Expediente da manhã e a Sarah ainda não me mandou mensagem. Não tenho planos de ir ao refeitório no almoço. Se eu chegar ao fim do dia sem uma grasnada, vai significar que o fingimento acabou.

Jason me leva para a aula de trigonometria e corre para a primeira aula dele – física, acho, não tenho muita certeza. Será que eu não devia estar interessada?

Molly não está lá quando eu me sento ou pelo menos é o que presumo, já que ela sempre diz algo. Ontem, depois da minha troca de mensagens com o Scott e ele falar com o Jason, fiquei tensa com o que poderia acontecer, mas eu mal escutei o Scott e, nas poucas vezes que o B.B. falou algo com ele, ele deu respostas monossilábicas. Nesta manhã, ninguém está falando nada.

– B.B.? – digo.

– E aí, P.G. O que é que tá pegando?

– Nada, eu... eu só não sei quem tá em volta se ninguém fala nada.

– Ah, tá, bom, eu tô aqui. E também o Scott, mas a Molly, não. O Nathan tá aqui...

– Hein? – pergunta Nathan na frente de B.B.

– Tá bom, não preciso de uma lista completa. Só de quem está perto.

– Ah. Você terminou o dever de casa?

– Como sempre. E você?

– Eu respondi tudo, mas provavelmente tá tudo errado.

– Eu não me preocuparia demais. Tem coisas na vida mais importantes que trigonometria.

– Eu ainda preciso de notas pra passar mesmo que consiga uma bolsa de estudos pelo futebol. Ei, talvez a Molly esteja doente de novo... – Ele para. Aí diz: – Oi, Molly, tudo em cima?

– Não pra Parker – responde Molly. – A não ser que com *em cima* você só queira dizer que não estou mais na cama.

– O quê? – digo.

– Você. – Ela se senta. – Você não está pra cima. Tipo, você está *pra baixo*. Como você esteve o dia inteiro ontem. Tudo bem. Não se pode estar pra cima todo dia. Seria bizarro se fosse assim.

– Bom... – Tento pensar em algo que a Parker diria se não estivesse pra baixo. – É isso aí. Eu não ia querer ser *bizarra*.

B.B. gargalha. Fico surpresa com o quanto eu gosto disso.

∵

Chego à biblioteca depois da escola, mas quando me aproximo da nossa mesa não ouço o cumprimento de sempre da Molly. Talvez eu tenha chegado antes dela, para variar.

– Oi, Parker – diz Sarah.

Eu travo, visivelmente. Não posso voltar atrás.

– Oi, Sarah. Cadê a Molly?

– Eu pedi pra ela no almoço se podia chegar uns cinco minutos mais tarde hoje pra gente conversar. Sei que mandar mensagens durante o dia é um saco.

É para mim. Eu acomodo a bolsa e me sento. Tento relaxar, mas não consigo.

– Sobre o quê?

– Sobre o que quer que eu tenha feito que deixou você brava.

– Não estou brava. – Dou um abraço. É verdadeiro. Quem me dera estar brava. Acabei de descobrir que gostava mais dela do que ela de mim ou ao menos confiava mais nela... Falar sobre isso só deixaria as coisas piores, me deixaria ainda mais patética.

– Se você não está brava, ainda está *alguma coisa*. Eu entendo você querer ficar junto com o Jason, mas você não está mais falando nada comigo. Por que você não me ligou ontem?

Aí está, a pergunta direta. Até agora, minhas mentiras vinham sendo escorregadias. Não tenho a capacidade de inventar do zero um motivo ridículo qualquer de por que não liguei. Posso não conseguir dizer toda a verdade a ela, mas pelo menos posso falar coisas verdadeiras.

– Eu só não estava com vontade de conversar. Não pode ser?

– É claro que pode ser, mas... – Ela respira fundo. – Aconteceu alguma coisa. Não sei o que, mas... – A voz dela fica quase um sussurro, não com raiva, mais como se ela estivesse magoada. – Você está me tratando como se eu fosse idiota. Eu posso não estar levando todas as honras nem fazendo todas as aulas avançadas como você, mas é só porque não estou a fim de me incomodar com assuntos para os quais não ligo. Não é porque eu sou idiota. Eu não sou idiota.

Minha garganta se fecha. Esses últimos dois dias pareceram durar para sempre e, meu Deus, eu sinto falta da minha Sarah. Mas eu também senti falta do Scott e, como agora, na verdade eu estava sentindo falta de algo que eu achei que tinha, não do que realmente tinha. Sinto falta da Sarah que eu achei que tinha. Sinto como se estivesse derretendo.

Tusso para limpar a garganta.

– Eu sei que você não é. Você é a pessoa mais inteligente que eu conheço.

– Depois de você – comenta ela. Não sei dizer se é uma piada à la Sarah ou uma provocação.

– Eu sei que não sou tão inteligente quanto você. Na verdade, tenho me sentido bem idiota ultimamente.

– Por quê?

– Só... umas coisas. Você sabe.

– Não, eu não sei.

Silêncio.

– É por causa do Rick, né?

– Por que eu ficaria chateada de você terminar com o Rick?

– Não porque eu fiz isso, só que eu não, sei lá, te contei antes que eu ia fazer? Eu te disse que decidi enquanto você estava com o Jason. Você queria que eu te ligasse no restaurante durante o seu encontro?

– Você poderia, se quisesse.

– Só pra que você soubesse antes de acontecer em vez de depois?

Eu me concentro em reduzir o ritmo da minha respiração, para ficar calma.

– Eu não sabia que você me achava tão mesquinha – consigo dizer.

– Não, Parker, desculpa. – Ela se senta na minha frente e coloca as mãos nas minhas. Eu me retraio, mas não retrocedo. Não quero fazer nada para piorar as coisas. – Eu não quis dizer isso – continua ela. – Eu só... eu não entendo. Por favor, seja o que for, me conte. Você sabe que pode me contar qualquer coisa, né?

– Eu sei. E você pode me contar qualquer coisa, certo?

– Eu sei que posso. Acredite em mim, com o meu próximo namorado, quando eu for dar um pé na bunda dele, você vai saber primeiro. Prometo.

Tiro as minhas mãos das dela, mas para não deixar tão óbvio, começo a tirar as coisas da bolsa para quando a Molly chegar.

– Só se você quiser – comento. – Não é uma regra nova ou algo assim. Você não precisa passar tudo por mim antes.

– Não foi isso... não foi isso que eu quis dizer. Eu só quis dizer... – Ela não termina a frase. Não acho que ela saiba o que quis dizer se não foi como soou. Não sei o que mais poderia significar.

A porta da biblioteca se abre.

– Espero que seja você, Molly. A gente tem muito o que fazer hoje.

– Só se você estiver indo a aulas diferentes das minhas – declara Molly. Em seguida ela acrescenta: – Ah, ou... quero dizer, acho que, a não ser trigonometria, isso pode levar um tempo.

Sarah se levanta e fala:

– Eu te li... – Ela se detém. E então: – A gente se vê, Molly.

Quando ela se vai, a Molly quer saber:

– Devo perguntar ou... não?

Luto para pensar num jeito de dizer não sem ser grossa. Nada disso é culpa da Molly e não tem nada a ver com ela, mas estamos ficando amigas, então até dizer não soaria... nada amigável.

– Ainda não estou pronta para que perguntem. Mas obrigada por perguntar... sobre perguntar...

∴

Molly me acompanha até o estacionamento para esperar pela minha carona. Ela pergunta se quero ficar sozinha e digo que, definitivamente, não. Ela senta ao meu lado, mas não conversamos. Não sou mesquinha, mas acho que posso ser egoísta.

O carro da tia Celia chega. Sei que é Sheila ao volante, já que a tia Celia me mandou uma mensagem avisando que está numa reunião de pais sobre a viagem ao campo do Petey amanhã para as piscinas naturais; eu saberia, de qualquer maneira, porque o rádio está muito alto. Dou tchau para a Molly e entro no carro.

O CD preferido da Sheila, o da Alicia Keys, está a todo volume. É bom, mas sentimental, e não tenho certeza de que consigo aguentar.

– Dá pra gente desligar a música? – grito.

– Eu a quero ligada!

Droga.

– Que tal não tão alta? Talvez diminuir um pouquinho.

Eu escuto a música ir do que parece o volume 95 para o 92. Não sei o nome da música, mas estou trêmula e ela está começando a me derrubar.

– Por favor, Sheila, estou pedindo!

Ela abaixa para, talvez, o 89.

– Não, sério, eu não aguento! – Estico a mão para achar o botão do volume, embora eu nunca o tenha tocado no carro da tia Celia e não faça ideia de onde fica. Sinto alguns botões e vou com a mão para a esquerda, a mão da Sheila espanta a minha.

– Vamos chegar em casa em dois minutos!

– Eu não tenho dois minutos! Já estou tendo uns dois dias de merda e não consigo suportar isso! Você pode viver sem esse raio dessa música por dois minutos e quando a gente chegar em casa pode rastejar de volta pro seu quarto, trancar a porta e

escutar qualquer troço tão alto e por quanto tempo você quiser!
– Eu dou um bote e arrasto a mão por todos os botões e o CD é ejetado...

– Ei!

... e eu o arranco e seguro à minha direita caso ela tente pegá-lo.

Ela desvia o carro violentamente e a gente bate contra o meio-fio e para.

– Cacete! – exclamo. – O que tem de errado com você? É só uma porra de uma música!

Silêncio.

Bem, não exatamente. Por cima do motor parado do carro, a Sheila está com a respiração pesada. Não, ela está com uma respiração estranha, como se estivesse tentando não tossir ou espirrar ou...

Ai, droga, ela está chorando.

– Me... me desculpa. Toma. – Eu estico o CD dela.

Ele é arrancado da minha mão e se choca contra o para-brisa. Ela funga e tosse duas vezes.

– Eu não tive a intenção de... – De quê? Eu realmente não falei nada pessoal. – Tá tudo bem.

Ela bufa e resmunga:

– Vai se foder, Parker.

O carro vai para a frente, estamos descendo a rua de novo. Ela não está soluçando nem nada, mas as respirações balbuciantes me dizem que ela ainda está chorando.

– Eu não estava gritando com você. Só estava falando mais alto por cima da música. Eu não quis dizer nada...

Ela tosse de novo.

– Meu Deus, Parker, você acha que é porque você gritou comigo? Nem tudo é por sua causa! Outras pessoas têm problemas e... e... foda-se, deixa pra lá.

Agora eu entendo, enfim. Ela estava chorando quando me buscou. A música era para eu não escutar.

– Qual é o problema? – pergunto.

– Não é com você!

– Eu sei, eu só...

– Rá! O que você sabe? Me conta! Me conta o que você sabe!

– Não é comigo...

– Estou ouvindo as palavras, mas todo o resto me diz que você *não* sabe! Sim, você tem grandes problemas... Você realmente *é* cega! Você não consegue enxergar que não é o centro do universo! Que outras pessoas têm vidas e acontecem coisas com elas o tempo todo e que você não sabe nada a respeito!

– Como é que eu posso saber se ninguém me conta?

– Você acha que todo mundo corre por aí contando tudo pra todo mundo? Ou que todos nós conseguimos ler no rosto dos outros? Não é assim que funciona!

O carro dá um tranco para a esquerda, batemos no meio-fio e paramos de forma tão abrupta que o meu cinto de segurança trava na clavícula.

– Não – declara Sheila, alto mas de forma rouca. – Você simplesmente não liga. Diga o que quiser, mas na sua cabeça tudo *se trata* de você. Só que não, Parker. Não, não mesmo.

Ela abre a porta com um chute e ela se fecha com um estrondo. Os passos dela vão rápido até a porta, chaves caem no chão, são recolhidas, a porta se abre, e depois é batida.

Depois de um minuto, passo as mãos pelo painel até encontrar o CD dela. Parece tudo certo, sem arranhões que eu possa sentir. Procuro um pouco mais e encontro uma caixinha vazia. Coloco o CD dentro e guardo na bolsa para entregar a ela depois.

Eu sei por que estou tão certa de tudo o tempo inteiro; é porque não tenho estômago para a alternativa, de que não posso estar certa de nada nunca. Mas quando minha respiração se acalma e penso direito, sinceramente, a dura verdade é clara. Eu estava errada basicamente sobre tudo que aconteceu nesse trajeto de carro. E se eu for pensar a respeito posso estar errada sobre uma porção de outras coisas também.

DEZENOVE

Levo uma hora para ir andando com a bengala até a casa da Sarah. Eu costumava levar menos tempo, mas já faz uns dois anos desde que fui andando pela última vez. Ela teria me buscado se eu tivesse ligado, mas eu precisava de tempo para pensar, até para meditar, o que pode ser a caminhada com bengala. Além disso, quero fazer tudo por conta própria dessa vez, só para garantir.

Toco a campainha.

É estranho, mas estou aqui esperando descobrir que estou errada, e odeio estar errada, só que desta vez eu daria tudo para estar. Se eu não estiver, bem... não tenho um plano B.

A porta se abre. Sarah diz:

– Parker? Você andou até aqui?

– Eu falo demais?

– Quê?

– Sei lá. A gente fala mais sobre mim do que sobre você... Achei que era porque eu tinha mais... drama... mas talvez eu não tenha. Talvez eu só... não escute o suficiente.

– Isso não é verdade – declara Sarah. – Você sempre escuta quando preciso falar.

– Mas?

– Mas nada. Eu só... talvez eu não precise falar tanto sobre as coisas.

– Eu não te conto tudo porque *preciso* – afirmo, me sentindo irritadiça. – Achei que nós éramos amigas, não que eu fosse uma das suas pacientes. – Tento usar minha voz amarga, mas em vez disso ela sai patética.

– Ei, Parker, não. *Não.* É isso que está acontecendo? Caramba... – Ela se inclina e a voz dela fica mais profunda e rouca, algo que eu raramente escuto. – *Jamais* pense algo *assim*! Entra aqui!

Ela me dá um encontrão e usa o contato para pegar meu braço e me puxar para dentro, fecha a porta e agora está me abraçando e sussurrando alto no meu ouvido:

– Eu te *amo*, Parker. Você é minha *irmã*. Não, melhor que isso; você está presa a irmãs biológicas, nós somos irmãs porque *queremos* ser.

Não sei o que dizer ou mesmo pensar. Ela não solta o abraço.

– Está me ouvindo? Eu te amo mais que família. A gente se conhece há tanto tempo que não consigo nem me lembrar quando foi. Se a gente não se arrumar pra formatura, a gente vai junto. A gente vai ao casamento uma da outra. A gente vai cuidar dos filhos uma da outra. Vai ficar bêbada e reclamar dos maridos. Quando a gente se divorciar, vai morar uma com a outra pra se recuperar e encontrar caras melhores. A gente vai levar uma à outra no hospital pra fazer quimioterapia quando tiver 70 anos. Combinado? *Combinado?*

– Combinado – sussurro.

– É só que você passou por tanta coisa que eu me sinto uma idiota reclamando sobre... qualquer coisa.

– Sarah, não! – Minha voz dá uma chiada e eu me afasto para falar com o rosto dela. – Se eu posso falar com a Marissa sobre o Owen, com toda a certeza posso falar dos seus problemas com o Rick, mesmo se for só pra comentar que está entediante ou... ou... ou como você se sente sobre outros assuntos, tipo... o seu pai ir embora...

– *Foda-se* ele. Ele foi *embora*. O seu pai te *amava* e ele *morreu*! Por que falar sobre o babaca do meu pai?

– Porque ele é seu pai! A gente pode falar sobre perder um pai ruim e perder um pai bom, mas não é uma competição! Você sabe como me sinto porque eu te conto. E eu... eu tenho palpites, mas não sei realmente o que você acha do seu pai. Eu quero saber de tudo, tipo por que você estava há tanto tempo com o Rick quando ele só parecia uma figurinha no seu álbum e por que agora você de repente a arrancou. Eu... eu *morro* só de pensar... Meu Deus, não me contar as coisas não faz eu me sentir especial, faz com que eu sinta que não importo pra você!

– Me desculpa – murmura ela. – Você importa mais do que qualquer coisa. Eu sinto muito, muito mesmo...

– Para de se desculpar e me conta logo. O que aconteceu de verdade com o Rick?

Mais silêncio.

– Eu não posso, Parker. Eu...

– Ele fez alguma coisa pra você...

– Não, não, nada do tipo...

– Sarah, faz dois dias que eu estou perambulando deprimida por aí pensando que tem algo importante que você não está me contando... e tem! A gente nunca vai passar por isso se você não me contar. Eu... eu... eu... não vou à formatura com você se não me contar!

A piada funciona e ela chega a dar uma bufada, não exatamente uma risada, mas a voz dela está séria quando fala:

– Vamos sentar.

Ela me leva para o sofá e nos sentamos. Ela não fala de imediato. Eu escorrego a mão na almofada. Ela a pega de leve. A mão dela está úmida e tremendo um pouco.

– Agora você está me assustando – digo sem brincadeira na voz. – Tem alguma coisa realmente errada? Aconteceu alguma coisa?

– Não, eu só... não quero que você se afaste de mim de novo.

– Eu não vou, prometo. Por que você terminou com o Rick?

– Eu já te falei. A gente só estava... "blé". Hábito.

– Então do que se trata tudo isso?

– É... é o Scott.

Quê??

Tento meu único palpite, um péssimo.

– O que... tipo... você *gosta* dele?

– Não.

– Então... ah... espera... *espera*... Agora ele está de olho em *você*?

– Não, Parker – diz Sarah. – Ele está de olho em você.

– Bom... tá... mas não vejo como...

– Com ele longe nesses dois últimos anos na Jefferson, eu meio que esqueci como era. Agora eu o vejo olhando pra você de novo... O Rick nunca me olhou desse jeito.

Não sei o que dizer.

– Ele ainda te olha como antes, mesmo quando vocês ainda não tinham ficado juntos, como se você fosse a coisa mais importante do mundo. Como se caso você estivesse presa nos trilhos do trem, ele quebraria todos os dedos pra te libertar sem nem perceber... e, se não conseguisse, ele sentaria nos trilhos e seguraria a sua mão e ficaria olhando pra você em vez de para o trem.

Respiro fundo e sinto como se tivesse que neutralizar isso.

– Isso já é meio exagerado, né?

– Não. A intensidade não é bizarra vinda de pessoas que realmente te amam. Você não acha que o seu pai teria ficado cego em vez de você se ele pudesse?

– Eu sei que ele teria.

– O Scott também. Ele não tem só uma quedinha por você ou só quer te dar uns pegas ou acha que você é melhor que nada. Ele te *ama*. E eu não conseguia mais assistir àquilo, quando vocês nem estão *juntos*, e ver que o Rick mal olha pra mim e ponto. Eu também só era mais uma figurinha no álbum pra ele. Eu também não acredito em almas gêmeas...

– Meu Deus, se o Scott fosse a minha alma gêmea, eu estaria ferrada.

– Mas isso ainda me mostrou que dá pra ter muito mais intimidade com alguém do que eu tinha com o Rick. Aí ficar dando voltas no shopping fez com que eu ficasse me achando.

E de repente eu entendo de verdade do que isso se trata. Meu Deus, às vezes eu sou uma idiota.

Eu puxo a minha mão de volta.

– Você acha que eu devia ter ficado com ele. – Eu escuto a minha voz e ela está bizarra. Vazia. Morta.

– Parker, não, eu tô do seu lado!

Mãos agarram as minhas e eu puxo de volta, mais porque eu instintivamente não gosto de ser agarrada do que não quero que a Sarah me toque.

– Por favor, Parker, não importa o que eu acho...

– É claro que importa! Se não importasse, eu não estaria aqui!

– Parker...

– Espera, só... só espera. – Eu tiro o celular do bolso. – Você me perguntou sobre o meu encontro. Eu descobri que o Jason e o Scott são amigos. E quando o Jason parou o Isaac e o Gerald foi o Scott que foi primeiro e o Jason o seguiu. Ele falou que achou que o Scott estava pronto pra meter a porrada nos caras se ele não o tivesse impedido.

– Eu sei.

– Quê?! Como é que você sabe, caramba?

– Outras pessoas viram e a história se espalhou.

– Por que você não me contou?

– Por que eu contaria? Você desligou na minha cara só por eu te falar que ele estava na sua aula de trigonometria.

Merda... Eu desliguei *mesmo* na cara dela naquele dia... Não foi como pareceu na época. Achei que eu só estava...

– Desculpa.

– Você não precisa se desculpar...

– Preciso, sim. – Engulo em seco. – Enfim, eu mandei uma mensagem de texto pra ele.

– Sério? Quando?

– No domingo. – Passo o meu telefone para ela.

Eu me inclino e descanso a cabeça no braço do sofá. A trama grossa do tecido, tipo aniagem, é áspera, mas de certa forma agradável. É bom sentir algo, para me manter numa base, enquanto desembaralho isso tudo.

– Uau – diz ela.

– Você sempre esteve do meu lado, mas, se fosse você, teria perdoado. Não teria?

– Se fosse eu, com certeza eu teria ficado brava, teria dado um gelo por um tempo. Depois eu provavelmente teria quebrado o gelo e feito ele me pagar um jantar caro ou algo assim. Isso não significa que eu ache que *você* deveria ter feito isso. Talvez eu esteja errada, de repente ficar com ele tivesse sido fraqueza e você tenha feito a coisa certa. Entende o que eu quero dizer?

– Mais ou menos. Mas você ainda não está me contando tudo. Eu sei. – Eu me endireito no sofá, mas não me viro para encará-la. – Pode dizer.

– Por favor – pede ela numa voz pequenininha. – A gente não pode só esquecer isso?

Eu escuto que ela está encolhida, com o rosto nos joelhos. Curvo a minha cabeça com o peso. Sou mais do que uma idiota, às vezes. A Sheila tinha razão; posso ser totalmente cega.

Escorrego do sofá para me sentar no chão aos pés dela e junto as mãos na sua nuca. Sussurro no ouvido dela.

– Eu te amo, Sarah. Não vou te abandonar.

Ela funga. Será que ela está chorando? A Sarah chorar é mais raro do que a Sarah gargalhar.

– Você abandonou o Scott.

Aquilo me atinge no peito como um golpe físico.

– Por causa do que ele *fez*, não pelo que ele disse ou acreditava. Não é o mesmo.

– Ele também era meu amigo.

Ah, meu Deus. Isso nunca tinha se passado pela minha cabeça. Nunca.

– Eu não fiz você abandoná-lo.

Ela não responde. A respiração dela está descompassada. Eu abro a boca para falar mais, para convencê-la, mas agora só quero retirar o que eu disse, porque vejo que presente ela me deu naquela época e como deve ter sido difícil.

Eu a solto e levanto a mão direita com os dedos abertos.

– Rosto – peço.

– Ã-ã.

– Por favor?

Ela sabe que não é justo esconder o rosto de mim só porque os meus olhos não conseguem enxergá-lo como todas as outras pessoas conseguiriam, e eu não abuso desse pedido fazendo isso toda hora – na verdade já faz anos. Ela levanta a cabeça e aperta o rosto delicadamente na minha palma, com o nariz entre o meu indicador e o dedo médio. A cara dela está bem tensa, os olhos fechados bem apertados, as bochechas molhadas.

– Ah, Sarah… – Eu subo e a envolvo num abraço. Ela empurra o rosto no meu pescoço e ofega.

– Ele… ele ficou… ele…

– Psssiu… – digo. – Temos a tarde toda.

– Ele ficou… tão… chateado…

– O Scott? É, eu…

– Não, o *Rick*. Ele ficou muito, *muito* chateado. Eu... eu quase mudei de ideia.

Ela começa a chorar de verdade, tremendo e soluçando. Nunca a ouvi chorar assim, nem mesmo quando o pai dela foi embora. Eu a abraço forte e tento eu mesma segurar o choro. Não é fácil. Se a Sarah ficasse presa nos trilhos do trem, eu também quebraria todos os dedos para libertá-la.

Ela escorrega para se deitar no meu colo e as palavras começam a sair dela junto com as lágrimas.

– E… e… aquilo me fez pensar que se o Rick se sentia tão mal de terminar quando ele nem me *amava* de verdade, como é que o pobre Scott se sentiu? Mas eu não podia te contar isso… eu não podia… porque estou do seu lado…

Eu me sinto estranhamente vazia, a não ser pelo quanto a Sarah significa para mim, o quanto dependo dela e, de certa forma, isso faz eu me sentir bem, não fraca, dependente ou patética. Estendo a mão e sinto o cabelo dela espalhado pelo rosto. Eu o prendo atrás da orelha dela.

– Eu estava tão feliz por você naquela época – comenta ela entre soluços. – Eu nem estava com ciúmes. Às vezes eu me perguntava por que não estava, mas não sentia. Talvez se eu quisesse o Scott, mas ele fosse seu e eu ficasse feliz por você e eu só desejasse que fosse encontrar alguém assim algum dia. Eu até... eu até desejei que o meu pai me ajudasse que nem o seu fez... mas... mas...

Sarah para de falar e luta para respirar. Eu a abraço e tento pensar no quanto a amo e não sobre o quanto o pai dela não.

∴

Eu gostaria que essas conversas não fossem de mão única. Preciso que alguém em quem eu confie me diga se estou ficando maluca. Graças a Deus tenho a Sarah de volta, mas todo o resto está instável. Caramba, papai, estou cambaleando, mesmo agora com o peso da Sarah no colo, ainda não sei dizer exatamente qual direção fica para cima. Nunca achei que houvesse algo psicológico nisso, mas quanto mais perco o controle do que está acontecendo à minha volta, mais eu não consigo ficar firme.

O Scott disse que me ver chorar naquela sala aquele dia foi como sair de um sonho, se perguntando como ele podia ter acreditado no que tinha antes. É como eu me sinto agora. Ele era o meu melhor amigo, mais próximo que a Sarah, por mais impossível que pareça, talvez por causa daquela fagulha extra que a gente tinha... Como eu posso ter pensado que essa única coisa idiota era mais verdadeira que todo o resto? Como posso ter sido tão bizarramente paranoica que pensei o pior de cara e nunca questionei isso de novo?

Eles não estavam à nossa volta; estavam se escondendo em armários e Scott não sabia. Ele não sabia...

Ele devia ter me falado pela porta do banheiro ou, mais tarde, quando tentou falar vencendo o bloqueio Sarah-Faith. Eu não me lembro, mas ele deve ter tentado e eu não ouvia. Agora ele diz que não acha que importa, mas importa, porque ele está certo; eu não me incomodaria se alguém nos visse. Nunca me ocorreu que as pessoas pudessem olhar pela janela, é fácil para mim me esquecer de coisas como janelas, nunca achei que a gente estivesse se escondendo. Só é desagradável fazer isso no meio do refeitório.

Agora está tão óbvio que eu nem consigo me lembrar de como era não ver isso. Quando alguém te engana, tipo grudar uma plaquinha nas suas costas ou chegar por trás de fininho para jogar água em você, ou te enganar numa sala para te beijar na frente de um público secreto... todas essas situações magoam porque elas significam que a pessoa fazendo isso não te dá a mínima. Não é apenas indiferente, mas cruel.

Mas quando eu saí correndo chorando, ele não desperdiçou nem uma palavra com eles. Ele saiu pela porta atrás de mim, tentando explicar que não era um deles. Que não era um babaca. Ele me amava, se importava comigo, e dois anos e meio depois ele está pronto para surrar esses mesmos caras só por ficarem escondendo o meu celular, tanto que o Jason teve que se meter entre eles.

Eu sempre fui tão preocupada que tudo à minha volta seja apenas uma grande encenação. Na minha cabeça, o Scott virou um babaca como o resto deles e eu o barrei até que você pediu para ele me deixar em paz.

Fiquei grata por isso, mas você também o conhecia... Você sabia que eu estava exagerando? Que o meu chilique ia acabar e aí você me ajudaria a entender que o problema era não apenas que o Scott tinha 13 anos, mas que eu também tinha 13 anos? E quando eu crescesse veria que as pessoas não podem ser definidas por apenas uma coisa? Você estava esperando pelo momento certo, mas os meses viraram anos e aí...? Se você estivesse mesmo aqui, será que a gente teria essa conversa de verdade, agora que eu estou pronta?

Ainda bem que a Sarah existe. Para me pedir para imaginar como o Scott se sentiu. Quisera eu mesma ter feito essa pergunta... ter sido uma pessoa melhor...

Quero pensar sobre isso agora, sobre o que significou para ele não *apenas me perder, mas também aos amigos dele, que se revelaram uns babacas, mais a Sarah e a Faith quando elas escolheram ficar do meu lado... mas é muito para encarar de uma vez só. E, como se não fosse ruim o suficiente, essa não é a pessoa que me tornei, aparentemente é a pessoa que sempre fui.*

∵

Não sei quanto tempo leva, talvez meia hora, até a Sarah se acalmar, esparramada no meu colo, com a respiração estável. Ela respira fundo, segura e solta.

– Uau – diz ela.

– Você segurou a respiração por muito tempo. É um milagre você não ter explodido.

– Eu explodi – declara ela e dá uma roncadinha que mais parece uma risada. Fico feliz por isso.

– É irônico que você tenha terminado com o Scott por algo que ele não te contou – afirma ela numa voz infeliz. – Aí eu não te contei tudo isso porque estava com medo de que você terminasse comigo também.

– A gente nunca vai terminar. Mas também não quero que a gente fique com câncer. Só vamos para o bingo quando a gente tiver 70 anos, tá? – Eu me inclino e a abraço, de um jeito meio estranho, já que ela está deitada no meu colo. Ela me aperta bem forte de volta.

– Caramba, Parker, acho que vou chorar de novo.

– Pode chorar. Você já não vai ganhar uma estrela dourada hoje.

Ela funga.

– Ha, ha.

– Triste, mas verdade. E eu pretendo ganhar. Número 92.

Sarah vira a cabeça no meu colo.

– Eu te contei todas essas coisas, mas você não falou nada. O que você está pensando?

Sinto como se eu fosse feita de chumbo. Um nó retorcido de chumbo frio.

Eu a abraço.

– Eu estou pensando que tenho a melhor amiga que poderia ter.

– Eu, né?

Concordo com a cabeça, minha bochecha apertada contra a testa dela.

– Bela resposta – declara ela. – Mas não é o que eu quero dizer.

– Eu sei.

– Então o que mais?

Pensar é uma coisa... dizer em voz alta é outra...

Eu sussurro no ouvido dela. Talvez falar isso o mais baixo possível mantenha sob controle.

– Acho que cometi um erro terrível.

VINTE

Dez minutos depois, estamos no carro da Sarah, mas sei que ela está dirigindo abaixo do limite de velocidade.

– Eu falei que isso é uma má ideia, né? – comenta ela. – Só pra confirmar que não apenas pensei.

– Vou até começar a contar. Você está protegida e não só por aquelas calças novas de ioga.

– Como é que você sabe que eu estou com elas?

– Um chute certeiro. Você se lembra de como chegar lá?

– Sim, mas ainda dá tempo de *não* ir. A gente pode dar meia-volta e mandar uma mensagem de texto. Ele pode estar com amigos em casa ou nem estar em casa. Ou pode estar trabalhando; acho que ouvi falar que ele tem um emprego.

– Onde?

– Sei lá, não muda de assunto.

– Quero conversar com ele cara a cara. Quero ouvir a voz dele e as respostas dele sem que tenha tempo de pensar muito nelas.

– É pra isso que servem os telefones.

– Com o que você está tão preocupada?

– Eu estou preocupada que você não esteja preocupada.

– Eu estou muito preocupada.

– Então vamos voltar. Tipo, dois anos e meio de nada e agora... qual é a pressa?

– Não estou me apressando. Só não estou mais esperando. Já chegamos?

– Meu Deus, você tem 12 anos? – Ela encosta. – E, sim, chegamos. Vou esperar virando a esquina até você me mandar uma mensagem.

– Você já está cansada de me ouvir dizer o quanto você é uma ótima amiga?

– Continua tentando; eu te aviso. A entrada pra casa dele está bem em frente da sua porta.

Eu saio e abro minha bengala enquanto a Sarah vai embora. A entrada é de concreto liso com grama dos dois lados, do jeitinho que me recordo. Encontro a campainha e aperto. O silêncio me diz que eles ainda não a consertaram, então eu bato. Escuto passos do lado de dentro e ajeito meu lenço. Eu escolhi Símbolos da Paz esta manhã porque queria um pouco de paz; talvez agora possa significar outra coisa.

A porta se abre.

– Parker! – É a mãe do Scott. – Parker Grant! Ah, olhe só pra você! Deixa eu te dar um abraço!

Antes que eu responda, ela me abraça calorosamente, o que é estranho porque ela sempre foi muito gentil comigo, mas raramente me abraçava.

– Você deve estar uns trinta centímetros mais alta desde a última vez que eu te vi! Como você chegou aqui, veio andando? Entre!

– A Sarah me deu uma carona – respondo, dobrando a minha bengala.

– Venha pra cozinha. Ainda é seguindo em frente e depois à esquerda, tenho certeza de que você se lembra.

Eu me lembro. Seis passos, esquerda, três passos, mesa, cadeiras... eu me sento sem incidentes.

– Quem me dera que os móveis na minha casa ficassem tão arrumados.

– Velhos hábitos... – Ela se detém. Aí se senta e as mãos dela agarram as minhas e consigo não me retrair. – Sinto muito pelo que aconteceu, Parker. O Martin era um pai maravilhoso. Você deve sentir muita falta dele. Que período terrível pra você.

– Não foi muito bom pra ele também – digo e me arrependo na hora. Não quero parecer superficial, só não sei o que dizer às vezes quando as pessoas falam do papai. – Mas obrigada. A família da minha tia se mudou pra minha casa porque... – Mas a minha resposta de sempre, de como a minha casa era melhor que a deles, não sai, não para a mãe do Scott. – Eles se mudaram pra cá pra que eu não tivesse que me mudar pra casa deles. Leva muito tempo pra eu aprender a andar por novos lugares e eles não queriam que eu fosse para uma nova casa, uma nova escola e cidade logo depois de... – Eu paro de falar, parece que alguém está apertando o meu pescoço. É horrível dizer tudo isso em voz alta.

– Foi muito legal da parte deles. Então agora você tem primos com você? Sua tia tem filhos?

Eu limpo a garganta.

– Dois. A Sheila tem a minha idade e o Petey tem oito.

– Ah, deve ser difícil pra ela se mudar no meio do ensino médio. Isso aconteceu comigo e, ora... ora... não chega nem perto do que você está passando, claro. – Ela dá umas batidinhas na minha mão para me confortar, mas isso só enfatiza o quanto a vida da Sheila foi arruinada para que a minha não fosse. – Quando acontecem coisas terríveis, é difícil pra todo mundo. Quando o Scott ficou sabendo... bem...

Ela aperta as minhas mãos de novo e solta.

– Deixa eu pegar algo pra você tomar. Você ainda gosta de chá gelado?

Eu não tomo desde que... bom, o papai era quem fazia.

– Gosto.

– Não vai ficar tão bom quanto o do Martin. Não sei por que o dele sempre era tão melhor.

– Coloque bicarbonato de sódio na água enquanto está fervendo.

– Bicarbonato de sódio? Tem certeza?

– Ele neutraliza o ácido do chá e deixa o gosto mais suave. Um quarto de colher de chá por litro.

– Bom... Com certeza vou experimentar... bicarbonato de sódio...

Ela coloca um copo na minha frente e eu tomo um gole. É, precisa de bicarbonato de sódio.

– Obrigada.

– Achei que o Scott já teria nos escutado a essa altura. Vou chamá-lo.

Talvez ele apenas não queira aparecer. A Sarah estava certa; ele vai sentir como se eu o estivesse encurralando. É idiota, nem pensei na possibilidade da mãe dele estar aqui. É surreal estar sentada aqui tendo uma conversa normal com ela como se os dois últimos anos não tivessem acontecido.

Ela demora mais tempo do que o normal para ir até o final do corredor e voltar. O que vou dizer se ele não quiser me ver? O quanto ela sabe? O que vou falar se ele vier? Na verdade, não resolvi nada disso.

Escuto pés se arrastando e portas se abrindo e fechando. Depois passos. Ele está sozinho.

– Oi. – Ele se senta.

– Oi. Cadê a sua mãe?

– No quarto dela.

– Ah.

Ouço a trilha sonora de *Grease* começar a tocar, abafada pelas paredes e portas fechadas... O som se enrosca ao redor do meu coração e aperta.

Meu Deus, eu devia ter pensado direito nisso. Normalmente, só falo o que penso, mas minha cabeça está vazia. Agora eu gostaria de ter planejado algo.

– Acho que eu devia ter te mandado uma mensagem em vez de só aparecer. – Minha voz me surpreende pelo tanto que está baixa, como se eu estivesse falando comigo mesma. – Eu só queria ouvir a sua voz de verdade, não apenas mensagens de texto ou pelo telefone. Sei que não é justo... eu não te deixei fazer isso...

– Tudo bem, apesar de eu ter que ir pro trabalho daqui a pouco.

– Ah, onde você trabalha?

– Eu... faço manutenção predial e um pouco de jardinagem no Shopping Ridgeway, pro dono, não pra apenas uma loja. Mas... não foi disso que você veio falar.

– Não. Eu vim pra te dizer... – O quê?

Silêncio.

Aí algo escapa da minha boca sem eu nem pensar a respeito, num sussurro.

– Que eu estou com saudades do meu pai.

– Eu... – diz Scott. – Eu sei. Sinto muito. Eu queria... quando aconteceu, mas... sabe. Eu... eu, tipo...

Ele está usando o que eu chamava de voz de namorado, mas acho que não é de propósito. Para mim é como um gato ronronando.

– Quê? – pergunto.

– Nada. Eu só sinto muito pelo seu pai.

– Você ia falar alguma outra coisa.

– Não é nada. Eu só sinto muito.

– Tudo bem, Scott. Diga. Você... você pode dizer qualquer coisa.

– É só que... eu sinto falta dele também.

O pai do Scott morreu de ataque cardíaco quando ele ainda era um bebê. Na verdade, nunca pensei muito sobre como todo aquele tempo que o Scott passava na nossa casa era tempo tanto com o meu pai quanto comigo. Nunca me ocorreu que, quando eu o cortei da minha vida, ele perdeu o meu pai também, bem antes de mim.

– Desculpa. – Mal consigo me ouvir.

– Você não tem nada do que se desculpar.

– Tenho. Eu... eu devia ter deixado você explicar. Não foi justo eu nem escutar.

– Não importa.

– Importa! Eu... eu não quero ser alguém que não escuta! E... e eu acho que teria feito diferença.

Ele não fala nada. Definitivamente, não estou captando alguma coisa, mas não sei nem como perguntar.

– Você sabe que acham que ele se matou?

– O quê? – Ele soa como se isso fosse uma surpresa total.

– Ele teve uma overdose de medicamentos prescritos. Eu sei que foi um acidente. O relatório da polícia disse que a quantidade de medicamentos deixava impossível afirmar com certeza, mas eles suspeitavam fortemente de suicídio e isso foi o suficiente para a empresa de seguros.

– É *claro* que foi um acidente, Parker. Ele nunca faria isso com você. *Nunca*.

– Eu sei... só que... eu nem sabia que ele estava tomando algo, pra começar. Pra depressão ou ansiedade ou pros dois, não sei. É como se essas coisas estivessem envolvidas de formas que eu não entendo.

– Não importa. Foi um acidente.

– Mas e se não foi?!

Estou segurando o copo de chá gelado pela metade na mesa e, com toda a umidade, ele escorrega quando a minha mão se fecha. Ele corre pela mesa e para. Scott pega minha mão, coloca o copo de volta nela e solta. Minha garganta se fecha.

– Foi um acidente – afirma ele. – Foi, sim.

Eu tusso.

– Mas ele estava tomando remédios e eu não sabia, já que ele se sentia... sei lá, deprimido ou algo, e eu não sabia disso também. O que mais eu não sabia? É como se ele fosse só mais um segredo, como todo mundo.

– O que *isso* significa?

– Todo mundo é um segredo. Não tem jeito de saber o que se passa na cabeça de alguém.

– Hummm... o que tem na minha mão agora?

– Quê? Eu... eu não sei. Como eu poderia saber?

– Confira. Está bem aqui.

Encontro a mão dele, a palma para cima. Ele fecha os dedos delicadamente e agora estamos de mãos dadas.

– Não tem nada nela – comento.

– É claro que tem. – Ele aperta. – As pessoas são cheias de coisas que você não sabe, mas isso não significa que elas sejam segredos; você só não sabe tudo ainda. – Ele solta. – E isso é bom, senão você não teria mais motivo pra conversar.

Tem muita coisa que não sei nem sobre mim mesma, pelo jeito, tipo por que fui tão idiota. Tudo em que consigo pensar agora é em coisas que eu *sei*, por exemplo, como eu quero que ele continue conversando e como quero que ele toque a minha mão de novo.

Scott se levanta.

– Preciso ir pro trabalho. Foi por isso que você veio, pra falar sobre o seu pai?

– Não – respondo. Ouço a infelicidade em minha voz e me odeio por isso. Fico de pé e cambaleio um pouco, por isso seguro nas costas da cadeira para me apoiar. – Eu vim aqui... pra te dizer que eu sinto muito. Eu devia ter te escutado naquela época. Não foi justo te afastar. Espero que você possa me perdoar. Queria voltar a ser sua amiga. É possível?

– Gostaria que fosse. Mas na verdade não dá. E eu não posso te perdoar se você não fez nada de errado. Eu realmente preciso ir. Como você chegou aqui? Se precisar de uma carona...

– Não, a Sarah vem me buscar. – Eu abro a minha bengala enquanto tento me orientar para andar até a porta com ela. – Por que a gente não pode ser amigo?

– Você tem que ser capaz de confiar nos seus amigos.

– Eu... eu confio em você.

Ele abre a porta e a gente passa.

– Você confiava em mim sem hesitar. Eu não me esqueço de como era.

Ele fecha a porta.

– Eu vou me atrasar. Você precisa que eu ligue pra Sarah?

– Eu ligo.

– Tá bom, tenho que ir. – A voz dele fica longe enquanto atravessa o jardim para a entrada da garagem e abre a porta do carro. – Te vejo na aula de trigonometria amanhã.

– Isso se eu não te vir primeiro – digo, como um reflexo. Isso me surpreende. Uma porção de coisas que estou dizendo e fazendo ultimamente tem me surpreendido.

A porta se fecha, o motor liga, o carro dá ré e ele vai embora.

VINTE E UM

– Oi, Parker.

Eu pulo com a voz do Jason quase do meu lado no armário e as minhas mãos se abrem e deixo a bolsa cair. Escuto o rolar das minhas coisas se espalhando no concreto. Aposto que isso inclui os poucos absorventes íntimos que estavam soltos ali.

– Você está assustada nessa manhã?

– Não – respondo com a minha voz paciente. Eu me agacho perto da bolsa e a viro para cima. – Basicamente eu sempre pulo quando alguém chega de fininho perto de mim. – Varro as coisas com as mãos e jogo tudo dentro da bolsa.

– Eu não... – ele fala se agachando do meu lado. – Ah... desculpa.

– Tudo bem – comento. – Peguei tudo?

Algumas coisas vão parar na minha bolsa.

– Agora sim.

– Obrigada. – Eu me levanto e fecho o armário.

– Ei, você já falou com o treinador Underhill?

– A gente decidiu dar uma semana pro resto das coisas se ajeitar. Vou me encontrar com ele na próxima segunda à tarde.

– Legal. Está pronta pra caminhar? Pensei de repente em algum lugar diferente do Jardim da Biologia dessa vez, mas acho que não importa muito.

– Ah, desculpa, eu prometi pra Sarah ontem que ia encontrar com ela essa manhã.

– Pra quê, pro dever de casa ou...?

– Não, nada pra escola. A gente só... meio que fica de bobeira juntas no pátio todas as manhãs.

– Você ficou comigo essa semana toda.

– Eu sei, é só que... – Tá, o que eu digo agora?

Uma pergunta melhor é como me tornei esta pessoa? É hora de começar a ser eu mesma. Se ele não gostar, vai ser uma droga, mas melhor saber logo.

– Vou levar muito tempo pra explicar agora, mas a Sarah e eu sentamos ao ar livre e escutamos as pessoas que querem desabafar pra dar conselhos sobre todo tipo de coisa. Só que a gente meio que brigou no começo dessa semana... bom, estava mais para um mal-entendido... Tá, eu tava sendo uma idiota. Aí você me chamou pra caminhar na mesma hora e eu fui com você, mas agora Sarah e eu fizemos as pazes. Faz sentido?

– Não exatamente. Só achei que a gente tinha esse lance das caminhadas de manhã.

– Não, quero dizer, sim, foi legal, mas normalmente eu me sento com a Sarah. Ainda podemos almoçar juntos hoje. O que normalmente você faz aqui de manhã?

– Normalmente não estou aqui. Eu vim na segunda de manhã pra falar com você e aí nós começamos as nossas caminhadas.

Ele deixa isso no ar e fico confusa. Ele está tentando me deixar culpada ou me fazer cancelar com a Sarah – como se dois dias seguidos instituíssem um encontro rotineiro?

– Desculpa, eu não sabia. Achei que você já estivesse aqui. É melhor eu ir.

– É só que eu tenho algo pra te contar.

Ele não continua, acho que quer que eu pergunte.

– O que é?

– Depois que a escola terminou no ano passado, a minha família foi acampar na praia em Baja. Quando eu voltei, o Scott tinha mudado o percurso da corrida. Ele não explicou por que e pra mim não importava; só gostei da nova rota ser maior. Eu não notei no sábado à noite no escuro, mas essa manhã eu voltei a correr com ele de novo e vi que a gente passa pela sua casa.

– Ah. Vocês já... – digo. – Eu também corro de manhã. Vocês já me viram?

– Não. A gente passa por volta das quinze pras seis.

– Eu saio às seis. Tipo, normalmente. Hoje, não. – Depois do fiasco instável da segunda e da terça me senti ainda pior nessa manhã e desisti totalmente de sair.

– Certo. Talvez não seja espionagem, já que nunca vemos você, mas ainda é bizarro. Achei que eu devia te contar.

Espera... O Scott começou a correr perto da minha casa em algum momento no meio de junho?

– Não é bizarro – comento, tonta de novo. Tenho que engolir antes de poder continuar. – Ele... ele está conferindo o meu percurso. Sabe, por causa de alguma coisa nova que eu possa tropeçar.

– Por que ele precisaria fazer isso?

– Porque o meu pai não pode mais fazer. Toda noite antes de deitar, o meu pai e eu fazíamos uma pequena caminhada. Ele dizia que era o único exercício que ele fazia, já que ficava trabalhando sentado o dia inteiro, mas, na verdade, ele estava verificando o percurso que eu ia correr no dia seguinte.

– Espera... você corre sozinha mesmo? Sem ninguém com você?

– Eu te falei que não corro com ninguém...

– Achei que você tinha alguém numa bicicleta ou algo assim! Isso é maluquice, você não pode correr sozinha!

– Bom, na verdade eu *posso* e eu *corro*. Todo dia.

Sinto um arrepio, um arrepio de verdade, pelos ombros e pelas costas.

– Você se lembra de ver uma van grande parada na calçada perto da minha casa? Perto do fim de junho?

– Eu ainda estava no México. Por quê?

– Nada. Deixa pra lá.

Silêncio.

– Você não acha bizarro o Scott correndo perto da sua casa toda manhã... o que... três anos depois de você terminar com ele?

– Dois e meio – digo, minha voz baixa. – Não é bizarro. É...

– É o quê?

Ele fala em tom de desafio e isso me aborrece, mas tento olhar as coisas pelo lado dele. A verdade é uma coisa; outra diferente é esfregar o nariz das pessoas nela.

– Qualquer que seja o oposto de bizarro.

Ele sopra ar pelo nariz.

– Você ainda gosta dele, né?

– Eu terminei com ele, lembra?

– Mas parte de você ainda gosta dele.

– Ele foi o meu melhor amigo por anos. Não dá pra simplesmente apagar algumas coisas. – Apesar de eu meio que ter feito isso. – O que isso importa, afinal? Não estamos juntos agora.

– Talvez você queira estar.

É perturbador o quanto as palavras dele são provocadoras, mas ele fala com uma voz calma. Não sei o que fazer a respeito.

– Você está fazendo uma pergunta?

– Só quero saber em que pé a gente fica.

– Hum, a gente se conheceu faz uma semana... aí saiu no sábado à noite... e foi divertido... e... a gente devia repetir algum dia? Que tal?

– Você vai ligar pra ele de novo?

– Não sei, talvez? – Isso está ficando esquisito. Tento melhorar a situação com um sorriso. – Isso é um problema?

– Só estou dizendo, ou a gente vai fazer isso, ou não, depende de você.

– Fazer o quê? Gostar um do outro? Se divertir?

– Não, sabe... sair um com o outro.

– Não está um pouco cedo pra falar sobre exclusividade? – Uau, se eu pudesse voltar no tempo, a Parker de agosto não acreditaria nos papos que está tendo agora, poucas semanas depois. – A gente só saiu uma vez.

– Você foi pro banco de trás bem rapidinho. Isso é normal pra você?

– Não! É normal pra você? Você levou a gente até o costão bem rapidinho! Foi a minha primeira vez lá, quantas garotas você leva até lá?

– Nenhuma enquanto você e eu estivermos saindo.

– Bom, não precisa me fazer nenhum favor. Pode estacionar com quem você quiser, assim como eu também posso, até que a gente combine outra coisa, mas vai levar mais do que um encontro, já vou dizendo.

– É, você está me dizendo bastante coisa.

– Só estou sendo sincera.

– As coisas não são assim tão simples.

– Sério? Eu acho que são.

Silêncio.

Quack.

– É a Sarah querendo saber onde estou. Tenho que ir. A gente pode falar mais sobre isso no almoço, se você quiser.
– Mas eu realmente espero que ele não queira. Eu abro a bengala.

– Tá bom. Beleza. Até mais tarde.

∵

Eu me sento na mesa de sempre com a Sarah. Ainda estou zumbindo por dentro.

– Não escutei a sua mensagem, só vim direto pra cá.

– Só perguntando onde você estava.

– Tendo uma merda de conversa com o Jason. Sei lá como ele pensou que passar as manhãs juntos era a nossa nova rotina. Então quando eu falei que estava vindo pra cá, ele ficou todo nervosinho, como se eu o estivesse deixando no vácuo pra vir ficar com você.

– As manas antes... dos manos?

– Caraca, Sarah, você acabou de inventar isso?

– É, desculpa, foi péssimo. Você acha que eu ia gravar um troço tão horrível?

– Mas é verdade.

– Você ainda gosta dele?

– Até onde eu o conheço, mas... bom, não tem sido a coisa mais fácil do mundo.

– Ele sabe que dia é hoje?

Eu a encaro.

– Você sabe?

Ela chega mais perto de mim, batendo no meu quadril, e passa o braço pelos meus ombros.

– É claro que eu sei.

Ontem passamos quase todo o resto da tarde falando sobre os assuntos dela. Não muito sobre o Scott além de contar a ela tudo o que aconteceu na casa dele. Ela tentou me fazer falar mais a respeito, mas eu já tinha dito tudo o que havia para dizer. Não tenho muita certeza de como me sinto e falei isso. Não mencionei o aniversário do meu pai.

– Você tá bem?

– Eu ganhei a minha estrela dourada, se isso responde à sua pergunta.

– Não responde, mas tudo bem. – Ela aperta o meu ombro e solta.

Sarah não aprova o meu Quadro de Estrelas. Ela acha que são emoções reprimidas que deviam ser liberadas. Olha quem fala.

– Você parece cansada. Você dormiu essa noite? Ou correu além da conta hoje de manhã?

– Eu não corri.

– Você... – Ela se vira para mim. – Você não correu?

– Não. Eu estava... eu estava muito... sei lá. Muito sem equilíbrio.

– Que... ruim... – A voz dela se suaviza. – Você vai precisar da sua força.

Escuto alguém se aproximar e me sento. Uma aterrissagem bruta. Em seguida uma fungada. Uma fungada *farta*.

Estou 99% certa de quem seja.

– Oi, Marissa – cumprimenta Sarah.

Sarah tem razão, não tenho forças para isso. Só abano a mão.

– Como é que você está? – pergunta Sarah.

Fungada.

Sarah tenta de novo.

– Você quer falar sobre alguma coisa?

Fungada.

– Eu tenho uma pergunta – digo, surpreendendo a mim mesma, já que há dois segundos eu tinha certeza de que ia pular fora dessa. – Por quê?

– Por que o quê?

– Por que você gosta do Owen?

– O que você quer dizer? Por que alguém gosta de alguém? Você só gosta e pronto.

– Não – digo, e a Sarah já está estalando a língua, mas eu continuo. – Sempre tem motivos. Ele sabe como você gosta do seu café? Ele te leva pra ver comédias românticas idiotas só porque você gosta?

– Não, a gente não...

– É o jeito que ele penteia o cabelo ou como ele usa meias que não combinam...

– Ele não mistura as meias.

– Então o que é?

– Não sei... é tudo.

– Tudo bem – comenta Sarah. – A Parker quer dizer...

Não deixo que Sarah me interrompa.

– Você gosta de *tudo* nele? *De todas as coisas?* Faça uma lista de dez. Não, faça uma lista de três.

Fungada.

– Tá, uma. Só uma coisa. Podemos começar com isso.

– Ele... ele ri muito. Eu adoro a risada dele.

– Beleza, ótimo. Você gosta do som da risada dele, ou do quanto ele ri, ou...?

– De tudo isso.

– E do que ele ri? O que ele acha engraçado?

– Não sei... coisas. Ele ri muito, como se fosse feliz e estivesse se divertindo o tempo inteiro.

– Mas você não está. Acho que nunca te ouvi rir.

– Parker – diz Sarah. – Eu acho...

– Não importa, essas perguntas foram maliciosas. Saber como alguém gosta do café não é amor ou você poderia ser uma barista e o problema estaria resolvido.

– Marissa – tenta Sarah. – Eu...

– Durante um ano eu venho te falando o que o amor *não é*, mas talvez eu devesse estar te falando o que o amor é. Tenho o exemplo perfeito bem aqui; eu amo a Sarah. Não é o tipo de amor quero-transar-com-ela, mas eu a amo loucamente. Mais do que tudo, eu gostaria de saber como deixá-la feliz de novo. Se um gênio me concedesse três pedidos, eu usaria um pra trazer o meu pai de volta, o outro pra minha mãe e o último não seria pra voltar a enxergar; eu ia querer que a Sarah fosse feliz como ela era. É isso que é o amor, Marissa. Não é magia ou vodu. É *real*. *Dá* pra explicar. Eu posso te falar *exatamente* porque eu amo a Sarah.

Eu estendo a mão e, graças a Deus, a Sarah entrelaça delicadamente os dedos nos meus.

– Eu tinha uma porção de amigos quando era pequena, mas, quando fiz 8 anos, a maioria tinha ido embora. Acontece que a Parker cega com uma mãe morta não chegava nem perto do quanto ela era divertida antes do acidente. Eu não podia correr por aí e brincar, chorava o tempo inteiro, derrubava tudo e virei uma vaca de verdade e os meus amigos desapareceram um por um, até que só restaram dois. Não estou dizendo que eles eram as únicas pessoas que me entendiam ou eram legais comigo, só que eles foram os que não se afastaram e encontraram pessoas mais fáceis para serem amigos. Eu amo a Sarah porque ela era minha melhor amiga *e* se manteve assim quando ficou muito, *muito* difícil de simplesmente ser minha amiga.

Sarah pousa a cabeça no meu ombro.

– Até aconteceu de novo esta semana. Eu tive alguns dias péssimos e não a tratei muito bem, mas ela não saiu batendo o pé e ficou de mau humor. Ela me chamou pro cantinho e a gente resolveu tudo. E isso pode soar estranho, mas em parte eu a amo tanto porque não acho que esse sentimento esteja garantido. Não gosto de admitir, mas, sempre que eu estendo a mão, uma parte de mim se preocupa que talvez ela não vá estar lá daquela vez, que finalmente estará de saco cheio de todo o meu egoísmo e drama...

Sarah aperta a minha mão com firmeza e pressiona a testa no meu ombro.

– ... e foi por isso que pirei, mas aí ela sempre está lá para me apoiar e eu fico tão grata que me pergunto o que posso ter feito para merecê-la. Se você quer saber o que é uma alma gêmea, Marissa, é isso. A Sarah é minha alma gêmea. Eu me jogaria na frente de um trem por ela, e eu a amo porque ela também faria isso por mim.

– É, mas não é a mesma coisa...

– É a mesma coisa! Querer beijar ou transar, isso vem depois, é outra camada. Tem que começar com um cara que realmente te ame, e não só diga isso da boca para fora, ou nem mesmo diga, ou que nem sequer olhe pra você! Um cara que olhe pra você como se você fosse a pessoa mais importante do planeta Terra! Que não ache que você e todos os seus problemas e bagagens sejam um saco ou só peso morto pra carregar por aí, mas que valem a pena porque você é bonita ou o melhor que ele acha que pode conseguir! Um cara que saiba o quanto você é doida pra cacete por dentro e não *tolera* a sua maluquice, mas te *ama* por isso! Alguém que... que... que faria qualquer coisa pra te ajudar e te proteger e... e... e aceitaria uma porcaria de trabalho em casa pra estar presente e te ensinar como cuidar de você mesma, não importa o que todo mundo mais disser, ou que se senta e toma chá gelado com você todo santo dia e ouve todas as suas historinhas *idiotas* e de fato *se importa* com todas as coisas bobas que aconteceram na escola e... e... e que deixa você falar *qualquer coisa* sem ficar bravo, contanto que seja *verdade*!

Estou de pé e gritando e agitando os braços e a Sarah está me abraçando forte e talvez chorando e há confusão, coisas sendo derrubadas e outras pessoas chamando o meu nome, mas é muito importante que a Marissa escute isso, mas estou sendo puxada para algum lugar e não é só a Sarah, mas outros braços também, e é tudo que posso fazer para continuar de pé e não tropeçar e perdi completamente a noção de onde estou ou de para onde estou indo até que sinto cheiro de fumaça de cigarro e de maconha e escuto a Faith gritar "Sai daqui!", numa voz que nunca ouvi antes e sei que estamos atrás do barracão do zelador e estou escorregando até o chão espremida entre a Sarah e a Faith e não tenho certeza de quem mais, porque não consigo ouvir as vozes direito por cima de todos os soluços e lamentações e a estranha percepção tardia de que os latidos e uivos roucos e desesperados que parecem um animal morrendo estão vindo de mim...

VINTE E DOIS

Não tenho certeza de quanto tempo eu dormi. A manhã é um borrão... muito tempo distante nos fundos do barracão do zelador... alguns minutos de calma ou, pelo menos, de menos histeria... sendo levada a algum lugar interrompida por outro colapso... me curvando um pouco sobre a grama, soluços fortes o bastante para vomitar meu café da manhã, ou talvez isso ainda tenha sido atrás do barracão, não tenho certeza... outra tentativa de andar sem senso de direção até que as escadas me avisaram que era o estacionamento... rastejando até o banco traseiro do carro da Sarah, sendo levada para uma casa vazia, mãos procurando as chaves na minha bolsa e depois sendo erguida e meio carregada pelas escadas, doída de exaustão e querendo me arrastar para a cama, sendo ajudada a tirar o jeans e me entocando debaixo do edredom, tossindo tanto quanto chorando até enfim perder a consciência.

– Tem alguém aqui? – chamo, ou tento; a voz sai fraca.

– Estamos todas aqui – responde Sarah. A cama se mexe quando ela se deita atrás de mim e fica de conchinha o tanto quanto possível comigo debaixo do edredom e ela por cima. – Eu, a Fay e a Molly.

– Vocês estão perdendo aula?

– Eu não sinto a menor falta – declara Sarah. – E vocês, meninas?

– Nem um tiquinho – comenta Molly da minha escrivaninha.

A cama se sacode com alguém se apoiando nela.

– É de você que a gente sente falta, Peegee – diz Faith, a apenas alguns centímetros de distância. Os dedos magros dela envolvem minha mão exposta. – Você foi embora. E não precisa voltar se ainda não estiver pronta. Não vamos a lugar nenhum.

A voz dela está tão preocupada e carinhosa que um soluço se forma na minha garganta. Eu começo a sufocá-lo, a forçá-lo de volta para onde quer que tenha vindo, como sempre, mas me lembro que já perdi minha estrela dourada hoje, então relaxo e deixo-o sair... e outro... e ela está certa, não estou pronta. As mãos da Faith apertam a minha, e o braço da Sarah se aperta em volta da minha cintura e eu choro de novo. Só a minha garganta e o rosto dessa vez, não os terremotos com o corpo como antes. Os meus olhos e o lenço estão molhados e grudentos, mas ainda não é hora de pegar um seco. A Faith solta uma das mãos e me faz cafuné como se eu fosse um gato.

– Obrigada – sussurro.

A Faith beija a minha testa.

∵

Acho que eu caí no sono de novo logo depois que Faith me deu um beijo. Não faço ideia de quanto tempo se passou. A Sarah ainda está aninhada atrás de mim, com o braço na minha cintura. Ela está respirando devagar e regularmente e até um pouco alto. Percebo que ela está dormindo e isso me faz sorrir um pouquinho. Fico surpresa por conseguir sorrir até esse pouquinho no momento.

– Faith? – sussurro. Sarah acorda e se espreguiça.

– Ela está lá embaixo – informa Molly. – A sua tia tinha viajado pro campo ou algo assim com o seu primo Pete e eles buscaram a Sheila na volta. Eles chegaram em casa faz alguns minutos.

– O que ela está dizendo pra eles?

– A Faith falou, "vou dizer a eles que a Parker está tendo um dia ruim".

Eu escuto o Petey, só pode ser o Petey, subindo as escadas com passos duros, mas outros passos o seguem escada acima. Então passos mais lentos batem de volta escada abaixo. Dois outros pares de passos chegam e param do lado de fora da minha porta. Depois de alguns sussurros, um deles continua andando e sei que são os da Sheila e ela entra no quarto dela e fecha a porta. A minha porta se abre e se fecha de novo.

Faith se ajoelha e segura uma das minhas mãos.

– Todo mundo está em casa – informa ela –, mas eles vão nos deixar em paz. Todos estão preocupados com você. Principalmente a Sheila.

– A Sheila? Por quê?

– Por que não? – pergunta Molly. – Teria que ser muito insensível pra não se preocupar com você depois dessa manhã.

– Molly! – Sarah exclama em sua voz de bronca, mas eu balanço a cabeça.

– Tudo bem. Ela viu? Ou escutou? Todo mundo viu, né?

Ninguém responde. Eu saio debaixo das cobertas para apertar o braço da Sarah na minha cintura, me aconchego e sorrio um pouquinho de novo.

– Não tô nem aí. Fico feliz de ter salvado todo mundo de mais uma quarta-feira entediante.

– Ela voltou! – declara Molly.

– Mas não precisa, Parker – diz Sarah em sua voz tentando-me-dizer-alguma-coisa. Acho que vou escutar muitas vozes especiais por um tempo.

– Eu quero.

– Eu sei, mas nem sempre dá pra decidir. Só faz três meses. Você ficou que nem um zumbi por uma semana depois que aconteceu e aí fez aquele Quadro de Estrelas idiota e está que nem uma bomba-relógio desde então...

– E eu explodi.

– Explodiu *mesmo* e foi *épico*! – Ela me aperta. – Vai ser a melhor história em todas as reuniões da nossa escola. Mas acho que temos um certo trabalho pela frente pra ajudar a Marissa a se recuperar do trauma.

Eu gargalho e isso dói. É estranho rir depois de tanto choro e o meu corpo inteiro dói: a barriga, a garganta, os músculos do rosto, e as pálpebras parecem engolidas.

– E essa é só a primeira vez – comenta Sarah. – Não a última. Você tem que deixar levar quando isso vem, não enterrar debaixo de todas aquelas estrelas idiotas se não quiser explodir de tempos em tempos. Quantos anos faz que o meu pai foi embora e eu ainda choro de vez em quando.

– Você chora? Por que você não me conta?

– Não é segredo. Os seus móveis mudam de lugar agora que tem gente nova na sua casa e você não me conta toda vez que machuca a canela. É como as coisas são agora. Não faz sentido falar, ah, ontem eu escutei o carrinho do sorvete passar e ele me lembrou de como o meu pai sempre dizia que ele só tocava música pra dizer que o sorvete tinha acabado, mas, se eu falasse *ã-ã* e *por favor* o bastante, ele concordava e me comprava um sanduíche de sorvete napolitano, aí eu sentei no sofá por alguns minutos e os meus olhos ficaram meio molhados, mas não foi nada demais, só uma das centenas de coisinhas rolando o tempo inteiro.

– Mas você sabe que pode me contar, né?

– Estou te contando agora. Explodir hoje não foi colocar tudo pra fora, foi colocar só os três últimos meses pra fora. Tem mais pela frente e você precisa botar pra fora na hora. Não fique guardando, senão você vai explodir de novo, e de novo, e de novo...

– Não vou ter mais estrelas douradas? – suspiro. – Sei lá, toda vez que ganho uma, dá uma impressão de que estou conseguindo lidar com as coisas.

– Se escondendo. Enterrando as coisas. Acrescentando um pouco mais de pólvora ao barril que explodiu hoje.

Eu me sento e abraço a Sarah o mais forte que consigo.

– Como você consegue ser tão inteligente?

– Experiência – responde ela. – Experiência que eu gostaria de não ter.

Eu a solto e me recosto na cabeceira.

– Aconteceu alguma coisa essa manhã? – pergunta Molly. – Tipo, por que hoje?

– É o aniversário do pai dela – esclarece Faith.

– E outras coisas – digo. – Você já sabe um pouco sobre a Sarah e eu... e... bom, acho que tenho que te colocar a par de algumas outras coisinhas.

– Primeiro – diz Faith –, eu tenho escutado um monte de coisas sobre se jogar na frente de trens. Você sabe que eu certamente ficaria na frente de um se chegasse a esse ponto; só acho que seria melhor pra todas nós se não fosse preciso.

– Tá bom. – Sorrio. – Nada de trens.

∴

A tia Celia tenta convencer todo mundo a ficar para o jantar, mas ninguém quer, incluindo eu mesma. Todas vão embora para casa e para explicar por que não estavam na escola hoje.

Ofereço para ajudar com o jantar e a tia Celia, é claro, diz que dá conta, especialmente hoje, mas dessa vez eu rejeito a recusa dela. Pergunto o que ela está fazendo e, quando escuto tudo, insisto em fazer o purê de batatas. Depois de muita teimosia, o desejo de ela fazer algo por mim permite que eu fique com o balcão à esquerda da pia. Tenho que perguntar onde está cada coisinha, pois ela arrumou tudo em lugares diferentes e não vou à despensa faz algum tempo. Ela me dá tudo que peço, a não ser o alho, e começa a dizer algo sobre precisar dele para o espaguete mais tarde na semana – e aí ela para e comenta que pode comprar mais depois e me passa todos os dentes de alho que tem.

O jantar é incomumente silencioso. Tio Sam elogia especificamente as batatas, dizendo que estão melhores que o normal. A tia Celia conta que fui eu que fiz e ele fica surpreso. Tudo soa sincero, então talvez ela não o tenha feito dizer isso. Será que significa que eu vou ajudar mais a cozinhar? Só o tempo dirá. A maior parte da conversa é o Petey falando das piscinas naturais, e sou eu e o tio Sam que falamos mais com ele. Sheila não fala uma só palavra e sobe logo que pode. Quando me ofereço para ajudar com a limpeza e a tia Celia diz que não, obrigada, eu deixo que ela vença e vou para cima.

Pego o CD da Sheila no meu quarto e vou até a porta dela. Bato duas vezes. Estou nervosa e odiando demais isso, mas já faz muito, muito, *muito* tempo que deveria ter acontecido. Tenho muito o que consertar, começando em casa.

– Quem é? – diz ela em sua voz irritada, então, a voz normal.

– Só eu. – Quase acrescento *sua nêmesis* de brincadeira, mas me contenho com sucesso. Cedo demais.

Quando ela abre a porta, falo:

– Posso entrar?

– Hum, claro... mas... – Ela não parece irritada agora; acho que irritada não é a voz normal dela. – Peraí, tem um monte de porcarias pelo chão...

Ela chuta o que parecem livros e roupas sujas e sabe-se lá mais o quê.

– Pronto, pode se sentar na minha cama, só ir em frente.

Eu entro, fecho a porta e ando em linha reta devagar balançando os braços até minhas mãos encontrarem a cama. Eu me sento. Ela não.

– Eu só vim para me desculpar...

– Não. Não se desculpe.

Ela não fala isso tipo, ah, tudo bem, você não precisa se desculpar. Ela parece com raiva, como se de fato não quisesse ouvir.

– Mas eu não deveria ter gritado com você ontem...

– Eu mereci. Aumentar muito a música foi um troço desagradável.

O que foi mesmo, mas... essa conversa não está nem um pouco como eu achei que poderia ser.

Eu estendo o CD.

– Eu entendo que você não quisesse que eu te ouvisse.

A caixa é arrancada da minha mão com certa força.

– Então eu joguei música alta na sua cara pra atrapalhar seu único sentido que funciona? Eu estava gritando com você porque você não sabia que tinha coisa rolando comigo, coisa que eu estava *tentando* evitar que você soubesse, e eu nem sabia que hoje era o aniversário do tio Martin! E agora eu sou uma hipócrita ou só cega... caralho, quero dizer... caramba, você entende o que eu quero dizer.

– Ei, Sheila, tá tudo bem...

– Não, eu *vi* você esta manhã. Eu... *vi*... você. E você estava... você...

Não tenho certeza do que isso significa.

– Provavelmente, você também me ouviu. Junto com metade da escola. Não estou com vergonha. Eu tinha um bom motivo...

– Mas eu nunca vi... eu... eu te vi no enterro... Você só ficou lá, *quieta*. E pelo mês seguinte você só ficou por aí ou discutiu com a minha mãe e... e... você só agia de forma *normal*.

– Aquilo não era normal. E eu não estava só *quieta*. Eu estava *paralisada*. Perder o papai foi ruim o bastante, mas por um tempo eu achei que pudesse perder *tudo*. Se eu tivesse que me afastar de tudo e de todo mundo que eu conhecia, eu teria ficado maluca. Sério. Obrigada. Obrigada por fazer isso no meu lugar. Nunca vou ser capaz de retribuir, mas quero tentar. Qualquer coisa que eu possa fazer, é só pedir.

Ela não responde de imediato, e então sussurra de forma rouca:

– Por favor...

Eu gostaria muito de poder ver o rosto dela.

– É só dizer. O que posso fazer?

– Por favor, vá...

– Vá pra onde? Eu...

– Só vá – diz ela numa voz mais firme. – Embora. A qualquer lugar que não seja aqui. Ou você não estava sendo sincera quando falou que faria qualquer coisa?

Ai. Eu quero fazê-la entender o quanto isso significa para mim, o quanto é difícil para mim conhecer novos lugares e pessoas, e confiar nelas... mas... isso seria tentar fazer com que *eu* me sentisse melhor.

– Se é isso que você quer. Eu sinto muito mesmo. – Fico de pé e refaço os meus passos até a porta.

– Espera – diz Sheila.

Eu paro. Depois de um instante, ela continua:

– Esquerda... mais para a esquerda.

Corrijo o curso e encontro a maçaneta.

– Eu não vou ficar te chateando com isso – comento. – Eu sei o que é ter gente sempre oferecendo ajuda que você não quer. Só me diga se tiver algo que eu possa fazer.

Ela não fala nada. Eu abro a porta. Já estou na metade do caminho quando ela limpa a garganta.

– O único jeito dos últimos três meses fazerem algum sentido é se uma de nós foi uma vaca insensível autocentrada. Né?

Eu penso por um instante, tentando decifrar as palavras dela, a voz dela, o que ela realmente está perguntando.

Saquei. Esse é um tiro que eu posso levar por ela. Eu quase sorrio. A Faith não quer mais falar sobre trens; fico imaginando o que ela diria sobre tiros.

– Eu, definitivamente, tenho um certificado de Vaca Insensível Autocentrada. Mas posso dizer por experiência própria que agir como uma às vezes não é o mesmo que ser uma. Então há esperança.

Eu a escuto tentando não espirrar de novo, então a deixo sozinha.

VINTE E TRÊS

A Sheila não sai correndo logo que o carro da tia Celia para no estacionamento; ela anda comigo até o meu armário. Mas a gente não conversa. Eu já estou acordada por pelo menos uma hora a mais e dei os meus tiros de corrida, e ela não é uma pessoa matinal, na verdade. Ela também não é uma pessoa que goste da Parker, então é isso. Um passo de cada vez.

Faith chega ao armário dela ao mesmo tempo e elas conversam, começando com a Faith fazendo piada sobre como as carinhas felizes do meu lenço estão de cabeça para baixo e será que a Sheila não pode se responsabilizar sobre me vestir de manhã? Está bordado, então dá para saber qual é o lado para cima, mas simplesmente não pensei nisso hoje. Eu tinha cinquenta por cento de chance e perdi. Espero que não seja um sinal.

A Faith e a Sheila ainda estão falando sobre roupas quando a Molly diz:

– Ei, você vai voltar à ativa hoje? Vai pra quadra com a Sarah?

– Com certeza. Eu não ia querer que ninguém pensasse que estou com medo de aparecer.

– Como se você ligasse pro que pensam.

– É isso aí. – Mas a doutora definitivamente ESTÁ AQUI, e com isso eu quero dizer a Sarah. A vaca da sócia espalhafatosa dela ainda está a caminho. O que você vai fazer?

– Eu vou dar uma olhada nos Achados e Perdidos por causa de um suéter que perdi ontem. Está friozinho hoje.

– Está? Você devia correr, esquenta.

– Engraçadinha. Pelo jeito você correu hoje de manhã?

– Corri. Foi ótimo. Foi estranho não correr ontem.

– Aposto que muitas coisas foram estranhas ontem.

– É verdade. Eu boto a culpa de tudo em não correr.

– Não em meses de opressão e negação?

– Não, aquela Gunderson sabe-tudo não sabe que porra ela está falando na metade do tempo. Eu vou correr todas as manhãs e nunca mais perder um dia e vou ter uma vida maravilhosa. Sou uma nova mulher. Você vai ver.

– Você é uma inspiração pra todos nós.

– Isso mesmo.

– Se pelo menos o seu tom combinasse com as suas palavras...

– Ainda estou trabalhando nisso.

– Aliás, você falou com o Jason?

– Ainda não. Alguém desligou o meu celular ontem...

– Foi a Faith.

– Ah, bom, não tinha nenhuma chamada perdida ou mensagem de texto dele. Achei que, no mínimo, ia receber um *Cadê você?* na hora do almoço, mas acho que ele ainda estava bravo e achou que eu não tinha ido.

– Ele sabia onde você estava. Ou pelo menos que você provavelmente não estava na escola. Ele viu tudo de divertido que aconteceu na manhã de ontem.

– Ele não chegou perto? – Ou nem sequer me mandou uma mensagem ou ligou mais tarde?

– Acho que ele resolveu deixar por nossa conta.

– É uma forma de interpretar. O Scott estava lá?

– Eu não o vi. Mas duvido que teria se aproximado.

Não tenho tanta certeza. De qualquer forma, eu olho para o futuro e me vejo encontrando o Jason na hora do almoço para dizer a ele que não vamos mais sair. Mas vou ser legal. É o meu novo plano. Sincera, porém mais simpática.

– Imagino que você não saiba o que a gente perdeu de matéria ontem? – pergunto.

– Não. Eu ia pegar na aula. Não estou muito preocupada com isso. Você tá?

– Não especificamente, só que eu detesto perder um dia. Já é difícil o bastante *acompanhar* sem precisar pegar matéria *atrasada*. Eu me preocupo mais com inglês, mas posso aumentar a velocidade do meu programa que transforma texto em fala... embora *O conde Monte Cristo* vá parecer narrado pelos esquilos do filme.

– Que saco. Deve ser uma droga... sabe... ler...

– Tão devagar quanto eu leio? É, mas matemática é a mais difícil, já que é mais do que só falar e ler. Geometria era tipo andar descalça em vidro quebrado.

– Trigonometria não é tão ruim – comenta Molly.

– Deve ser um saco levar tanto tempo repassando tudo comigo. Se eu não digo o suficiente, fico muito agradecida por isso.

– Sem problema. Acho que eu aprendo melhor repassando tudo de forma tão metódica.

Uma parte do meu cérebro busca uma resposta por ela chamar meus mecanismos de cópia de *metódicos*, mas a outra parte se atém ao plano.

– Falando nisso, você já conhecia o B.B.? Na Jefferson?

– O Stockley? Só do jeito que todo mundo conhece o Stockley. Por quê?

– Eu te contei que ele me ajudou quando você estava doente; ah, aliás, eu já te agradeci por me abandonar naquele dia?

– Várias vezes e, de novo, descuuuulpa por você ter sido deixada de lado por causa do meu doloroso episódio de diarr...

– *Eeee*... ele teve muita dificuldade e eu o ajudei quase tanto quanto ele me ajudou. Aí, depois da aula, não tenho certeza, mas acho que ele estava... – Como é que eu digo isso?

– Ele quer andar com você desde o primeiro dia de aula. Me diz que você sabia.

– Bom... mais ou menos?

– Mas acho que ele não tem *crush* em você – diz para me salvar, e gosto dela ainda mais por isso. – Se é com isso que você está preocupada.

– Ah, não estou preocupada.

– Você parece preocupada. Achei que era pelas razões de sempre, não querer a situação constrangedora de não gostar de alguém que gosta de você.

– Não é que eu não goste dele.

– Ah, peraí... você *gosta* dele?

– Eu não *gosto* dele, mas ele não é tão mala como eu achei que... podia ser. Normalmente, não me engano tanto com as pessoas e... sei lá...

– É difícil de imaginar que um cara possa querer ser seu amigo sem se apaixonar por você? Uau...

– Quê? Não! Não foi isso que eu quis dizer! Caramba, 99% dos caras aqui nem falam comigo, é bem difícil de acontecer, então pode me processar se eu não sei o que fazer quando isso acontece.

Eu não estou brincando, mas a Molly ri. Isso me faz sorrir. É bem engraçado.

– Enfim, eu me sinto mal de ter sido ruim com ele antes.

– Duvido que ele tenha percebido.

– Não importa. O meu pai dizia que, se você é ruim com alguém, então você é uma pessoa ruim, ponto. Você pode explicar pra sempre por que alguém mereceu aquilo e isso não vai fazer de você uma pessoa boa. Tipo, dois erros não geram um acerto. Se você vê alguém sendo ruim, mesmo que a pessoa esteja sendo ruim com o Hitler, você pode dizer *Bom pra você*, mas nunca diria *Isso foi legal da sua parte*.

– O seu pai achava que a pessoa deve ser legal com o Hitler?

– Hunf, agora você está sendo apenas tosca. Eu só não quero ser ruim.

Silêncio. Bem, a não ser pela Molly respirando e o grilo no meu ombro sussurrando no meu ouvido que sou uma pessoa ruim.

– Quando eu digo que acho que ele nem percebeu – diz Molly enfim –, quero dizer que você está falando como se tivesse atirado nele ou algo assim e não acho que ele enxergue dessa forma, de jeito nenhum. – Ela abaixa a voz até sussurrar. – Acho que ele pode ser gay.

– Quê? Sério?

– Não sei se ele está pronto pra admitir, nem pra ele mesmo, mas é o que eu acho. Talvez eu esteja errada. Mas não importa, se você não *gosta* dele.

– Não, mas talvez isso ajude. O lance é que eu estava pensando que a gente podia convidá-lo pra estudar com a gente. Ele precisa muito de ajuda em trigonometria...

Molly ri.

– Por que você não falou logo?

– Ah, vai se ferrar, Molly, eu *estou* falando!

– Acho que você acabou chegando ao ponto. Claro, beleza, você pode convidar ele.

– Tipo, dá pra *você* convidá-lo? Pro caso de estarmos erradas, não quero que ele...

– Que ele entenda mal, saquei. Deixa comigo, vou fazer isso funcionar. E não permita que ninguém diga que você é uma pessoa ruim, Parker Grant. Às vezes você pode ser super... legal.

– Bem, obrigada, Molly Ray. Mas... como *exatamente* você vai fazer isso funcionar?

– Eu vou dizer pra ele que você já tem outro *crush*...

– Não se atreva! Eu *não* tenho nenhum *crush*! *Crushes* são...

– Eu sei: vazios, superficiais, como com o Jason...

– Ei! Isso... – Eu torço o nariz para ela. – A verdade pode machucar, sabe.

– Tá bom... Eu vou dizer pra ele que o seu coração já tem dono. Melhor assim?

– Bom, não minta pra ele.

– Mas não é mentira, né.

Ela não fala como se fosse uma pergunta, então não tenho que responder.

∵

Fico perto da pista de corrida na hora do almoço, comendo, esperando o Jason me ver. Se ele não tiver visto quando eu acabar meu sanduíche, vou mandar uma mensagem de texto.

– Oi, Parker – cumprimenta ele, de uma distância maior hoje, então eu não me assusto.

– Oi. Barra de cereal pro almoço?

– É. Tá se sentindo melhor hoje? Aconteceu alguma coisa pra te deixar daquele jeito?

– Eu não costumo ter um colapso e desabar sem motivo. Ontem era o aniversário do meu pai.

– Ah, eu não sabia, sinto muito.

– Estou melhor agora. Se você me viu chateada, por que não chegou perto?

Ele não responde de imediato. Eu espero.

– Não sei. Parecia que as suas amigas estavam cuidando de você...

– Você não é meu amigo?

– Eu sou, mas... a gente ainda não se conhece bem... Elas eram suas melhores amigas... Eu não queria me meter.

– Eu conheci a Molly uma semana antes de você, e ela passou a tarde inteira comigo no meu quarto.

– Ah. Bom... garotas normalmente querem ficar com outras quando estão chateadas de verdade. Eu devia ter ido?

– Não existe "devia". Mas se você está me perguntando se estou agradecida por você não ter ido, ligado ou mandado mensagem quando me viu soluçando no pátio e sendo arrastada para os fundos do barracão do zelador e depois desaparecendo da escola... Não, não estou assim tão agradecida.

– Eu só pensei... É, você tem razão. Deixa eu me redimir. No sábado à noite. Você escolhe o restaurante. Tá?

Eu penso por um instante, no jeito mais simpático de ser sincera.

– Acho que não...

– Não no sábado? Ou não nunca mais?

– Nunca mais é muito tempo. Mas provavelmente é mais por aí. Não é tudo sua culpa...

– Ah, lá vem.

– O quê?

– O discurso *não é você, sou eu.*

– Somos *nós*, Jason, é não é um discurso. Eu gosto de você, mas quando a gente conversa parece mais que estamos tropeçando do que dançando. E, quanto mais sincera eu sou, pior fica. Antes de você, eu só tinha beijado um cara e isso foi há anos e não por muito tempo, então eu estava meio na seca e fui rápido demais e agora coloquei a cabeça no lugar e quero puxar o freio. Então, sim, basicamente sou eu e não você, mas ontem foi tudo você e eu não sou um clichê, eu sou uma pessoa, uma pessoa que não está feliz de você pensar que o melhor a se fazer quando eu desabei era se afastar e esperar eu ficar normal de novo...

– Eu sei, eu sei, me desculpa! Dá pra você me perdoar?

– Dá. Mas eu quero um cara cujo primeiro impulso seja ficar comigo quando eu preciso de ajuda, mas isso não significa que a gente não possa ser amigo. Eu tenho amigos pra quem eu não sairia correndo se os escutasse se desabando de chorar porque eu sei que só ficaria no caminho dos amigos mais chegados, como você disse. Beleza, nem todo mundo pode ser melhor amigo de todo mundo. Acho que nós podemos ser muito bons colegas.

– Agora é o discurso *vamos-ser-só-amigos.*

Eu fungo um pouco, o tipo simpático, ou pelo menos eu espero que soe assim. De alguma forma, não estou chateada de verdade com tudo isso.

– Sabe por que eu gosto de você? Você é gentil, charmoso, e, desde o momento em que a gente se conheceu, você me tratou que nem uma pessoa normal que só precisava de um pouco mais de informação que os outros. Isso é extremamente raro e você acertou *na mosca*. Então causou uma ótima impressão. Acho que nós podíamos ser ótimos amigos. Mas pra namorar estou procurando outra coisa.

– Isso é por causa do Scott.

– Hum... *não*. A gente mal se falou por anos, e, quando pedi a ele para sermos apenas amigos, ele disse não. Se você disser sim, já vai estar quilômetros na frente dele.

Silêncio.

– Em termos de namorado – digo –, sim, era difícil superá-lo. Infelizmente pra você. Pior ainda pra mim.

Mais silêncio. Presto atenção para tentar ouvir respiração ou pés se mexendo para ter certeza de que o Jason não foi embora.

– É engraçado – comenta ele numa voz amarga. – Quando eu conversei com o Scott sobre você, acho que a gente gostava de você por motivos opostos.

Eu quero perguntar, quero *muito* perguntar, mas eu preferiria que ele me falasse. Então tento esperar.

– Ele diz que os problemas que as outras pessoas têm, tipo serem mesquinhas, mentirosas, esnobes ou o que for, podem ser consertados por elas, se elas quiserem, mas elas simplesmente não fazem o que é preciso ou culpam outras pessoas. E, apesar dos seus problemas não poderem ser resolvidos, você é quem menos precisa que tomem conta de você.

– E você acha... o quê, o contrário?

– Não, só... sei lá. Não importa. Você está sorrindo, então estou vendo que ele está certo e eu estou errado.

– Mas eu quero mesmo ser sua amiga. Todas essas coisas boas que eu disse de você foram de coração. Gostaria que mais gente no mundo fosse que nem você. Eu teria mais amigos assim. Podemos?

– Acho que sim.

– Hummm... Assim tá bom pra fazer parte do círculo de colegas. Se quiser ser um amigo mais próximo, qual é a resposta mais honesta?

Silêncio.

– Vamos lá, tudo bem me contar como você realmente se sente. Tente apenas uma vez. Qual é a pior coisa que poderia acontecer?

– Não – diz ele, enfim. – Não acho que possamos ser amigos. Estou começando a achar que você é... exigente, cansativa e... difícil de lidar. Pronto, está feliz agora?

Eu dou risada.

– É, sou mesmo. Porque é tudo verdade. Acho que já somos mais amigos agora do que éramos um minuto atrás. Você não acha?

– Não exatamente.

– Pelo menos, você não se sente melhor de ter botado isso pra fora?

– Não, isso faz eu me sentir um babaca. Olha só, eu... eu vou pra pista de corrida. Te vejo por aí.

– Tá bom. Mas você não é um babaca, Jason. Você é um cara legal e aprende rápido. Isso me dá esperança. Obrigada.

∴

Sarah e Faith decidem que precisam ficar de olho em mim, apesar do meu maravilhoso show de normalidade hoje, então vêm estudar com a gente na biblioteca depois da escola. Acho que elas não entenderam que Molly e eu precisamos falar o tempo inteiro, e a nossa conversa traz dificuldades para elas fazerem alguma coisa, então elas também conversam e ninguém estuda. Quando o Stockley chega depois do treino de futebol, não fazemos nada, mas estamos nos divertindo muito para parar.

– Oi, P.G., Molly, desculpem o atraso – diz Stockley. – O treinador adora ouvir a si mesmo falar.

– Oi – respondo –, gente, esse é o Stockley, *Kent* Stockley. Essas são a Sarah e a Faith.

Cumprimentos são trocados e o Stockley se senta de forma pesada do outro lado da Molly. Espero usar essa interrupção para mergulhar em um pouco de dever de casa. Seria péssimo convidá-lo para vir até aqui trabalhar em trigonometria e não fazer nada. Fico feliz que ele já comece de imediato.

– O que foi aquele negócio todo de Sacagawea? Não entendi absolutamente nada.

A Molly ri. Eu quero cutucar o braço dela, mas minha mão não encontra nada além de ar e isso faz os outros rirem.

– É SOH-CAH-TOA – explico. – Seno, Oposto, Hipotenusa; Cosseno, Adjacente, Hipotenusa; Tangente, Oposto, Adjacente...

– Caraca, tempestade de palavras! – exclama Sarah e todo mundo se dispersa de novo, incluindo o Stockley, mas não eu. Estou tentando me concentrar aqui.

– Meu Deus, gente, acabou a Hora do Babaca. – Uso minha voz de professora, já que não uso o vocabulário de professora. – Podemos dar um bom exemplo pro novo aluno?

– Ela está se referindo a nós? – sussurra Sarah. – Nós somos as babacas?

– Não tenho certeza – responde Faith, baixinho, como se elas estivessem conversando em particular sem todos nós ouvindo. – Normalmente sou chamada de vaca.

– Quem te chama disso? – Stockley parece chocado e fofamente protetor por alguém que ele acabou de conhecer. – Me dê nomes e eu vou...

– Não é ninguém em quem você possa bater – informo. – A não ser que esteja querendo bater em garotas.

– Ah – comenta ele. – Desculpa. Então não posso ajudar.

– Tudo bem, B.B., você...

– O que é B.B.? – pergunta Faith. – Achei que o seu nome era Kent.

– Todo mundo o chama de Stockley – observa Molly.

– Estamos fugindo do assunto – digo, esperando evitar ter que explicar para a Faith o que significa B.B. – O assunto é SOHCAHTOA.

Stockley começa a recitar:

– Seno, Oposto, Cosseno, Adjacente...

– Não. Molly, escreva pra ele.

– Olha, está aqui nas minhas anotações – comenta Molly e páginas de caderno farfalham.

– É fácil de lembrar que o *O* significa Oposto e tal – diz Stockley –, mas lembrar de SOH-CAH-TAHOE...

– É mais fácil com um mnemônico – continua Molly. – Tipo... Se O Hippie Chamou A Hippie pra Tomar O Ácido...

Agora todo mundo está gargalhando de verdade, *alto*. Eu estou tentando não rir, mas a Molly não tinha me falado essa antes, então sou pega desprevenida.

– Gente, psiiiu! – sibilo. – A sra. Ramsey vai vir até aqui!

– Ah, meu Deus! – exclama Sarah. – Ah! Meu! Deus! Alguém nos ajude! Estamos no Universo Paralelo! *Nós* estamos envergonhando a *Parker*!

Todo mundo perde o controle. Baixo a testa na mesa com um *poft* pesado, encenando o meu papel, mas na verdade estou respirando com o som de todo mundo rindo como se fosse a minha primeira respiração profunda depois de quase me afogar. Não escuto a Sarah nem mesmo a Faith rirem assim faz anos.

Tudo bem, né, pai? Não é muito cedo, né? Você ia querer que eu ficasse bem, sem desmoronar de novo, eu sei. Esse é o meu presente de aniversário de verdade pra você, com um dia de atraso...

Estão chegando lágrimas. Não acho que seja a tristeza querendo acabar com a festa, como faz às vezes. Só estou feliz, tendo ou não o direito de estar, embora de um jeito desesperado e instável. Não quero que isso tudo degringole.

A gargalhada diminui e antes que alguém tenha uma chance de dizer algo para dispará-la de novo levanto a cabeça e me inclino para a frente.

– Todo mundo, psiiiu! Verificar perímetro. *Verificar perímetro!*

A Sarah e a Faith ficam quietas primeiro, elas sabem o que isso significa. O Stockley em seguida, já que, para começar, provavelmente ele nem entendeu por que a gente estava rindo.

A Molly é a última.

– O que é verificar perímetro?

– Estamos sozinhos – explica Sarah. – Fora a sra. Ramsey. Ela está observando a gente pelo vidro, mas não consegue escutar se a gente sussurrar.

– Não tem mais ninguém aqui – acrescenta Faith – ou ela já teria vindo até nós, a essa altura.

– O que é Parker? – sussurra Sarah. – Desembucha.

– Tá. Então... tem um cara que eu gosto...

Sou interrompida por um monte de *ooohs* e balanço as mãos.

– Tá, tá... *psiiiu*! Eu tenho quase certeza de que ele gosta de mim também, mas... bem, eu ferrei com tudo...

– *Ele* ferrou com tudo – retruca Molly.

– Quem? – pergunta Stockley.

– É – afirmo. – Mas eu também estraguei as coisas, e pior. Quero consertar tudo, mas preciso de uma certa ajuda.

Todo mundo está dizendo *sim* e *é claro* e *o que precisar*, menos o Stockley. Ele fala numa voz que me diz que ele acabou de perceber algo profundo:

– Ah, rapaz... Eu estou aqui faz tipo uns dez minutos... E já sou uma das meninas?

Silêncio.

– Não planejei dessa forma, B.B. – Digo com sinceridade. – Mas pelo que estou pensando posso precisar da sua ajuda mais do que a de qualquer um.

Silêncio.

– Você tá dentro? – quer saber Molly. – Ou não?

Silêncio.

Suspiro.

– Dentro.

VINTE E QUATRO

Agora estou em dúvida. Que surpresa.

Ontem isso pareceu uma ideia tão boa. Eu até coloquei o alarme para tocar vinte minutos mais cedo para escutar na janela; como previsto, alguns minutos depois, dois pares de pés passaram fazendo jogging. Parece que o Jason e o Scott ainda são amigos ou pelo menos companheiros de corrida.

A primeira ação da manhã foi dar uma parada longa no meu armário para deixar as coisas e depois andar até o campo com a Molly e a Sarah. Nem sequer hesitei quando elas me deixaram sozinha nas arquibancadas mais afastadas para esperar e a Sarah gritou "Isso é muito louco, Parker, mas boa sorte!" e a Molly acrescentou: "Vai dar tudo certo! Te vejo no almoço!"

Não, é a espera que está me matando. O meu cérebro idiota entra no modo supermultiplicador imaginando como tudo poderia dar errado. Tento deter isso imaginando tudo correndo bem com o máximo de detalhes que consigo.

O B.B. pediu uma carona ao Scott esta manhã, dizendo que precisava chegar aqui cedo. Eu imagino os dois parando no estacionamento tipo agora, como o planejado, e o B.B. entrega um bilhete impresso ao Scott que eu dobrei e lacrei com durex, para dar tempo do B.B. ir embora antes do Scott ler.

O bilhete diz: "Scott, por favor, pode vir me encontrar na pista de corrida? Preciso te contar algo. Obrigada. P.G." O *P.G.* não está digitado; é um símbolo secreto que eu inventei quando a gente era criança, escrito com uma caneta esferográfica, para provar que uma mensagem digitada vinha mesmo de mim. É como um *P* maiúsculo, só que eu em vez da parte redonda faço um *G* maiúsculo.

Talvez ele fique sentado por um minuto, se perguntando o que está acontecendo, ou olhe em volta procurando o B.B. para perguntar. Aí ele sai do carro, se dirige à escada, cruza a escola, vira à direita nos pilares ao lado da secretaria, pega a segunda à esquerda no Hall Sul, 52 passos até o pátio, passa pelas mesas da quadra e anda pelo campo em direção à pista.

Embora eu tenha imaginado tudo isso meticulosamente em tempo real, ele chega a minha cabeça, mas não à realidade. Mas é razoável que as coisas acontecessem mais rápido na minha cabeça, talvez dez ou vinte por cento?

Começo de novo.

E o Scott chega de novo... só que não. Talvez eles tenham parado a caminho da escola e chegado aqui mais tarde ou ainda não chegaram? Ou...?

Nossa, isso foi uma má ideia. Eu deveria ter apenas mandado uma mensagem de texto para ele me encontrar e aí ter uma simples conversa madura, mas eu queria conversar longe de todo mundo e tive medo de que ele dissesse não ou encontrasse uma forma de fugir se eu perguntasse diretamente. Estou ficando cada vez mais enjoada por ter armado isso para ele me encontrar mesmo sem ter vontade. Talvez eu seja mesmo doida.

Só preciso ser paciente, mas estou muito nervosa para ficar sentada...

Começo a mapear as arquibancadas. Vou tateando ao redor para ter uma noção do quão alto é cada banco em relação ao da frente, qual a distância entre eles e os conto. Em alguns minutos, tenho uma imagem de tudo reunido e ando para cima e para baixo, subindo até a grade lá de cima e descendo até a grade lá de baixo, pisando apenas em bancos como pedras largas em um rio, um pé em cada um, contando, tentando sentir as extremidades que me diriam se estou fora do caminho com passos muito curtos ou muito largos.

Ando mais rápido, para cima e para baixo. Nunca tenho segurança o bastante para correr, nem eu sou tão maluca assim, mas agora estou andando bem rápido. Para cima. Para baixo. Para cima. Para baixo. Para cima. Para baixo...

– Parker! – chama Scott, do outro lado do campo, quando chego ao banco de baixo, na grade, prestes a virar para subir de novo.

Meu coração bate forte, mas não de susto; a voz dele estava bem longe. Eu passo por baixo da grade para ficar de pé. A manhã está com uma brisa e o meu lenço está esvoaçante. Estou usando um todo branco e puxo as pontas para a frente para repousarem no peito, depois eu fungo e as jogo de novo por cima do ombro. *Meu Deus.*

– Caramba, Parker, isso era algum tipo de teste? – diz ele, mais perto.

– O que você quer dizer com isso?

– Quando era pra eu te dizer que tava aqui? Você ia cair se eu te assustasse, então esperei até você chegar na grade de baixo, mas mesmo assim...

Ele para. Talvez porque eu esteja sorrindo.

– Droga, Parker...

– Não, não, não era um teste. Sério, Scott, eu só estava... matando tempo. Desculpa, eu não pensei sobre tudo isso. Mas *você* pensou. E é... – *... por isso que eu te amo.*

A gente disse isso um para o outro muitas vezes antes, então não seria nada demais, mas agora... cedo demais ainda. Eu até resisti a assinar meu bilhete com *Com amor, P.G.*

– E é o quê?

– Nada. Desculpa. Me perdoa?

– Tá bom. Caramba, para de sorrir assim, você está me assustando.

– Foi mal. – Eu consigo parar. – Você estava lá quando eu quase bati na traseira da van do Reiche em junho, não estava?

– Hum...

– Isso é um sim, né? Ela sair bem na hora foi muita coincidência.

– É. – Ele está constrangido... não, parece mais preocupado.

– Você pediu para ela não me contar?

– Ela não sabia. Eu joguei o jornal que estava na entrada da garagem deles na porta. Como não funcionou, eu joguei na janela. Aí escutei você sair da sua casa. Eu estava a ponto de correr até lá e bater na van para você ouvir ou chamar o seu nome; eu não sabia exatamente o que ia fazer. Aí a porta se abriu e eu me escondi atrás das latas de lixo deles. Desculpa.

– Meu Deus, não se desculpe. Obrigada por me salvar de uma visita ao hospital.

– Eu não estava te espionando, eu juro. Eu...

– Tudo bem, eu sei o que você estava fazendo. O Jason me contou.

– O Jason...?

– Agora você gosta de correr?

– No começo, não, mas agora eu gosto. Não é uma paixão de verdade, como é pra você, mas estar na equipe de corrida também vai pegar bem nas inscrições para as faculdades.

– Você seria meu guia de corrida para eu poder entrar na equipe?

– Hum...

– Você sabe do que eu estou falando, né?

– Sim, eu escutei o treinador Underhill falando disso. Eu não sou um corredor de tiro. Conheço uma pessoa que é, eu podia pedir pra ela. Não sou rápido o suficiente pra você.

– Ninguém é. Isso só significa que eu vou conseguir tempos mais baixos, mas e daí? Eu posso correr sozinha no Campo Gunther, mas provas na pista são mais complicadas, não vou conseguir a não ser que esteja com alguém com quem eu me sinta confortável. Essa é uma lista bem pequena e você é o único corredor nela.

Silêncio.

– Além disso – digo, já ficando vacilante por ele não responder de pronto –, se você treinar comigo, vai ficar mais rápido. Talvez você também vire um bom corredor de tiro quando as competições começarem.

– Não sei...

– Eu... não se trata de sermos amigos ou algo assim, é só para ficar segura.

Mais silêncio. Eu tinha medo de que isso pudesse acontecer. Mas eu realmente esperava que não...

– Não precisa me responder agora. Só pense a respeito. Tá bem?

– Tá bem.

– Obrigada. Agora… – Eu respiro fundo. – Quando a gente conversou na sua casa, eu me concentrei tanto no… bom… meu pai… que não falei da coisa mais importante.

– Parker, eu não acho…

– Tá tudo bem – eu o interrompo antes que ele me faça desistir totalmente de falar. – Eu quero te dizer…

– É só que eu…

– Só me deixa falar isso! Você tentou me convencer a não fazer isso, mas… eu te perdoo, de qualquer forma. Você fez algo idiota, mas tudo bem. Agora eu entendo melhor, e eu te perdoo. Certo?

Silêncio.

– Certo?

– Certo – responde ele. – Mas não sei o que você quer dizer com agora entender melhor.

– Eu achei que você sabia que eles estavam lá e me enganou. Sim, você contou pra eles sobre a nossa sala particular, mas só o onde e o quando. A parte do *nós*, isso não era um segredo. Eu teria te beijado no meio do refeitório, se você tivesse me pedido.

– Isso teria sido algo péssimo para se pedir.

– Agora sim, mas não para alguém de 13 anos. E eu também era apenas uma menina. Se isso acontecesse hoje em dia, quando todos aqueles idiotas começassem a rir, eu ia te perguntar se você tinha armado pra cima de mim e quando você respondesse que não, eu ia dizer pra todos eles: "Olhem bem, rapazes. Essa lembrança e um tubo de creme é tudo que vocês vão ter essa noite!" Aí eu voltaria a te beijar até eles ficarem entediados e irem embora. Imagine como as coisas estariam agora se eu tivesse feito *isso* naquela época?

O Scott solta ar pelo nariz. Acho que é uma espécie de gargalhada, mas não sei dizer.

– Podia ter sido assim – afirmo. – Se eu não tivesse 13 anos e medo de tudo.

– Você não tem medo de nada.

– Você me conhece melhor do que isso. Ou conhecia.

– Então o quê? Do que você tem medo?

– Bom, certas datas no calendário. Aniversários.

– Isso não é ter medo – declara ele numa voz suave, não exatamente a voz de namorado.

– Tenho medo do que as pessoas estão pensando ou podem estar pensando.

– Isso é só falta de confiança nas pessoas. Se eu fosse você, também teria dificuldades com isso.

– Estou melhorando, mas ainda me preocupo o tempo inteiro que toda a minha vida seja só algo que eu estou imaginando... que se eu conseguisse *enxergar* de verdade veria que todo mundo está ou me zoando ou pior, fazendo essa grande piada elaborada comigo. Com você foi pior do que nunca. Eu sentia que estava vivendo num sonho, como você falou. Eu estava tão preocupada em acordar e descobrir que não era real... então a primeira pista que tive de que não era, eu me agarrei a ela e não soltei, e eu sinto muito, Scott! Foi só essa única coisa e meio que um mal-entendido e eu... eu simplesmente surtei!

– Você tinha todo o direito.

– Mas eu não precisava fazer isso! Eu passo sermão em todo mundo dizendo que as pessoas não pensam em como os outros veem as coisas e fiz isso com você! Eu não escutei, eu nem pensei a respeito... e se a Sarah não tivesse conversado comigo...

– Tá tudo bem. – O tom dele está ainda mais suave, mas ainda difícil de interpretar...

– Não, não tá. Você só deu um vacilo num dia ruim, mas eu... eu ferrei mesmo com tudo e desperdicei dois anos e meio! E você é uma pessoa melhor do que eu porque não quer ser perdoado, mas eu quero!

– Você não fez nada...

– Eu fiz! Eu fiz tudo que podia pra *não* pensar no seu lado... Quando eu penso agora em como você deve ter se sentido comigo nem disposta a te escutar por um minuto... – Estou tendo problemas em falar com todos esses nós na garganta.

– Ei – diz Scott. – Tá tudo bem... – As mãos dele seguram os meus ombros. Eu me inclino para um abraço, mas as mãos dele permanecem firmes nos meus ombros. Ele não está entendendo a dica ou está me mantendo afastada? – Eu te perdoo – continua ele. – Tá certo? Podemos parar de nos preocupar com quem realmente precisa ser perdoado. Já acabou. Certo?

Eu concordo com a cabeça, me concentrando nas mãos dele.

– Então... – digo. – Você não tem mais que ficar longe de mim, né? Está tudo bem entre a gente?

– Sim, tudo bem.

– Tenho certeza de que o meu pai concordaria com isso se estivesse aqui. Eu o faria entender.

– Eu sei. Ele me falou.

– Ele... o quê?

Scott me solta e volto a ficar de pé sozinha na escuridão.

– Naquele último dia, ele falou que seria ruim se eu te convencesse a me perdoar, porque você aprenderia a deixar as pessoas se safarem ao te magoar contanto que elas pedissem desculpa. Mas ele também disse que se eu te deixasse em paz, *se* você voltasse, tudo bem.

– Foi por isso que você disse que a gente não pode ser amigo?

– Em parte. É complicado.

– Tudo é complicado, mas...

É só dizer.

– Eu sinto muita saudade de você.

A minha voz falha, mas eu continuo, tudo bem ele me ouvir assim. Estou *segura*.

– Você era o meu *melhor amigo*, Scott. E eu... eu quero aquilo tudo de volta. Eu sinto muita, *muita* saudade de você.

– Eu também sinto saudade de você – afirma, mas a voz dele soa como aceitação, não esperança. – Ou pelo menos de quem você era. Já faz muito tempo. A gente tá diferente agora.

– Nem tão diferente – declaro. Eu quero acrescentar mais, para reverter isso, mas não consigo pensar como...

– Não sei. Está sendo difícil imaginar essa Parker Grant que seria flagrada me beijando numa sala escura e riria para a multidão e continuaria me beijando.

– Você não acha que isso se parece comigo?

– Em relação a outras coisas, claro, mas não foi o que você fez. Acho que você está dizendo que mudou. Eu também mudei.

– Então me conte. – Dobro os cotovelos um pouco e abro os dedos, da forma que eu fazia para ele segurar as minhas mãos. – Nós temos tempo antes da aula. Podemos começar a botar os assuntos em dia.

– Eu não posso. – Ele não pega as minhas mãos. Não sei se é rejeição ou se não as viu se agitando. Eu as abaixo até a calça jeans. Ele continua: – Eu não sabia por que o Stockley queria chegar aqui cedo, então combinei de encontrar uma pessoa.

– Ah. Tá bom. – Eu recuo. – Quem?

– Uma pessoa da Jefferson. Ninguém que você conheça. É pro dever de casa.

– Ah... você devia ter dito algo...

– Eu ia dizer, mas você estava na arquibancada, e depois você começou direto a falar da van na entrada da garagem... eu estou muito atrasado, então não dá pra voltar com você; tenho que correr. Te vejo na aula de trigonometria, tá?

– Tá.

– Desculpa – diz Scott. Escuto os passos dele correndo pelo campo.

Deixando-me para lutar com o que acabou de acontecer. Tivemos o que pareceu uma boa conversa, tão boa quanto eu deveria ter esperado, de forma realista, mas ainda sinto como se tivesse apanhado.

Ele mudou de ideia e falou que podíamos ser amigos, e tudo bem para um amigo não me abraçar ou sair correndo para encontrar algum outro amigo com quem tivesse planos de se encontrar. E ele ainda está tão... tão *Scott*, em todos os aspectos. Então por que eu me sinto com um buraco e sendo remexida por dentro?

Será que o Scott disse para sermos amigos só para acabar com essas conversas e eu não aparecer na casa dele e mandar bilhetes para me encontrar quando ele tem outros planos... para evitar que eu seja essa obcecada maluca igual a Marissa, que não consegue se libertar de algo que nunca vai acontecer...

Meu Deus, acho que eu vou vomitar.

VINTE E CINCO

O fim de semana mais longo da história. Eu sobrevivi por uma combinação de fazer uma tonelada de dever de casa e passar tempo com Petey. Sheila até jogou cartas com a gente algumas vezes, depois ficou fora a maior parte do sábado com a Faith, a Lila e a Kennedy e voltou insuportavelmente animada. Estou realmente contente que ela tenha se divertido e ficado o mais feliz que eu jamais vi, mas o meu humor não estava compatível com aquele tipo de energia. Fiz a melhor cara que pude.

Nada do Scott. Não sei o que eu esperava, mas alguma coisa. Enfim mandei uma mensagem de texto para ele na noite de domingo a respeito de ser meu guia de corrida. Tudo o que ele respondeu foi *Vamos conversar amanhã.*

Tudo parece há séculos daqui, sentada com a Sarah na quadra. Ela passou o fim de semana todo entre me perguntar as coisas e não me encher o saco, mas agora acabou o assunto e estamos sentadas em silêncio esperando por pacientes. O que garante que não vamos receber nenhum.

Estou errada. De novo. Sinceramente, estou ficando de saco cheio disso.

– Oi. – Uma menina senta à nossa frente. – Preciso de hora marcada?

Eu ouvi a voz dela na aula, mas não a conheço. É da Jefferson. Confiante. Alta. Em geral, as pessoas que a gente não conhece ou ficam tímidas ou com a voz excessivamente alta para compensar a posição inferior de buscar ajuda, então já estou imaginando o segundo tipo. Veremos.

– Encaixes são bem-vindos – declara Sarah. – Não te vi por aí. Eu sou a Sarah, essa é a Parker...

– Eu conheço a Parker, a gente tem aulas juntas. Eu sou a Trish Oberlander.

– História dos Estados Unidos? – digo, tentando me lembrar. – E...?

– Literatura inglesa. Ouvi falar que vocês dão conselhos.

– Nós escutamos – responde Sarah. – Conselhos, só se você quiser.

– Conselhos que você *não* quer – complemento – são o meu departamento.

É bom uma gargalhada para descontrair. Talvez eu possa salvar essa manhã, afinal de contas.

– Então, eu sou amiga de uma pessoa...

– Ah, hum – interrompe Sarah. – A gente não faz isso. Tipo, se vamos mesmo falar de você, fica muito estranho fingir que está falando de outra pessoa...

– Mas definitivamente é outra pessoa.

– Então ela deveria vir falar com a gente. Você também pode vir se ela quiser...

– É ele, e sem chance de ele vir conversar com vocês sobre o problema dele.

– Tudo bem, mas...

– Não é como se vocês fossem fazer alguma outra coisa – comenta ela. – Eu não estou pedindo pra vocês resolverem o problema dele. Eu quero conversar sobre como *eu* posso ajudá-lo.

Sarah não responde e fico imaginando como está a cara dela. Digo a ela:

– Tudo bem. Prefiro passar os próximos dez minutos falando sobre isso do que sobre por que não podemos. Vá em frente, Trish.

– Tá, o meu amigo Frank, ele...

– Frank? – pergunto. – É um nome falso?

– Não, o nome dele é Frank, juro por Deus. Vocês não podem achar que já conhecem todo mundo da Jefferson?

– Não – responde Sarah com sua voz inexpressiva, acho que ainda zangada por estarmos tendo essa conversa.

– O Frank estava saindo com a Cecê e aí eles terminaram. Agora ela está rondando de novo e estou preocupada que ele volte com ela.

– O que tem de errado nisso? – quero saber. – Se eles quiserem?

– Aí é que está. A Cecê terminou com ele e o tratou que nem lixo da forma como foi. Aquilo realmente o destruiu. Mas acho que ela não está encontrando nada melhor e agora está toda de conversinha mole, mas não quero que ele se machuque de novo. Ele diz que está tudo acabado, mas não sei. Ele é muito sensível e tenho medo de que caia na armadilha dela de novo.

– Você está a fim dele? – pergunta Sarah, de forma um pouco áspera, não com a empatia normal dela.

– Nós somos só amigos.

– Não foi o que eu perguntei.

Isso é ainda mais ríspido para a Sarah. Talvez ela também esteja reagindo à voz alta, estridente, de uma atleta de time de softbol, da Trish, só que não é típico dela deixar esse tipo de coisa transparecer.

– Não estou a fim dele, tá certo? Tá feliz? É possível ser amiga de um cara sem querer ter um filho com ele. Ou você não sabia disso?

– Com certeza – digo em minha voz tranquilizadora, espantada com essa inversão de papéis entre mim e Sarah. – O que faz você pensar que dessa vez ele não pode ir devagar, mantendo os olhos abertos? Pra ver se ela pode ganhar a confiança dele de novo?

– Num mundo perfeito, com certeza, mas essa Cecê, eu não a conheço de verdade, mas ela tem fama de ser uma tremenda vaca. Vocês não acreditariam nas coisas que eu escutei que ela diz. É como se ela estivesse disposta a dizer qualquer coisa e consigo visualizá-la falando pro Frank exatamente o que ele quer ouvir. Então existe confiança, e confiança *cega*, se é que vocês me entendem, sem querer ofender.

Eu sorrio – está tudo bem –, embora ela esteja começando a me irritar, considerando o pouco que eu tinha a princípio.

– Não tem meio-termo com o Frank, não existe *ir devagar*. Se ele decidir voltar com ela, vai pular de cabeça.

Eu espero para deixar a Sarah ter vez, mas ela não aproveita. Eu falo:

– Não acho que você vá gostar disso, mas não tem nada realmente que você possa fazer. A escolha é dele.

– Eu imaginei que vocês fossem dizer algo assim, mas que tipo de amiga eu seria se não tentasse? Não posso dizer a ele o que fazer, mas talvez falar com a Cecê, sabe, se eu desse um chega pra lá nela, podia funcionar. Talvez ela recue e o deixe em paz se souber que não vai ter moleza, que eu vou fazer todo o possível para expor quem ela realmente é e o que está fazendo para esmagá-la.

– Esmagá-la? Como? Batendo nela? Quebrando uma garrafa de cerveja na cabeça dela?

– Talvez. Se for esse o necessário...

– Ãhn... – Não tenho muita certeza do que fazer em seguida. Sarah e eu atendemos muita gente esquisita, mas essa, definitivamente, está no Top Dez.

– Acho que terminamos – declara Sarah, usando sua voz com-certeza-acabamos.

– *Não*... – digo. – Antes que a gente termine por aqui, gostaria de deixar registrado que ir atrás de alguém com uma garrafa não é apenas uma péssima ideia, é uma ideia maluca pra caralho, desculpe o meu linguajar. E não é proteger o seu amigo, está mais pra você estar apaixonada por ele e não admitir.

– Aí é que está, *Parker*. Ninguém está apaixonado por ninguém nessa história. E é assim que vai ficar. Entendeu?

– A gente entendeu – diz Sarah.

– *Eu* não entendi. Isso é real ou historinha? Existe mesmo um Frank ou você está zoando com a nossa cara?

Sarah segura o meu punho.

– Ah, eu te juro que é real – responde Trish, com a voz mais perto. – É o nome dele mesmo, bom, é Francis, Frank é só um apelido, mas é o nome do meio dele, nem todo mundo sabe.

Começo a ficar tensa no pescoço e enfim vejo o que a Sarah deve ter entendido faz tempo, que a Trish está falando de Scott Francis Kilpatrick. É claro que eu sei o nome do meio dele, só que era raro falar disso, a não ser que eu o estivesse provocando.

– Entendeu agora, Cecê?

– *Eu* sou a Cecê? – Os meus músculos se retesam, lembrando da garrafa de cerveja. – Isso é um nome inventado pra mim?

– Não é um nome... Ah, você quer dizer tipo Cecê? Não, é C.C. São iniciais. As *suas* iniciais. O primeiro *C* é de Cachorra. Vou deixar você descobrir o que o segundo *C* significa, e não tem a palavra *cabra* nela.

Ela se levanta de repente, e a mão da Sarah se contrai.

– Você teve a sua chance, mas acabou. Scotty não quer nada com você, mas ele é bonzinho demais pra ser sincero e te contar. Isso não é um problema pra mim. Então aqui estamos, eu mandando você deixar de encher a porra do saco. E *agora* acabamos.

Ela sai pisando duro.

– Você tá bem? – pergunta Sarah.

Nada bem. Nem um pouco bem. Ficando tonta. Remexo a minha bolsa procurando o telefone. Quando encontro, eu o estendo porque as minhas mãos estão tremendo e eu quero uma resposta rápida.

– Manda uma mensagem de texto pra ele por mim. *Você é amigo da Trish?* Só isso.

– Você não vai encontrar com ele daqui a alguns minutos, de qualquer forma, na aula de trigonometria?

Eu balanço o celular e tento manter a voz firme.

– Por favor?

Ela o pega. Eu escuto o *vush* quando o texto é enviado.

– Ainda bem que ela não estava bebendo uma cerveja – comento.

– Hã?

– Eu não gostaria de ser a receptora de uma arma dessas.

Continuar a brincar. É o jeito de manter o astral. Aguentar firme, ver o que o Scott diz. Talvez a Trish só esteja mentindo.

– Pelo jeito eu tenho um novo apelido.

– Ela estava mesmo te chamando de...?

– É – digo. – Cachorra Cega.

– Meu Deus.

– Cecê... C.C. Sabe, acho até que eu gosto...

– Não! Não gosta! E... bom... mesmo que você goste, se alguém te chamar disso de novo, *eu* vou começar a carregar uma garrafa de cerveja!

Eu tento sorrir, mas não consigo mais do que uma tremida. A minha barreira de negação está ficando mais frágil a cada segundo. A Trish não poderia ter dito todas aquelas coisas sem conhecer o Scott muito bem...

Bzzz.

– Ele diz: *Sim. Ela falou com você?*

Não sei como voltar a respirar sem fazer barulho, barulho que ia deflagrar um monte de outros sons que eu não quero fazer, não aqui na quadra... de novo não...

Abaixo a testa até a mesa áspera de madeira.

– Meu Deus, Parker... você tá bem?

Sarah coloca o braço em volta dos meus ombros.

Eu engulo e limpo a garganta e, de alguma forma, consigo articular palavras.

– Me abraça depois, tá? Eu... eu não consigo... agora não.

Ela tira o braço, mas pega a minha mão; eu seguro firme.

Talvez eu não conheça mais o Scott... mandando essa desconhecida para me falar isso...

Bzzz bzzz bzzz.

– Ele tá ligando.

– Desliga.

O barulho para.

– Sinto muito, Parker.

– Tá tudo bem.

– Não diga isso.

– *Tá* tudo bem. Uma semana atrás eu também não queria falar com ele. Agora estamos quites.

Silêncio.

– O que você vai fazer?

– As mesmas coisas que eu sempre faço.

– Eu quero dizer, daqui a dez minutos você vai estar sentada perto dele.

– Não que eu vá conseguir ver.

VINTE E SEIS

Apesar de me sentir destruída, não posso evitar ficar um pouco orgulhosa de mim mesma. Estou morrendo por dentro, mas por fora estou dando um belo show. Continuo dizendo a mim mesma o que disse à Sarah dez minutos atrás: eu não o queria ou confiava nele até recentemente, então não tenho muito o que retroceder. Estou confiante de que o nosso silêncio mútuo vai recomeçar e não vamos fazer nenhuma cena.

– Teste surpresa – digo quando cai um silêncio que temo levar a algo sério. – Me diga as fórmulas do seno, cosseno e tangente.

– Beleza – responde B.B. – O seno é o cateto oposto sobre a hipotenusa, o cosseno é o cateto adjacente sobre a hipotenusa, e a tangente é o cateto oposto sobre o cateto adjacente.

– Cem por cento! – exclamo. – Nota dez!

– Os hippies merecem um pouco do crédito – afirma ele.

– Eles não merecem nada! – Acho que a gritaria pode me ajudar a chegar ao fim do dia. – A vitória é toda sua. E você ganha uma estrela dourada por falar a palavra *hipotenusa* em vez de *lado inclinado*.

– Oi, Parker. – O Scott desaba na cadeira. – Então a Trish falou com você?

Caramba, ele parece *empolgado*. Que. Porra. É. Essa.

– Quê? – digo na minha voz de mil-punhais-congelados.

– A Trish Oberlander. Ela...

– Eu *sei*. Eu estava *lá*. Por que você está falando comigo?

– Eu... hum... tá bom... – A voz dele despenca de velocidade em tempo recorde. – Eu... eu sei que não era o que você queria ouvir...

– Não precisamos mais falar sobre o que você acha.

Os punhais congelados encontram o alvo porque ele não diz mais nenhuma palavra.

∵

Enquanto arrumamos as coisas depois da aula, não sei se quero que o Scott fique quieto ou tente dizer algo para eu fazê-lo se calar de novo. Antes que eu pense muito a respeito, ele faz a escolha.

– Parker, eu sei que você está brava comigo de novo – diz ele de forma meiga. – Mas você pode, pelo menos, me contar o que respondeu?

– Pra Trish? Você quer uma reencenação? Por que você simplesmente não assistiu?

– Só quero saber se você vai fazer.

– Fazer o quê?

– Correr com ela.

O meu coração sofre uma contração no peito, duas vezes, e de novo, como se estivesse tentando fugir da minha caixa torácica. De repente o meu rosto começa a queimar tanto a ponto de coçar e eu sei que está ficando vermelho.

– Correr...? – é tudo que consigo dizer antes que a minha garganta feche completamente.

– Ela é a nossa corredora de tiro mais rápida, estou surpresa que ela não tenha dito isso. Normalmente, ela conta pra todo mundo que quiser ouvir. Eu conversei com ela no sábado sobre ser sua guia e ela falou que queria saber mais de você antes. Acho que conversou com o Jason e alguns outros, não sei quem. Achei que você tinha me mandado mensagem hoje de manhã porque ela tinha te chamado. Ela não chamou?

Eu não consigo falar. Balanço a cabeça, mas tão rápido que provavelmente parece mais uma convulsão do que uma resposta.

– Ah. Talvez ela estivesse te conhecendo, mas ainda não falou no assunto ou talvez ela tenha decidido não fazer... Desculpa, Parker, eu... hum... – Ele expira de forma audível. – Droga.

Eu não consigo respirar. Eu não... consigo... respirar... porra...

– A gente tem que ir, pega as coisas dela – diz Molly, rapidamente. Ela me pega por trás, segurando nos dois ombros, me empurra pela sala e eu deixo, conseguindo andar quase sem tropeçar e confiando que ela me guie direito.

– Ei...

– Não, Scott, você fica. Ela vai ficar bem.

Saímos da sala, aos trancos e barrancos pelo corredor, virando no banheiro, e eu mal consigo me segurar até a porta se fechar.

∴

Estou sentada numa tampa de privada, com a Molly do lado de fora nas pias. Não emito nenhum som faz pelo menos cinco minutos, depois de chorar copiosamente por vinte minutos, e ela não pergunta se estou bem. Estou agradecida. Essa menina lê mentes e, depois de apenas algumas semanas, espero que ela seja minha amiga pelo resto da vida.

Enfim saio da cabine.

– É melhor a gente ir pra aula.

– A gente pega a próxima.

Eu estendo a mão. Quando ela segura, eu a puxo para perto e a abraço forte.

– Obrigada.

Ela aperta.

– Você não sabia onde estava se metendo comigo. Arrependida?

– Não. Mas não encare isso como um desafio.

– Sem promessas! – Eu a solto. – Que raios eu vou fazer agora?

– O que você quer fazer?

– Uma tatuagem em braille no meu braço que diga *Não tire conclusões precipitadas!* Só pra eu me lembrar disso dez vezes por dia. Meu Deus, eu sou *tão idiota*!

– O que quer que você tenha feito, ele vai te perdoar.

– Eu sei, mas...

– E ele ainda te ama. Dá pra saber cada vez que eu o vejo.

– Bom, ele não ama. A Trish me falou essa manhã.

– Ah... – gargalha Molly. – A *Trish* te falou. Então é disso que se trata?

– Você a conhece?

– Trish, a Oberlander? A superconquistadora, a superfazedora, a superdramática, a supertudo? Ela disse que o Scott não te ama? E você acredita nela?

– Ela disse que o Scott falou pra ela.

– O que a sua tatuagem te diz?

– Caramba, Molly, não estou no clima agora.

– Você e a Trish têm muito em comum; vocês se jogam em tudo 110%, pulando sem olhar. Ou vocês vão se tornar grandes amigas ou inimigas mortais.

– Não sou nem um pouco que nem ela. Não falo com ninguém daquele jeito. Nunca.

– O que ela falou?

– Que ela ia me cortar com uma garrafa de cerveja se eu voltasse com o Scott e partisse o coração dele de novo.

– Humm. Se um cara partisse o coração da Sarah e aí voltasse com flores? O que você ia falar pra ele?

Depois de um instante, eu declaro:

– Molly, acho que não podemos mais ser amigas.

Ela ri.

– Se é assim que tem que ser. Acabamos por aqui?

– Onde estão as minhas coisas?

– Ah, o Stockley pegou. Ele estava seguindo a gente...

Andamos até a porta e a Molly a abre.

– Oi, ela está bem?

A voz dele vem de perto do chão, ele deve ter ficado sentado no corredor. Ele se levanta e diz:

– Aqui está a sua... o que quer que seja. Eu não queria deixar lá.

Eu estendo os braços e sinto a minha bolsa roçar a minha mão direita. Eu não pego.

– Ela quer um abraço, seu pateta – informa Molly.

– Ah – diz ele, mas não me abraça.

– Coloque... a bolsa... no chão... – diz ela.

Escuto ruídos e em seguida ele me abraça delicadamente. Ele é até mais alto do que eu imaginava ao ouvir de onde vem a voz dele, e é corpulento como um jogador de futebol americano.

– Certo – comenta Molly. – Se algum dia você abraçar alguém frágil como a Faith, é assim que você deve fazer, mas acho que a Parker aguenta mais do que isso.

Como não contesto, ele me aperta e me levanta do chão. Eu solto um pequeno grito e ele me abaixa de volta.

– Obrigada, Kent – digo.

– Hehe, ninguém me chama de Kent. – Mas parece que ele gostou.

VINTE E SETE

– Você devia, pelo menos, comer o seu sanduíche – observa Molly.

– É. – Mas não como. É mais fácil eu sair e roubar um ônibus escolar do que dar uma mordida no peito de peru com queijo suíço e mastigar e mastigar e engolir e tudo de novo vinte vezes mais.

– Quer um refri? Um... 6-C?

Eu nego com a cabeça. Se ela não viu, vai perguntar de novo. Ela não pergunta.

Sarah ainda está na fila do almoço. Eu não me lembro muito das últimas horas. Sei que estou me permitindo ficar nesse estupor, deixando o tempo passar, como se fosse resolver os meus problemas, apagar minha estupidez. É estranho estar ciente disso, e o quanto é ridículo, mas ainda continuar fazendo.

Sarah se senta com a bandeja dela.

– Droga – diz ela. – Já volto.

Ela começa a se levantar, mas a Molly fala:

– Espera, deixa-o vir.

– De jeito nenhum! Você...

– Tá tudo bem – afirma Molly.

Acho que é tarde demais para falar mais a respeito porque elas param e aí o Scott fala:

– Parker, eu soube do que aconteceu. Podemos conversar um minuto?

– Ela não quer ouvir – responde Sarah. Ela não está com a voz Mamãe Urso; está com a voz pega-no-fogo-cruzado-e-teve--que-escolher-um-lado e isso parte meu coração ainda mais. Eu não tive a chance de contar para ela que não foi culpa dele.

Eu fico de pé.

– Eu não ia comer mesmo.

– A gente fica de olho nas suas coisas – tranquiliza Molly.

Estendo a mão e o antebraço do Scott é empurrado contra ela.

Scott me guia para o lado de fora e andamos por um minuto, não em linha reta, então não sei para onde estamos indo, a não ser que é na grama.

– Eu sinto muito mesmo. A Trish não devia ter dito aquelas coisas. Você tem que acreditar em mim, eu não pedi pra ela fazer aquilo.

– Eu devia ter imaginado, desculpe ter sido uma vaca na sala de aula.

– Não, eu entendo. Estou superbravo com ela, e ela sabe disso.

– Mas é verdade? Você quer que eu te deixe em paz?

– Eu não falei nada disso. Só falei com ela sobre a corrida. Eu nem contei pra ela que a gente já tinha ficado juntos.

– Talvez Jason tenha contado. Eu não ligo. Só quero saber se é verdade.

– É claro que não. Não quero você afastada, nós somos amigos.

– Só amigos. – O meu coração dispara porque não falei isso de propósito. Só saiu sem querer e eu realmente gostaria que não tivesse acontecido. É sincero, sim, mas eu não teria escolhido esse momento para voltar ao assunto.

Ele ri, mas é forçado.

– Bom, a gente meio que acabou de se conhecer.

Eu grudo as mãos na minha calça jeans. Tenho medo do que mais possa sair se eu abrir a boca de novo.

– É que é complicado, sabe? – comenta ele.

Tento sorrir, mas a sensação é de uma careta. Não sei se recuo ou forço a barra.

– Você não consegue me enganar, Francis. Eu sei o que isso realmente significa.

– E o que é? – pergunta ele numa voz sorridente, a voz sorridente triste dele.

– Significa que tem algo constrangedor ou difícil de confessar, não que é mesmo complicado.

– Ah, você é muito inteligente pra mim.

Eu paro de andar e me viro para encará-lo.

– Você não vai escapar assim tão fácil. O que quer que seja, só me diga.

– O quê?

– Essa conversa não precisa ser longa. Você me amava, aí eu terminei com você, e algum tempo depois disso, você parou de me amar... certo? Ou não?

– Meu Deus, Parker... *você me* ama?

– Sim.

Acho que estou forçando a barra.

– Tá... você me amava um mês atrás?

Eu franzo a testa.

– Seja sincera.

– Não exatamente, mas...

– Só acendeu de novo? – Ele estala os dedos. – Tipo assim?

– Não, mas... – Eu não sei como explicar.

– Tá vendo? – continua ele. – É *complicado*.

Acho que ele tem razão.

– Você que é muito inteligente pra mim.

Silêncio.

– Por favor, me leva de volta. – Eu me toco de como isso parece e acrescento: – Pro refeitório.

– Tá. Sinto muito mesmo pela Trish.

Apenas concordo com a cabeça. Não falamos mais nada.

∴

Com todos os exercícios que fiz ao longo do fim de semana, não leva muito tempo para eu e a Molly terminarmos na biblioteca. Fizemos o nosso dever de trigonometria na aula, então não temos que esperar pelo Kent. Eu vou na direção da pista de corrida e ela volta pra aula da mãe, mas aí eu me viro pra rua. Eu não menti, eu ia falar com o treinador Underhill, só que não consigo fazer isso agora. Foi um dia horrível e estou um caco. A carona silenciosa da tia Celia daria para encarar, mas todo mundo em casa, o Petey e a energia dele... só de pensar nisso tudo já fico exausta.

Normalmente, ligo mais tarde para pedir carona, então ninguém está esperando por isso ainda. Decido ir andando para casa. Preciso da meditação para acalmar a tempestade na minha cabeça. São uns três quilômetros e faz mais de um ano que não faço esse caminho, mas eu o conheço.

Depois de uma meia hora, estou pronta para declarar o fracasso desse plano. Não consigo desanuviar a mente. Cenas dos últimos dias se repetem, sem parar, como músicas grudadas na minha cabeça. Mesmo relembrar as cenas boas não ajuda, ou elas fazem as ruins parecerem muito piores, ou só me fazem sentir ridícula de novo.

Será que isso é autopiedade? Meu Deus, isso seria o fundo do poço. Mas não, não quero ninguém sentindo pena de mim, eu incluída. Parte do motivo de eu estar aqui andando é que não quero que ninguém me veja assim... só que não dá para se esconder de si mesmo, ou pelo menos eu não consigo, eu e o meu cérebro idiota, sempre observando, sempre em alerta. Talvez parte desse sentimento infeliz seja incerteza. Talvez se eu organizar tudo e encarar isso com honestidade consiga resolver ou pelo menos ver que não é tão sufocante quanto parece.

Mas é a terceira vez que decido isso e estou perdida em lembranças de novo... não apenas as recentes, mas voltando ao papai, e ao Scott antes disso... e até a mamãe.

Nunca mais vou ter um pai de novo ou uma mãe. Esses relacionamentos acabaram para sempre. E os meus amigos... não é a mesma coisa. Membros vitais da minha família estendida escolhida, mas nada pode substituir uma alma gêmea do tipo que beija na boca. Alguém por quem você sinta *paixão* por e de.

Foi isso que eu perdi no oitavo ano. Parecia um pouco ridículo acreditar que era possível encontrar sua alma gêmea na escola, de qualquer forma, mas aí na semana passada eu mudei completamente de ideia e caí nessa de novo como uma menininha fantasiada de Cinderela.

Foi isso que aconteceu? Eu encontrei a pessoa certa e ferrei com tudo e agora já era de vez? O que quer que possa acontecer mais tarde vai ser só meio tapa-buraco?

Não posso acreditar nisso. Só porque um raio *pode* cair no mesmo lugar duas vezes não significa que vai. Mesmo que caia – em um ano, ou dez, ou cinquenta –, como vai consertar esse buraco doloroso imenso no meu peito agora?

Não estou mais andando e não me lembro de ter parado. Estou levemente curvada e respirando pesadamente, me apoiando muito forte na bengala e ela, provavelmente, está perto de quebrar. Eu me toco de que fiz algo que nunca fiz antes, andei no piloto automático por quarteirões sem mapear o caminho na minha cabeça. Não faço ideia de onde estou.

Tudo o que eu precisava fazer era andar dezessete quarteirões, virar à esquerda e andar mais nove para chegar ao Campo Gunther. Mas normalmente faço um zigue-zague: um quarteirão para a frente, um à esquerda, um para a frente, um à esquerda, até ter andado nove à esquerda e aí só ando oito direto à frente. Será que eu fiz isso quatro vezes? Cinco? Seis? Perdi a conta. Também tenho uma vaga lembrança de não ter virado em cada quarteirão. Estou perdida.

Não consigo respirar. A dor no meu peito está crescendo. Como uma dor imaginária pode ter uma sensação tão real? Eu afundo sustentada em um dos joelhos, ainda apoiada muito forte na bengala. Não escuto carros ou alguém andando por perto; não há ninguém para eu perguntar em que rua estou ou o que há à frente. Não posso nem ligar para alguém vir me buscar porque não sei dizer onde estou.

Calma. Isso não é nada demais. Você pode bater em qualquer porta e perguntar o endereço e aí ligar para muitas pessoas que podem vir te buscar. Poxa, o seu celular vai te dar instruções para andar da sua Localização Atual, então você nem precisa saber onde está. Agora, levante-se, pegue o seu telefone...

Apenas se levante, levante-se antes que alguém te veja nessas condições. Você não quer alguém chamando uma ambulância ou a polícia ou apenas outras pessoas da vizinhança e aí você ficaria cercada de estranhos. Você não está numa situação difícil de verdade. Não seja ridícula. Apenas se levante. Levante-se! Você vai quebrar a sua bengala!

Ah, caramba, não chore. Não chore. *Não chore, porra!* Faça isso no seu quarto, se tiver mesmo que fazer, mas não aqui no meio de sabe-se lá Deus onde. Apenas respire e levante-se e...

Droga! Eu te avisei que você ia quebrar a sua bengala...

VINTE E OITO

As Regras não são apenas para as outras pessoas. Algumas são para mim. A mais recente foi a regra de não chorar que a Sarah me convenceu a revogar. Ainda não estou certa de que foi o certo a fazer ou só uma grande racionalização por não ser capaz de fazê-la funcionar.

Outra regra é ter uma bengala de reserva. Eu tinha uma, mas, quando a bengala principal durou muito e só quebrou num acidente bizarro contra uma porta de carro, eu mudei para a sobressalente e não tive pressa para encomendar outra, e nunca corri atrás disso. Agora essa quebrada é tudo que tenho por, no mínimo, uns dois dias, mesmo pagando pela entrega urgente.

Na verdade, ela não quebrou. Uma parte do meio se entortou e a minha mão escorregou. Ela me sacudiu e me deu um problema para resolver. Sento na calçada para explorar o dano com os dedos. Ela se entortou talvez uns dez graus, mas ainda está usável. Certamente preciso de uma nova, mas essa vai servir enquanto outra chega. Vou encomendar duas.

Um carro diminui a velocidade até parar e uma mulher mais velha pergunta se preciso de ajuda. Lanço o meu melhor sorriso e digo que não, obrigada, mas pergunto o endereço da casa onde estou em frente. Quando ela me informa, eu assinto como se fosse uma boa resposta e ela vai embora. Agora eu poderia andar até em casa, mas ligo para a Sheila.

Eu falo a verdade, que tive vontade de ir para casa andando, mas que entortei a bengala. Acho que ela sabe que tem algo mais, mas só diz que vai me buscar. Encontro uma árvore perto da calçada para me apoiar, dobro a bengala e a guardo na bolsa, de outra forma sei, por experiência própria, que ela funcionaria como uma antena de rádio, chamando todos os bem-intencionados que acham que, se uma pessoa cega está parada, ela deve estar precisando de ajuda.

O carro da tia Celia chega. A música não está ligada, então acho que a minha tia veio, em vez da Sheila, mas aí a porta se escancara e minha prima diz:

– Que porra você tá fazendo aqui?

– Esperando pelo meu príncipe vir me resgatar. Obrigada, Príncipe Sheila.

– Tá, beleza, o Príncipe Sheila está bloqueando a rua. Dá pra entrar?

Há carros parados por toda a rua. Eu me esgueiro entre dois deles, entro e fecho a porta. Sheila não espera eu colocar o cinto de segurança e acelera.

– Você quer ir a algum lugar? Algum lugar além de casa?

– Como você sabe?

– Você está aqui por algum motivo. Você sabe andar por essa cidade caipira... Para onde?

– A gente virou primas que se pegam agora? Eu conheço um bom lugar de pegação.

– Não viramos, mas na remota possibilidade de algum dia eu descolar um encontro por aqui seria bom saber. Como é que chego lá?

– Pegue a próxima à esquerda.

Ela vira mesmo à esquerda.

– E agora?

– Hum, pegue as próximas três esquerdas. Como é que eu vou saber, poxa? Por mais que eu quisesse te mostrar aonde você pode ir, sou uma péssima copiloto.

– Achei que você sabia onde a gente estava, contando os sinais, conhecendo todas as curvas... Você sabe quando o carro vira, né?

– Sim, mas não mais do que isso. Quem me dera ser tão esperta.

– Aposto que você conseguiria, você só não se incomoda com isso. Eu também não me importaria se as pessoas sempre servissem de motorista pra mim pra tudo quanto é canto.

– Está vendo aquela montanha perto da praia? Dá pra ver de qualquer lugar da cidade...

– Sim, sim, estou vendo.

– Tem uma estrada que leva a um mirante lá em cima... é pra ser fácil de achar.

– Beleza, relaxa e deixa que eu cuido de tudo.

– Vou relaxar.

– Ótimo.

– Ótimo.

Eu recosto a cabeça e sorrio. Não por muito tempo.

– Espera, o que você quer dizer com se algum dia descolar um encontro por aqui? Você tem um namorado.

– Tinha.

– Ah... quando... ah... droga, foi na semana passada? Logo antes de você ir me buscar?

– Viu? Você é bem esperta.

– Caramba, eu sinto muito. O que aconteceu?

– A gente estava conversando no Facebook e descobri que ele não estava mais muito a fim de um relacionamento a 2.794 quilômetros de distância.

– Ui.

– Foram alguns dias ruins, admito... Agora nem sinto saudades dele.

– Você não gostava tanto dele?

– Eu gostava, mas parte disso era o quanto eu achava que ele gostava de mim. Não quero ser a namorada de *conveniência* de ninguém. Agora eu basicamente estou bolada com ele por fingir que era sério e comigo por ter caído nessa, desperdiçando todo aquele tempo e energia.

– Você conversa muito com outros amigos da antiga escola?

– Basicamente no Facebook. A gente não se liga ou manda mensagens de texto muito mais. Tá todo mundo... ocupado com a escola... ou sei lá o quê.

Não há nada que eu possa responder a isso, nada que ela obviamente já não tenha deduzido.

– Estou começando a achar que a mudança foi uma coisa boa. Ela me mostrou quem são os meus verdadeiros amigos. Não gosto de como os números estão indo, mas prefiro saber onde realmente estou.

– A verdade não é felicidade, é só a verdade.

– A Faith tem razão, você *é* uma filósofa.

– Ela nunca falou isso pra mim. Era um elogio ou um xingamento?

– É difícil saber com a Faith.

– Sendo assim, provavelmente os dois.

O carro para e é desligado.

– Você deve estar zoando.

– O que foi?

– Isso aqui é ridículo. É esse o lugar da pegação? Talvez pra pessoas de 70 anos. Tem até bancos e um pequeno caramanchão. Tem certeza de que é aqui?

– Você sabe que eu estou vendada, né?

– Então tira.

Eu fungo.

– Eu sei que você não é cega de verdade. É só um truque pra chamar atenção. É um pedido de ajuda, na verdade.

Eu sorrio.

– Já fui longe demais pra parar agora. Por favor, não conte a ninguém.

– Você quer que eu te trate como se você fosse cega?

Não há brincadeira na voz dela. Ela está realmente perguntando.

– Não, já recebo isso de todo mundo.

Quero colocar a cabeça no colo da Sheila, como a Sarah fez comigo na casa dela. Mas não faço isso. Só sentir vontade já é o bastante.

– Desculpa pelo que aconteceu no carro na semana passada. Eu fui tão tosca...

– Chega disso! Meu Deus, o que aconteceu com você? Eu saquei que você não estava a fim de jogar cartas com o Petey a tarde inteira, então te trouxe aqui, mas não pra dar uma festa de piedade! Depois de um belo e longo verão de... de *espinhos*, agora é toda essa choradeira de *me desculpa, me desculpa*. É por causa do Scott Kilpatrick?

– Hã...

– A Faith me contou. Ela falou que não era um segredo. É?

– Não.

– Ela acha que você ficou assim desmilinguida por causa do seu pai, e isso faz sentido, mas eu não acho que é tudo. Ela não sabe de verdade como é terminar um namoro.

Ela faz uma pausa e aí muda a voz de sermão para uma conspiratória:

– Você não acha bizarro ela ser tão popular, mas não ter namorado? Normalmente, ser popular também tem muito a ver com quem você está, mas ela não está com ninguém.

– Pra você ver como a Faith é incrível; ela é popular por conta própria, não porque está namorando o líder do time de futebol americano.

– O zagueiro?

– Sei lá. E ela namora, só que ela não sai com ninguém mais do que algumas vezes. Ela tem um alto padrão impossível de alcançar.

– Igual você.

– É, bom, não *impossível* de alcançar. Apareceu uma pessoa que conseguiu.

– O seu problema é achar que ninguém mais vai conseguir.

Não consigo pensar em nada para responder que não soe como uma coitadinha.

– Eu estou certa, não estou? – pergunta ela.

– Ainda não consegui resolver isso tudo na minha cabeça. Talvez eu nunca resolva.

VINTE E NOVE

– Estou impressionada que você tenha vindo para o consultório – comenta Sarah. – Considerando os acontecimentos recentes.

– Não posso deixar que me vençam. Tenho uma reputação a zelar.

– Você vai ter uma nova chance em um minuto. Só achei melhor te dar uma injeçãozinha de autoestima primeiro.

– Quê...

– Parker – É a Trish. – O Scotty quer que eu peça desculpas, então estou pedindo desculpas.

Uau, ela definitivamente *não* está pedindo desculpas. Eu abro a bolsa e remexo.

– Tá, peraí um segundinho...

– Pra quê?

– Eu tenho um caderninho... com uma lista de itens... Agora posso marcar o que diz "a Trish disse a palavra *desculpas* pra mim, provavelmente por ameaçar me bater com uma garrafa de cerveja".

– Meu Deus, eu não fiz isso.

– Na verdade, fez sim, mas já ouvi coisa pior. – Fecho a bolsa. – Deixa pra lá, vou me lembrar. Aceito as suas desculpas. Imagino que o *Frank* me pergunte a respeito mais tarde. Se ele fizer isso, fica tranquila, eu vou dizer a ele que você pediu desculpas.

– Acho que você não é uma completa idiota.

– Esse dia pode chegar.

– Eu corro com você se quiser se juntar à equipe.

Eu gargalho.

– Por que raios eu ia querer correr com você?

– Eu sou a corredora de tiro mais rápida que a gente tem – responde ela, claramente não ofendida. – Incluindo os garotos. E ninguém mais quer. Quando você não apareceu ontem, o treinador reuniu a gente pra falar a respeito.

– Caramba – digo na minha voz cética. – Você foi *a única* disposta a correr comigo?

– Tá, alguns outros levantaram as mãos, mas eles são lerdos que nem tartarugas. E eu também tenho a altura parecida com a sua, então a gente vai ter a mesma passada, os outros fariam você tropeçar sem querer. Ninguém mais nem sequer gosta de corrida de tiro. Todos eles estão na equipe para distâncias mais longas, mas o treinador os faz correr mesmo assim pra cumprir tabela.

– Pelo menos eu não ia ter que me preocupar deles me jogarem num poste de propósito.

– Haha, você não precisa da minha ajuda pra isso. Eu vi você correr pro treinador e tropeçar nos próprios pés. Não foi muito impressionante. Eu conseguiria correr rápido daquele jeito se não me preocupasse em não cair de cara no chão. Imaginei que você fosse recusar, mas pensei em me oferecer mesmo assim. Te vejo por aí...

– Peraí, eu não recusei.

– Mas você vai – diz Sarah.

– Por quê? Ela é a mais rápida depois de mim, está disposta e aposto que ficaria muito satisfeita em dizer nos seus requerimentos pra entrar na faculdade que ajudou uma garota cega a alcançar os seus sonhos.

– *Definitivamente* não é uma completa idiota – declara Trish numa voz sorridente. Até soa como se pudesse ser um sorriso verdadeiro, não o tipo cobra, mas não vou baixar minha guarda tão cedo.

– Você não pode confiar nela.

– Ela não ia me deixar bater em nada, principalmente com uma porção de gente em volta observando o tempo todo, né, Trish?

– Acertou em cheio. E aí, o que me diz?

Faz sentido. Uma guia é só para me impedir de correr para cima das coisas e esse tipo de ferimento não me assusta. Não preciso de um santo para correr junto comigo, só alguém disposto e capaz e, mais do que tudo, rápido.

– Parker? – diz Trish.

– Pode me chamar de C.C. – Estendo a mão. – O significado disso pode ser o nosso segredinho.

Ela ri e aperta a minha mão.

– Vejo você depois das aulas.

Depois que ela vai embora, digo para a Sarah:

– Aquela risada foi de má vontade por causa de um respeito recém-descoberto ou ela estava revirando os olhos porque acha mesmo que eu sou uma idiota?

– E você liga?

– Nem um pouquinho. Só estava puxando assunto.

∴

Depois das aulas, Molly me acompanha até o vestiário e depois nos separamos para ela ir para as arquibancadas ler em vez de ficar de bobeira na aula da mãe dela. Nosso novo plano é ela fazer alguma coisa por uma hora enquanto estou na pista de corrida, depois vamos fazer os deveres de casa, deixando trigonometria por último, quando o Kent vier depois do treino de futebol americano.

Eu pego roupas de corrida na sala do treinador e provo tudo. O short e a regata são mais justos do que eu gosto, mas tudo bem. Se vou treinar corrida de tiro na frente de uma plateia, prefiro que as roupas não sejam muito largas e eu não me sinta segura.

– Parker, sou eu – diz Trish à minha esquerda. – Estou aqui.

– Quem? Onde? – Fico virando a cabeça como se estivesse procurando pela voz.

– Sou eu, a Trish. À sua direita, quer dizer, esquerda. À sua esquerda.

– Ah, ótimo, obrigada por me dizer. Realmente eu não conseguiria reconhecer a sua voz ou algo assim ou saber de onde está vindo.

– Nossa, você é mesmo uma vaca. Acho que eu vou realmente te chamar de C.C.

– Os boatos são verdade. Dá pra ir mais rápido se eu segurar no seu braço. De qualquer forma, a minha bengala entortou. A não ser que você se preocupe das pessoas pensarem que a gente é um casal.

– Vai sonhando.

Saímos em direção à pista, com o meu braço que está livre levemente à frente como proteção no caso dela me guiar contra alguma parede ou algum poste. Ela não faz isso, mas não vou chegar à nenhuma conclusão precipitada.

Enquanto nós nos alongamos, o treinador Underhill fala sobre como devemos começar devagar e só nos acostumar a andar juntas, depois fazer jogging e só ir mais rápido quando parecer confortável. Eu, sinceramente, pensei que já íamos direto para tiros moderados de corrida e blocos de partida. Fico feliz que ele tenha falado primeiro.

Por sugestão do treinador, a Trish e eu damos as mãos e andamos em volta da pista. Escuto pessoas conversando e se movendo de maneira confusa, passos, e o ruído de várias partes de equipamentos de pessoas trabalhando em eventos no campo. Há água na pista do meio para o final, o suficiente para espirrar quando pisamos, e a Trish diz que veio de um sprinkler quebrado. Eu sinalizo isso como um papo furado em potencial e arquivo para mais tarde, mas a pista revestida de borracha não fica escorregadia quando molhada, então não me preocupo.

Depois de uma volta começamos a fazer jogging. Achei que essa corrida de passos coordenados, com braços em harmonia, seria mais difícil do que está se revelando. O desafio maior está em distinguir entre um empurrão normal contra a condução deliberada dela. Depois de algumas voltas, começamos a falar, então não tenho mais que adivinhar.

Por mais que eu queira correr bem mais rápido, decido que não vai ser hoje. Isso é apenas para ver o básico, para conhecer os movimentos uma da outra numa corrida tranquila. Não demora para que as coisas estejam funcionando surpreendentemente bem, embora minhas meias estejam encharcadas.

Scott se junta a nós para uma volta, mas é estranho porque a Trish fica interrompendo com instruções de direção, então não conseguimos manter uma conversa normal. Ele enfim diz que vai nos deixar em paz e vai embora. A forma que acontece me faz pensar que ele se arrepende por não ser a pessoa correndo comigo. Talvez seja apenas um pensamento que eu gostaria que fosse verdade.

Depois que ele se vai, a Trish comenta:

– Eu juro por Deus que se você magoá-lo de novo vai ficar por conta própria. Você pode correr com a Patricia Mala.

– O Jason te contou o que aconteceu? Tipo, a história toda?

– Sim, a história toda. Acho a maior besteira. Tipo, foi no ensino fundamental. Grande coisa.

Eu não respondo. Será que ela pensaria assim quando tinha 13 anos? Provavelmente. Eu que sou a paranoica.

– Você gosta dele? – pergunto.

– Todo mundo gosta do Scotty.

– Você entendeu o que eu quero dizer.

– Ah, não, não desse jeito.

– Tem certeza?

– Que foi, só porque você gosta dele, todo mundo deveria gostar?

– Não, só acho que você teria que gostar muito de alguém pra me atacar do jeito que você fez.

– Eu defendo as pessoas que não se defendem sozinhas.

– Tem certeza?

– Você é uma papagaia? O Scotty é legal, mas espero mais determinação num cara. Alguém que eu não *precise* defender.

– Ele é forte, acredite.

– Acho que a gente está discutindo por que você quer ter um filho dele e eu não.

Eu rio. Ela não.

– Eu tô falando sério, se você o fizer sofrer um pouquinho, a gente já era.

Deixo a Trish ficar com a última palavra; acho que é o que ela quer. Depois de mais algumas voltas, ela tem que ir, ela também treina corrida com obstáculos, e a treinadora Rivers convoca uma reunião que não vai acabar tão cedo. Ela me vira pelos ombros e diz:

– Você está de frente pros armários. – E sai andando.

Eu coloco um fone de ouvido e ligo para a Molly.

– Oi – cumprimenta ela. – Sabe que eu estou sentada bem aqui, nas arquibancadas? Na linha dos cinquenta metros? Assistindo a você?

– Você sabe muito bem que eu não sei onde você está. Está pronta pra ir embora?

– Já acabou?

– Por hoje. Ela tem outras coisas pra fazer.

– Sabe aquela poça que vocês passavam toda hora?

– Sim. – Eu dou risada. – Ela estava me jogando pra cima, né?

– Não, ela estava *desviando* você dela...

– Sério?

– Foi pra que *ela* passasse pela parte mais funda e te molhasse ainda mais. Ela estava fazendo todo tipo de coisa pra deixar você o mais encharcada possível.

Eu dou risada de novo.

– Isso não te incomoda?

– Não – declaro. – Espero que ela tenha ficado feliz.

– Acho que assim todo mundo sai ganhando. A gente não tem muito dever pra fazer e o Stockley ainda tem muito treino de futebol pela frente. Vamos sentar um pouco mais no sol. Eu te levo. Vira um pouco pra esquerda.

Eu viro.

– Mais... tá, agora você está de frente pra mim, mas tem uns caras entre a gente; então espera...

– Eu tenho uma ideia melhor. Estou com energia demais pra ficar sentada.

Coloco o celular de volta no bolso da frente do short, deixando as mãos livres. Eu me viro de costas para a Molly.

– Se eu andar agora, vou dar direto na pista?

– Vire pra direita... um pouco mais... foi muito... aí.

Começo a andar.

– Me fala *direita* ou *esquerda* pra me manter no meio ou pra me desviar das pessoas ou... não tem obstáculos montados, né? Nada de barreiras ou algo assim?

– Não, sem nada, só pessoas.

Ando pela pista. Depois de algumas voltas, refinamos a nossa técnica e a Molly só fala *dentro* ou *fora* pra me guiar pras pistas internas ou externas, já que a minha direita e a esquerda ficam mudando e as dela não; por isso é confuso. Ela sempre fala *reto* e *curva* quando troco entre as pistas e, em geral, me guia ao longo delas, já que não há motivo para ficarmos em silêncio.

Alguns corredores me ultrapassam. Parece que as únicas pessoas na pista estão correndo, não paradas ou andando. Então a Molly não precisa me desviar muito de ninguém, elas é que precisam se desviar de mim.

– Reto – guia Molly. – Dentro... dentro... tá, assim tá bom.

Começo a fazer jogging.

– Eita, Parker! Dentro... *DENTRO*... fora... tá, ótimo. Tem certeza de que... *curva! Dentro... dentro*... dentro... fora... dentro... dentro... quase lá... tá, reto agora. Mais pra fora, *fora*. Tá, certo. Meu Deus, Parker... pare!

Eu paro.

– O que tem na minha frente?

– Nada. É só que isso é loucura! Não quero que você se machuque.

– Nem eu, é por isso que você está me guiando.

– Seria mais seguro se eu não fizesse isso. Só porque você quer correr, não significa que pode me arrastar pra essa sua loucura! Não quero jogar você contra uma cerca.

– É só não jogar.

– Tá ótimo, vamos embora...

– Não, eu quis dizer para não me guiar pra nenhuma cerca. – Recomeço o jogging.

– Parker!

Não respondo. Depois de mais uma dúzia de passos silenciosos, tenho que parar.

– Molly?

– O que você está fazendo?

– Como assim?

– Tem uma porção de coisas que eu quero fazer, mas não posso. Eu vivo com isso. Por que pra você é diferente?

– Eu não consigo enxergar, mas consigo correr, tudo o que eu preciso é de instruções. É tipo... dançar música lenta, certo? Se você não tem um parceiro, as pessoas te dizem pra encontrar alguém, elas não dizem que você não pode dançar. Se você não quiser ser minha parceira, tudo bem, eu sei que provavelmente é chato ficar sentada me dando instruções, mas não me diga que eu não posso correr.

– Desculpa, eu... você me pegou de surpresa. É estranho me preocupar mais com você do que você mesma.

– Eu te falei que eu era uma bênção contraditória.

– Eu só espero que toda essa correria... que você esteja correndo *em direção* a algo, não *de* algo.

– Ah, bom, mesmo os mais sábios não conseguem enxergar tudo.

– Isso... isso é de *O senhor dos anéis*?

– A verdade é a verdade de onde quer que venha. Acho que já acabei, de qualquer forma. Meus tênis estão cheios de água e quero trocar essas meias molhadas. Você me guia pro vestiário?

– Tá, num segundo. Você vai me fazer te guiar de novo amanhã?

– Não posso te obrigar a nada. Espero que a Trish fique comigo durante todo o treino amanhã, mas se ela não ficar, bom... Eu, Parker Grant, também conhecida como a Doidona, doravante absolve Molly Ray de toda responsabilidade por qualquer colisão ou outra calamidade resultante de correr cega com apenas Molly ao telefone pra me guiar. Que tal?

Ela desliga.

Escuto uma voz a alguns centímetros, chegando mais perto.

– Acho que é o melhor que eu vou conseguir.

TRINTA

Os dias seguintes são um borrão de aulas, almoços e dever de casa e ninguém vai ao Consultório. Eu corro no meu horário de sempre, mas acordo mais cedo e me alongo no meu quarto, em vez de no Campo Gunther, para escutar os passos do Scott e do Jason. Scott e eu conversamos junto com todo mundo na aula de trigonometria e na pista de corrida depois da escola. Mas a Trish se mantém firme nas conversas, como se fosse minha dama de companhia ou, melhor, a dama de companhia do Scott.

Na sexta, depois das aulas, Molly anda comigo até o vestiário, apesar de eu estar com uma bengala novinha desde ontem. Aí ela vai pra arquibancada enquanto eu me troco. A Trish me encontra e andamos pra pista. Está um dia quente e estou com muita energia.

Decidimos com o treinador não nos preocupar com blocos de partida ou mesmo com corridas de tiro por mais duas semanas. Por enquanto, estamos apenas nos acostumando com o que ele chama de corrida amarrada, nos especializamos em cada uma segurar uma ponta de um cadarço em vez de as mãos uma da outra. Tecnicamente, não precisamos de uma corda tão curta para fazer jogging, mas corridas de tiro vão precisar de sincronização perfeita, então ficamos unidas, lado a lado e com os passos juntos. Já estou com bastante noção da pista oval agora, embora, obviamente, nunca vá ser capaz de correr sozinha nela – nenhuma contagem de passos poderia me fazer navegar pelas curvas –, mas o meu corpo está aprendendo o desenho e fazer jogging com a Trish fica mais tranquilo a cada dia.

Trish não tem corrida de obstáculos hoje ou a de mil metros, a outra distância dela, então somos só nós duas por quanto tempo quisermos forçar. O que é um problema para ela. Eu poderia correr assim pela eternidade.

Depois de uma dúzia de voltas, eu digo:

– Está pronta pra correr?

– Nós *estamos*...

Eu dou risada.

– Isso é jogging!

A gente percorreu uns cinco quilômetros, não contei, o que é bem mais do que as distâncias dela, mas imagino que nesse passo ela ainda teria bastante energia sobrando.

– Eu sou só o leme – observa ela numa voz determinada. – Você é o motor.

Eu retomo, devagar para manter o nosso ritmo. Quando saímos da curva, acelero o passo até chegarmos à curva seguinte. Quando saímos de novo, forço um pouco mais.

Isso é que é correr! Não a minha velocidade de corrida de tiro, mas ainda assim uma bela corrida de verdade.

A curva seguinte é mais difícil, já que o jeito que viramos muda com as velocidades diferentes e não estamos acostumadas a ir tão rápido...

– Annie! – grita Trish. – Annie, sai da frente!

Eu continuo, confiando que a Trish vai nos parar se não pudermos contornar as pessoas à frente com tranquilidade ou se elas não saírem do caminho.

Chegamos à parte reta de novo. Eu acelero.

– Gary – berra Trish. – À sua esquerda!

Ouço o barulho de um alto-falante portátil sendo ligado. A voz do treinador Underhill explode na pista.

– Pessoal, fora das pistas três e quatro. Não deixem tudo nas costas da Oberlander, ela já está bem ocupada.

Comigo.

Escuto um cara falar "Caraca" quando passamos voando por ele, talvez seja esse Gary, não sei, e a Trish me puxa para a esquerda para fazer a curva.

Estou no limite da velocidade da Trish em passos por segundo. Sei disso porque quando forço o ritmo um pouco mais começamos a perder a sincronia e tenho que aliviar um pouco. O fato de ela estar sempre à minha esquerda, do lado de dentro, ajuda a me puxar com a corda nas curvas em vez de me empurrar, já que isso significa que a distância dela é levemente menor do que a minha, o que compensa a minha velocidade maior. Não vamos ter que nos preocupar com curvas quando começarmos as corridas de tiro mais tarde, mas correr numa pista oval vai nos ensinar a permanecer juntas sob circunstâncias mais difíceis.

– Mais espaço! – grita Trish, embora seja mais um berro rouco. Nem pensar que ela vai me deixar correr mais rápido do que ela, mesmo que isso a mate.

Percebo que ela está tentando me manter nas raias que o treinador deixou sem ninguém, o que é mais difícil do que só correr pela pista. Na curva seguinte, eu saio de sincronia de novo e dou uma tropeçada, nada de mais, e seguro bem na corda e ela se mantém firme. Recupero o equilíbrio e estamos bem de novo.

Mais do que bem.

Estou *correndo* numa *pista*!

Estou fazendo *curvas*! Agora já corri sem parar mais longe do que jamais corri.

– Parker! – ofega Trish. – Temos... que parar...

– O que há de errado?

Ela está diminuindo e eu me igualo ao passo dela e desacelero. Paramos.

– U-huuuu, Parker! – exclama Molly das arquibancadas. Algumas pessoas batem palmas umas poucas vezes.

– Você se machucou? – Talvez ela tenha distendido algo.

– Não – responde ela. – Só... preciso... de uma pausa...

Quando escuto que ela está bem, a abraço e a levanto do chão. Ela se agarra para não cair. Eu a boto no chão de novo e sussurro no ouvido dela:

– Obrigada!

– Pelo quê?

Como posso descrever o quanto isso é fantástico? Poder correr essa distância sem parar a cada cem metros para entender onde estou e me orientar novamente antes de recomeçar.

– Por correr comigo – digo. – Você precisa se sentar?

– Não – responde ela. – Quer dizer, sim... Quer dizer... Preciso ir ao banheiro.

– Ah, desculpa! – Dou risada. – Vai lá. Você sabe onde estarei.

– Já volto... em um minuto. Bom, talvez mais... do que um minuto.

Ela se afasta e eu enrolo a nossa corda no punho. Pego o celular, coloco o fone e ligo para a Molly. Meu telefone está guardado e seguro de novo antes de ela atender.

– Está pronta? – pergunto.

– Onde a Trish foi? Achei que ela não tinha mais nada pra fazer às sextas.

– Pausa pro banheiro. Mas não quero esfriar. Me guia?

– Ai, Deus, sério? Achei que eu tinha escapado hoje.

– Por que você pensaria isso?

– Porque sou uma idiota. Só que não. Eu sei que não é porque você não quer esfriar. Você está é pensando em ir mais rápido do que a Trish consegue correr. É maluquice.

– Eu não estava pensando isso... mas... agora estou.

– Ótimo.

– Como está a pista?

– A maioria dos corredores está nas duas pistas de dentro.

– Então devo ficar bem na parte externa? Não tem equipamentos ou algo do tipo?

– Está tudo limpo hoje.

– Pronta?

– Você sabe que está usando o seu lenço com estrelas, né? Você vai ver estrelas de verdade se correr pra cima de uma cerca.

– Você pode me falar mais do que como virar, sabe. Me fala pra diminuir ou parar se eu me aproximar muito de alguma coisa.

– Então está certo. Vamos arrasar.

Molly me orienta a girar até eu estar encarando a pista. Pretendo fazer jogging uma volta inteira só para entrar no clima com a Molly me guiando.

Na primeira curva, ouço uma voz que não reconheço dizer "O que é que ela tá fazendo?", quando passo.

Na metade da reta seguinte escuto mais alguns comentários e abstraio. Quero ir mais rápido, mas não sei se a Molly consegue me manter nos eixos. Acelero devagar para descobrir a maior velocidade dela.

Na segunda curva, não consigo mais abstrair o mundo. Escuto um pandemônio ao meu redor, pessoas gritando umas com as outras, mas ninguém está me dizendo para parar. No meu ouvido, a voz da Molly é firme e calma.

– Dentro... dentro... reto... fora... Certo, ótimo...

Continuo indo... mais rápido... e mais rápido...

Escuto a queixa pelo alto-falante de novo:

– Grant! Que... – A voz do treinador fica mais fraca, ainda que amplificada, como se ele tivesse se afastado do aparelho. – Como é que ela está fazendo isso?

Mais rápido. Entro na curva seguinte, conectando a voz da Molly com as minhas pernas.

– Dentro... dentro... certo... dentro... *fora*... *dentro*... certo... reto agora...

– Sai todo mundo da pista! – grita o treinador pelo alto-falante. – Deem espaço pra ela!

– Se a pista... estiver vazia... – grito para Molly, torcendo para que o meu microfone balançando possa captar a minha voz – ... me leve... pras raias... do meio...

– Agora você tem um monte de espaço. Mantenha-se reta, agora você está se desviando pro meio... Beleza, agora *fora*... fora... Ótimo, você está ótima. Chegando uma curva...

Agora que eu sei que a passagem é larga e está vazia, comigo bem no meio, posso ir ainda mais rápido. Quando saio da curva, vou um pouco mais para fora.

Meu Deus, isso é fantástico! Correr de novo sem ter que parar a cada dez segundos... Será que as pessoas sem partes defeituosas conhecem essa sensação? Será que algum dia eu sentiria algo assim se não fosse cega? Perder algo, lamentar por isso e então, de repente, conseguir de novo?

A curva seguinte é difícil – a essa velocidade a Molly tem problemas comigo supercorrigindo. Tento virar menos quando ela me dirige e a deixo usar mais urgência quando não mudo a direção o suficiente.

Na reta seguinte, vou a toda. Estou voando!

As pessoas estão gritando, torcendo e berrando: "Vai, Parker!" A maioria à minha esquerda, que é o centro do campo, mas também à minha direita, quando passo pelas arquibancadas nas partes retas.

Saio de uma curva e a gritaria se torna um canto...

– Par-ker! Par-KER! Par-KER!

Escuto isso da esquerda e da direita e nos meus fones pegando do microfone da Molly.

– Fora... Par-KER... For... Par-KER!... *Dentr*... Par-KER! PARKER! DENTRO DENTRO PARE PARE...

Meu pé pousa em algo que não é pista, não é borracha, não é grama, estou totalmente fora da pista e fui na direção das arquibancadas a toda velocidade...

– *PARE PARE PARE!* – gritam as pessoas, mas é basicamente a voz da Molly rompendo meus tímpanos quando bato em alguém com força e desabamos no chão...

... mas o impacto não é tão ruim quanto deveria ter sido. Não foi uma colisão aleatória, alguém me pegou, nós caímos e eu tombei por cima da pessoa. A palma das minhas mãos e meus joelhos ralam no chão, minha cabeça se choca contra um peito forte, mas quase não sinto dor. Estamos estatelados e braços me seguram firme.

A voz do Scott é um sussurro severo na minha orelha esquerda.

– *Você está completamente louca?*

Dou um beijo empolgado na bochecha dele.

– Sim!

As pessoas nos ajudam a levantar, o que para mim é mais um incômodo do que bom. Acho que preciso acrescentar uma regra sobre deixar as pessoas cegas se levantarem sozinhas quando caem.

– Você se machucou? – O treinador está na minha frente soando meio preocupado e dois terços totalmente bravo.

– Nada quebrado. – Eu confiro os arranhões. Eles parecem esfolados, mas secos, então ainda não há sangue.

– Você *nunca* mais vai fazer isso!

– Espero que não – digo, rindo.

– Não a batida! A corrida que nem uma louca com alguém te dizendo aonde ir pela droga de um celular! Nunca permitiriam isso numa competição, então não faz sentido e é totalmente idiota!

E completamente emocionante!

– Vai já pro chuveiro. Acabou por hoje.

– Eu a levo – diz Scott.

– É, faça isso. Todos vocês, o espetáculo acabou! Voltem pra pista!

Scott puxa o meu braço, acho que estamos indo para o ginásio. Aí escuto um monte de ruídos de passos e alguém quebra a Regra Número Dois e me esmaga com um abraço de urso.

Molly grita sussurrando no meu ouvido:

– Sua porra louca! Eu sinto muito, Parker!

– *Eu* não sinto muito. – Eu a solto. – Mesma hora amanhã?

– De jeito nenhum! – declara Scott. – Que porra é essa que vocês estavam fazendo? Se mostrando pra todos os seus amigos?

– É claro que não. A Molly...

– Não só pra Molly. Pra todo mundo.

– Todo mundo?

– A Sarah.

– A Sarah não está aqui...

– Oi, Parker – diz Sarah. – Bela corrida.

– Sarah, o que você está...?

– E a Faith – interrompe Scott. – E a Kennedy e...

– A Faith?

– Presente – declara ela em sua voz cansada do mundo, tentando acobertar a voz coração-na-boca-ainda-preocupado.

– E a Lila – continua Scott. – E... e...?

– Sheila Miller. Oi.

– Sheila? O que vocês estão fazendo aqui? Me assistindo? Por que não falaram alguma coisa?

– Eu falei pra elas que deviam vir te ver correr – comenta Molly. – Elas apareceram depois da gente começar, então não deu pra te falar.

– O que aconteceu? – pergunta Sheila. – Por que você perdeu aquela curva?

– Com todo mundo gritando, eu não consegui mais escutar as instruções da Molly. Eu entendi e estava prestes a parar quando bati nesse cara. – Aceno na direção do Scott que ainda está me conduzindo com todo mundo nos seguindo que nem abelhas. – Como você conseguiu se enfiar na minha frente?

– Ele estava correndo pra frente e pra trás na diagonal pela pista – informa Sarah.

– Hã?

– Estava óbvio o que ia acontecer – afirma Scott. – Se você perdesse o controle, seria uma grande oscilação numa curva em um de dois pontos. Não era difícil correr direto entre aqueles cantos para te pegar se você saísse da pista, o que eu sabia que ia acontecer, e aconteceu.

– Você é tão esperto. – Dou um sorriso malicioso.

Sinto concreto sob meus tênis; estamos quase no ginásio.

– Quem é esperto? – É a Trish.

– Eu, aparentemente – diz Scott em sua voz séria. – Só porque sou o único aqui que sabe que não dá pra deixar essa aqui sozinha. Você tem que ficar de olho nela.

– O que houve? – pergunta Trish. – Por que a multidão?

Ninguém responde, não de forma audível, pelo menos.

– Meu Deus, Parker... – diz Trish em sua voz de quem está revirando os olhos. – Eu só saí de perto por cinco minutos. O que você pode ter feito em cinco minutos?

TRINTA E UM

Eu me troco e coloco o uniforme de novo; é mais fácil só tomar banho em casa e já ficar de pijama. A Trish faz o mesmo e sai primeiro. Eu ligo para a Sheila e ela está no estacionamento ouvindo CDs no carro. Ela se oferece para ir me buscar, mas digo que tudo bem, eu vou de bengala até lá dali a alguns minutos.

Quando saio do ginásio, o Scott chama:

– Parker.

– Oi, você ainda está aqui? O que você vai fazer no fim de semana?

– Quê? Não sei. Olha só... você não pode continuar fazendo essas coisas.

– Fazendo o quê?

– Se jogando de penhascos porque você sabe que eu estou sempre lá pra te pegar. Se eu não tivesse te segurado... Você estava a *três metros* das arquibancadas! Dessa vez, você teria quebrado ossos. Ou pior! Não... não é justo.

– Justo? – digo, minha raiva despertando. Mas estou dividida. Ele parece bravo, mas escuto algo mais. Ele está com medo.

– Você não pode presumir que eu sempre vou estar presente pra te proteger. Não é a minha obrigação.

– Eu nem sabia que você estava lá. Só porque você corre perto da minha casa toda manhã não quer dizer que eu ache que você está me seguindo por todo canto. Meu Deus, você não está, né?

– É claro que não...

– Você sabia que eu andei da escola pra casa essa semana, entortei a minha bengala e fiquei desamparada? Você acha que eu fiquei brava porque você não me salvou?

– Eu não sabia...

– É óbvio que não sabia. Eu só faço o que eu faço. Não tem nada a ver com você. Não sei por que isso te preocupa tanto. Não é como se a gente estivesse junto.

– Eu ainda me preocupo de você se machucar.

– Bom, eu não sei o que você quer de mim. Fico agradecida por você me segurar, definitivamente, sim, obrigada, mas você não deveria se sentir obrigado.

– Mas eu sinto.

– Por quê?

Silêncio.

– Porque eu sou cega?

– É claro que não.

– Tem certeza? Se alguma outra pessoa cega aleatória viesse pra escola, você não ia correr por aí e protegê-la também?

– Eu não teria que fazer isso, quantas pessoas cegas ficam correndo por aí?

Eu dou risada, mas ele não. Meu Deus, ele é tão... Como é que algum dia eu vou conseguir esquecê-lo?

– Eu estava errada antes – declaro, sentindo uma calma pela qual fico agradecida. – Eu te amava no mês passado, e todo o tempo antes disso. Só achava que o Scott que amava não era real. Eu amava o Scott que eu achava que você era e odiava o Scott que você tinha se revelado. Aí eu descobri que o Scott que eu odiava era aquele que não era real. Você, o Scott real, nunca deixei de amar.

Nossa, isso saiu uma bagunça. Como posso me expressar de forma mais clara?

Minha calma me diz para não fazer isso.

Em vez disso, eu falo:

– As coisas podem estar complicadas agora, e confusas, mas podemos resolver. Nós somos as duas pessoas mais sinceras que a gente conhece, né?

– É.

– Então me diga uma das duas coisas. Diga *sim, você me ama, mas...* Ou fale *não, você não me ama, mas...* E podemos partir desse ponto.

– Não é tão simples assim.

– É pra isso que existem os *mas*, para acrescentar partes complicadas. Temos que partir de algum lugar.

– Esse é o problema. Quando o seu pai me mandou embora, eu estava pronto pra esperar, mas achei que ia levar uma semana ou duas, talvez um mês. Aí vieram as férias de verão, e os meses se arrastaram até que, finalmente depois de umas semanas no primeiro ano do ensino médio, numa escola diferente onde a gente não se cruzava mais, eu me dei conta. Você não estava apenas brava comigo, você tinha *partido*. Pra nunca mais voltar.

– Eu sei... me desculpe.

– Tudo bem, mas assim como você tinha esse outro Scott na sua cabeça, que você imaginou como um cara que te trairia, eu fiquei com uma Parker na cabeça que jogaria toda a nossa história e amizade fora num instante e... e iria embora sem nem uma palavra.

Eu começo a chorar. Por dentro, pelo menos, lágrimas encharcando o meu lenço. Luto para manter minha respiração estável. Não para esconder; só não quero que ele pare de falar.

– Eu amo aquela Parker? Eu me sinto muito mal de tê-la magoado, mas ela simplesmente desaparecer assim... E agora você decidiu que o Scott mau da sua cabeça não é real, então ele desapareceu e é só voltar ao verdadeiro eu de novo... mas...

Ele não quer falar o resto. Nem eu.

– Mas aquela Parker na sua cabeça sou mesmo eu. – Não consigo evitar que minha voz estremeça, eu luto para ela não ficar pior. – Eu realmente te larguei.

– É.

– Eu... eu...

Eu só tinha 13 anos!

Ah, meu Deus, *não* vou dizer isso. Ele merece coisa melhor. Melhor que eu. E isso não é autopiedade, é só um fato. Uma verdade fria e horrível. Sempre queremos o melhor para aqueles que amamos.

Consigo segurar os soluços, mas ele deve saber que estou chorando. Não há nada que eu possa dizer. Não posso nem pedir desculpas de novo e pedir para me perdoar. Eu não ia querer que ele perdoasse a nenhuma outra pessoa que tivesse feito o mesmo.

– Então... é complicado, né?

Eu concordo com a cabeça e tento fazer meus ombros pararem de tremer.

Escuto passos.

– Mas nós somos amigos. Aqui, tenho um negócio pra você. Eu fiz na Marsh, logo depois do que aconteceu. Pra te dar quando você voltasse. Nos últimos tempos comecei a andar com ele, tentando resolver as coisas e... aqui, ponha na sua mão.

Algo leve e metálico toca a minha palma, com um alfinete. Um bóton.

Não confio na minha voz para perguntar o que tem escrito, mas aí sinto algo em relevo na frente; é braille. Como se ele tivesse martelado aquilo no metal fino com um preguinho.

Mesmo antes de eu ler o que está escrito, paro de respirar. De todos os bótons no meu colete, nenhum é em braille. Eu colo etiquetas em braille no verso para saber o que eles dizem, mas esse bóton está em braille na frente, como se fosse o primeiro bóton para mim em vez de para as outras pessoas.

Corro os dedos por ele:

ver
não é
acreditar

Eu desabo.

Soluço e choro, não de um jeito histérico ou com medo, só profundamente triste, como se o mundo estivesse acabando e não pudesse fazer nada a respeito. Ele me pega nos braços e eu enterro o rosto no pescoço dele.

Leva alguns minutos para botar tudo para fora. Ele tenta acariciar meus cabelos uma vez, mas o lenço deixa isso esquisito, então ele só me abraça. É possível descobrir muito num abraço se a pessoa prestar atenção e não há nada de defensivo na forma que ele está me segurando. Ele não se impacienta, é como se pudesse fazer isso para sempre. Eu também poderia. Mas tenho que soltá-lo. Enfim faço isso.

Minha voz retorna.

– Você não pode confiar em mim porque eu não confiei em você. Foi o maior erro que eu já cometi. Não vou fazer isso de novo. Prometo.

– Hum, bom – diz ele em sua voz sorridente triste. – Você fala isso *agora*...

– É verdade. Eu consigo viver com o fato de você não querer ficar comigo, mas não consigo viver com você nunca mais confiando em mim. Quero provar isso a você... só não sei como.

– Não seria confiança se você tivesse que provar.

– Não, é assim que a fé funciona – respondo, com o coração batendo forte no peito e na garganta com a ideia que acabou de me passar pela cabeça. – A confiança... a confiança precisa de prova.

Dou um passo atrás.

– O que foi? – pergunta ele.

– Nós estamos sozinhos? Tipo, completamente sozinhos? Quero te mostrar algo... algo que nunca mostrei a ninguém e que não quero que ninguém mais veja.

– Não tem ninguém por aqui, mas não quero que faça nada que não queira...

– Eu *quero*. Mas tem certeza de que ninguém consegue nos ver? Certeza *absoluta*?

– Não tem mais ninguém aqui, prometo, mas eu...

– Shhh.

Ergo as duas mãos lentamente e, com um movimento suave, tiro o lenço.

– Parker...

Seco as lágrimas do rosto e abaixo os braços.

Abro os olhos. Meus olhos, mortos, vazios, sem utilidade.

Faço um esforço para escutar qualquer pista de como o Scott está reagindo. Não escuto nada, nem mesmo respiração. Acho que ele está segurando o fôlego. Eu sei que eu estou. Sinto como se nunca mais fosse respirar de novo.

Isso é o que eu *mais* odeio em ser cega.

– Eles são azul-esverdeados – sussurra ele. – Como o mar.

Ele está usando a voz de namorado dele. Eu inspiro profundamente para absorvê-la toda para dentro de mim.

– Eu sei que eram.

– Ainda são. Eles são lindos.

Eu fungo.

– Ah, tá bom.

– Eu nunca menti pra você.

Posso ouvi-lo respirando de novo.

– Achei que você ia ter mais cicatrizes.

– Não por fora.

– Bem, eles são lindos. Os seus olhos, quero dizer.

Eu sorrio.

– São os olhos da minha mãe. Nariz do pai, olhos da mãe.

– Eu gostaria de tê-la conhecido.

– Eu também... ela teria gostado de você.

Silêncio.

Bem, exceto pelas batidas no meu peito, nos meus ouvidos e no ar que nos rodeia.

– E então... – digo. – Pra que lado eles estão apontando?

Ele ri, então consigo rir também.

– E isso importa?

– Não, só estou curiosa. Pra onde eles estão olhando?

– Bom, qual deles?

– Meu Deus, Scott! – Dou um golpe no braço dele, feliz por acertar direto no bíceps.

– Eles não estão olhando pra nada. Não importa. Ver não é acreditar.

– Tá certo. – Sorrio e estendo o bóton pra ele.

– É seu.

– Ache um bom lugar pra colocar.

Eu me concentro nas mãos dele remexendo bem abaixo da minha clavícula. Quando ele acaba, amarro a Noite Estrelada de volta nos olhos. Faço isso devagar, para adiar o que sei que preciso dizer em seguida...

– Não tenho o direito de te pedir nada, mas preciso muito de um favor.

– O quê?

– Se não vamos ficar juntos, preciso que você pare de ser tão legal comigo.

– Hã? Nós somos amigos...

– Correr cinco quilômetros pra passar pela minha casa toda manhã? Correr pra lá e pra cá pela pista hoje? Se você tivesse uma namorada, primeiro ela ia achar fofo você cuidando da menina cega, depois ela ia começar a ficar ressentida. Tem coisas que só se faz pela namorada. Se eu não sou, você precisa parar.

– Mas eu...

– Isso é muito difícil de pedir, porque eu gosto disso, gosto mais do que tudo... mas não consigo suportar se você diz que a gente não pode ficar junto, apesar de algumas vezes agir como se estivesse. Se a gente vai ser só amigo, preciso que você pare de agir como se fosse mais do que isso. Essas coisas especiais que você faz dão uma sensação ótima num primeiro momento... – Eu coloco a mão no peito. – Depois só machucam.

Silêncio.

Quero preencher esse silêncio com mais conversa, mas me forço a não fazer isso. É a vez dele.

– Não estou dizendo que a gente nunca pode ficar junto – comenta ele, enfim. – Só sei que não dá pra ser nesse exato minuto.

Mesmo isso me deixa tonta. *Extasiada.*

– Bem, pense a respeito. – Tento usar minha voz trivial e fico aliviada por ela sair assim. – Nesse meio-tempo, por favor, fique só assistindo, comendo pipoca, vendo os meus desastres que nem todo mundo. Posso sair arranhada ou com um osso ou dois quebrados, mas vou sobreviver.

Ele dá risada.

– Nada é fácil com você.

Eu sorrio.

– Algumas coisas não mudam nunca.

– Quanto tempo eu tenho? Tipo, pra pensar a respeito.

– Contanto que você mantenha distância o bastante, tire o tempo que quiser. – Faço um gesto vago. – Você não está vendo um monte de caras esperando na fila, né?

Ele dá risada de novo.

– Devia ter.

– Viu, você pode parar com esse negócio agora mesmo. – Pego minha bengala de dentro da bolsa e a desdobro. – Elogios e flertes estão do lado errado da fila. Tenho que ir. A Sheila provavelmente está se perguntando onde eu estou.

– Eu levo você...

– Não, você fica aqui.

– Ah, vai, eu levo uma porção de amigos até o carro. Isso não é tratamento especial.

– Eu preciso de um para-choque maior, tá? – Minha voz falha, tropeçando nas palavras. – Para eu não ficar empolgada toda vez que você chegar perto, esperando que você esteja prestes a cruzar a linha. Esse é o favor, é disso que eu preciso. Não chegue perto, a não ser que seja de propósito. Não vou aguentar, se não for assim. Por favor?

Meu Deus, não comece a chorar de novo...

– Tá bom. Sem tratamento especial, a não ser que signifique alguma coisa. Prometo.

– Obrigada. Preciso ir.

Seguro a onda muito bem, acho – ficando alegre no final, leve, espirituosa, forte –, mas preciso ir embora imediatamente. Não para ser dramática, mas porque a minha voz vai falhar de novo e eu sinto como se estivesse morrendo por dentro. Sei que se ele decidir nunca ser mais do que amigo, vou sobreviver e ficar bem de novo, mas isso é mais tarde, muito, muito mais tarde. No momento, meus olhos estão pingando no lenço de novo e meu peito está desabando.

– Vejo você por aí – diz ele atrás de mim.

Aceno com a mão livre por cima da cabeça.

– Isso se eu não te vir primeiro.

TRINTA E DOIS

Acordo antes do alarme na manhã de sábado e aperto o alto-falante. Stephen Hawking informa que são cinco-e-trinta-e-cinco.

Penso em como logo que perdi a visão umas crianças me perguntaram como eu sabia que tinha acordado de manhã se não conseguia abrir os olhos e ver nada. Naquela época eu devia ter percebido o quanto ainda tinha pela frente.

Escancaro a janela e sinto o ar fresco da manhã do lado de fora, bem parecido com o que tem estado nas últimas semanas, mas um pouco mais refrescante.

Visto minhas roupas de correr, incluindo o hachimaki. Normalmente, guardo-o para os domingos com o Petey, mas nesta manhã, definitivamente, estou me sentindo como um camicase.

Eu me alongo no quarto, como tenho feito ultimamente, mas não escuto nenhum passo do lado de fora. Termino e dou uma pancadinha no alarme. Cinco-e-cinquenta-e-três. Espero até às seis e não ouço nada. Scott está cumprindo o nosso trato. Estou por minha conta.

Vou até a porta e me lembro de que o Quadro de Estrelas ainda está lá. Eu o retiro, dobro algumas vezes e enfio na lata de lixo. Tiro o frasco de plástico de remédio com as estrelas douradas da gaveta e atiro no lixo também.

Você sabe que é só porque não quero mais me lembrar de você desse jeito. Em todas as noites que tirei estrelas douradas daquele maldito frasco, nunca me ocorreu o quanto isso era mórbido. Achei que era parte de uma lembrança, mas era um veneno de ação lenta, como se eu mantivesse na minha mesinha de cabeceira água para beber na garrafa de vinho que a mamãe detonou naquela noite. É incrível como as pessoas podem ser tão cegas para o que é bom para elas e o que não é, o que é verdade e o que não é, ou a diferença entre segredos e coisas que apenas ainda são desconhecidas.

Ah, e a Regra Número Infinito, aquela sobre não haver segundas chances que eu acrescentei depois que terminei com o Scott? Me livrei dela. A primeira regra que tirei da lista. Não deve haver um número infinito de regras, de qualquer forma. Não sei que raios eu estava pensando.

Agora o idiota no meu cérebro está fazendo com que eu me preocupe de a calçada não estar livre. O que é imbecil, já que eu não achava que tinha alguém verificando nos últimos três meses e não me preocupava com isso, mesmo depois daquele quase erro nos Reiche. Mas agora que eu sei que o Scott estava verificando para mim todo esse tempo, o pensamento de que ele não fez isso esta manhã... Droga, pai, por que a gente tem que conviver com monstros na nossa cabeça? Se algum dia você descobrir, me informe... de forma subconsciente ou algo assim. Ou num sonho...

... porque não posso continuar conversando com você desse jeito. Achei que era para me lembrar, mas se trata de não me desapegar. Preciso falar com pessoas que consigam me ouvir, e responder, e rir quando eu as fizer felizes e reclamar quando eu for uma idiota. Eu continuo tentando fazer tudo sozinha, mas aprendo muito mais com outras pessoas e, alerta de ironia, a maior parte do que eu acho que é minha independência, na verdade aprendi com

você. Apesar de ter partido cedo demais, você me ensinou o bastante para uma vida inteira.

E não tenho mais medo do que pode ter acontecido naquela noite. Não importa o que tenha sido, não teria mudado nem um pouquinho os dezesseis anos de coisas boas que vieram antes e, especialmente, os nove anos de trevas que você me ajudou a passar. Tem tanta coisa boa para lembrar e pelo que ser grata, pai, e eu sou. Sempre vou te amar por isso.

Faço uma pausa na parte de baixo da escada. Faz duas semanas que não sonho com o papai. Não é como eu preferiria que ele me visitasse, mas definitivamente é bem-vindo. Meus monólogos silenciosos terminaram, mas espero vê-lo de novo em breve.

Do lado de fora, tranco a porta e coloco a chave na meia. Ainda estou preocupada com o percurso...

Não, não vou começar a ficar com medo agora. Eu falei para o Scott que ia cuidar da minha segurança, então preciso parar de ser uma idiota ou, pelo menos, tentar. Se tiver uma van parada na calçada logo à frente, preciso ser mais esperta e lidar com isso eu mesma.

Faço jogging mantendo o braço esquerdo estendido, o cotovelo levemente dobrado para que, se eu atingir algo, possa dobrá-lo de maneira segura e ter uma margem de segurança para virar o ombro e proteger a lateral da cabeça com o antebraço direito. Só para a parte da calçada; não vou correr assim quando chegar ao campo. É bem estranho, e eu vou ter que me acostumar, porém é mais inteligente. Ou, pelo menos, é menos completamente doido.

Eu paro no cruzamento. O único som é um casal de passarinhos, então corro para atravessar a rua, com o braço esquerdo ainda erguido pela minúscula chance de alguém ter estacionado na faixa de pedestres desde ontem e não ter sido rebocado. Para isso e para ganhar mais prática.

Chego à cerca de arame, viro à direita, ando quatorze passos até a abertura, viro à esquerda, e entro sem tocar nenhum dos lados, como sempre.

Clique.

Eu congelo.

Do outro lado do campo, escuto a trilha sonora do *Grease.*

Dessa vez, não está tocando repetidamente enquanto ele espera com o telefone a algumas quadras de distância. Escutei-a começar nesse instante.

Eu sorrio. Tento parar, mas então paro de tentar parar porque por qual motivo eu não deveria sorrir? Eu me lembro do que mais ele fez na última vez em que me encontrou aqui e, apesar de talvez ser demais ter essas esperanças tão cedo, no mínimo a presença do Scott aqui deixa o Campo Gunther bem mais seguro do que jamais foi.

A pergunta é: corro como sempre ou vou até lá e finjo que está tudo normal?

Meu Deus, quem *é* essa pessoa? Silencio o monstro no meu cérebro e começo a fazer jogging... correr... fazer corridas de tiro...

O quão rápido eu *consigo* correr? Tipo, *sério*?

Hora de descobrir.

AGRADECIMENTOS

Obrigado à Jennifer Weltz, minha agente na JVNLA, por ser incrível, calma, paciente e por nunca me deixar escapar de *nada*. E à Tara Hart por me guiar pelos incontáveis detalhes.

Agradeço à Pam Gruber, minha editora na LBYR, por entender Parker de imediato e me ajudar a contar melhor a história dela. À preparadora-chefe Barbara Bakowski, à editora de produção Annie McDonnell, à editora de texto Ashley Mason e à revisora JoAnna Kremer, por ajudarem a melhorar a narrativa, protegendo a voz da Parker. À Liz Casal, pelo excelente projeto gráfico do livro. À Alvina Ling, Farrin Jacobs, Shawn Foster, Victoria Stapleton, Kristin Dulaney e Leslie Shumate, por seus elogios e encorajamento durante esse processo emocionante; e aos campeões internos Megan Tingley, Andrew Smith, Dave Epstein, e ao restante das estrelas de quem ainda tenho que ouvir falar na LBYR que escolheram acreditar em Parker Grant.

Obrigado à Saralyn Borboa, da Literary Committee Chair for the National Braille Association, pelos conselhos gentis e recorrentes, com os consultores Bonifacio Lucio, Jo Elizabeth Pinto e Marilyn Breedlove. Para os interessados, no texto original foi empregado o Unified English Braille (UEB). Scott se comunica com Parker com o braille grau 1 por extenso, que usa uma cela por letra.

Agradeço a Jon Horsley, por me mostrar na prática o valor de construir momentos, assim como enredo e personagem; a Andrew Trapani, por me apresentar à agente perfeita; e à Suzanne Pertsch, por abrir a porta a um novo jeito de pensar que me levou para onde cresço hoje.

Obrigado a Frederick Hampton, por ser minha Sarah Gunderson (e por me deixar ser a dele, dependendo do dia) desde que tínhamos 13 anos. Se eu classificasse tudo na minha vida que contribuiu para o meu crescimento como escritor, você estaria no topo da lista.

Fico grato à Susan, pelo amor sem limites, apoio e encorajamento; à Shannon (oi, Luz do Sol!) e à Rachel (minha *insider* favorita), por me mostrar o que o mundo deveria se tornar; ao Jake (meu herói pessoal) e ao James (não o Petey... bom... talvez um pouquinho...), por me fazer acreditar que isso vai acontecer logo; e à mamãe, que sempre acreditou, e a você, papai, por muitos motivos para listar, voltando às minhas primeiras lembranças.

E obrigado a você, por ler a história da Parker. Estou agradecido pelo tempo que você escolheu passar com ela.

⠗⠑⠛⠗⠁ ⠠⠇⠁⠃⠒

⠝⠜⠕ ⠞⠑⠝⠓⠁ ⠍⠑⠙⠕

⠟⠥⠑ ⠑⠥ ⠝⠜⠕ ⠧⠷ ⠞⠑

⠙⠁⠗ ⠎⠑⠛⠥⠝⠙⠁⠎

⠉⠓⠁⠝⠉⠑⠎⠄ ⠑⠥

⠧⠕⠥⠄ ⠞⠁⠇⠧⠑⠵ ⠁⠞⠿

⠏⠗⠑⠉⠊⠎⠑ ⠟⠥⠑ ⠧⠕⠉⠣

⠍⠑ ⠙⠣ ⠁⠇⠛⠥⠍⠁⠎⠄

⠗⠑⠛⠗⠁ ⠼⠁⠉⠒

⠝⠜⠕ ⠞⠊⠗⠑

⠉⠕⠝⠉⠇⠥⠎⠪⠑⠎

⠏⠗⠑⠉⠊⠏⠊⠞⠁⠙⠁⠎⠖

⠑⠥ ⠑ ⠧⠕⠉⠣⠄

Impressão e Acabamento:
GEOGRÁFICA EDITORA LTDA.